살을 빼자고
행복을 뺄 수는 없잖아

요망

CONTENTS

PART 3
행복 굳히기, 살 말고 삶을 찾아서

PART 4
푸드 프리덤, 진짜 삶의 시작

PROLOGUE

가녀린 팔뚝, 허벅지 사이가 똑 떨어진 일자 다리, 깊게 팬 쇄골, 봉긋한 엉덩이, 여리여리한 옷핏…

수년간 꿈꿔 온 몸매를 갖게 되었지만 행복하지 않았다.

조금만 먹어도 과거 뚱뚱했던 시절로 되돌아가지는 않을까?

치킨을 먹으면 어제 한 운동이 물거품 되어 버리지는 않을까?

이번엔 뭐라고 하면서 식사 약속을 거절하지?

이럴 거면 차라리 밥도 굶고 운동도 쉬어 버리는 게 낫지 않나?

하루 24시간, 내 머릿속은 음식과 살, 운동, 다이어트 생각으로 혼란스럽기만 했다. 매일이 '먹을까 말까, 운동을 쉴까 말까'의 싸움이었다. 살이나 조금 빼 보자고 시작했던 일들이 어느 순간 내 전부가 되었고, 지독한 강박과 먹는 두려움에 일상까지 무너졌다. 그때까지만 하더라도 내가 유별난 줄로만 알았다.

그러나 나만의 이야기가 아니었다.

변호사, 의사, 간호사, 사이클 국가 대표 선수, 로스쿨 학생, 금융권 종사자, 바이올리니스트…

이들 모두 '폭식증'으로 의심될 만큼 폭식 습관을 겪고 있다는 이야기를 전해 왔다. 겉으로 보기에는 똑 부러지고 냉철해 보이는 이들이 남들 몰래 숨어서 폭식한다는 게 상상이나 되는가? 나 또한 이들의 사연을 듣고서는 '그럴 사람이 아닐 것 같은데…'라고 생각하기도 했다. 그러나 동시에 확신할 수 있었다. 삶의 성취에 있어 강한 욕망을 가진 이들이 꼭 한 번은 겪을 수밖에 없는 사건이라는 것을. 또 그것을 위해 갖은 노력을 해 왔다는 열정의 반증이라는 걸 이들을 보며 확신할 수 있었다.

이 책을 열어 본 당신도 이들과 같은 고민을 가지고 있을 거라 생각한다. 정도의 차이는 있겠지만, 다이어트가 최고의 가치인 것처럼 부추기는 사회 속에서 조금의 욕심이라도 있는 여성이라면 한 번쯤은 겪게 될 사건이기도 하다. 누구에게나 첫 사고는 무섭고 두렵게 느껴진다. 하지만 사고 대처법을 숙지하고 있으면 그다음은 덜 무서워질 것이고, 더 숙련된다면 그런 사고를 겪지 않게 될 것이다.

나는 7년 동안 다이어트에 대한 집착과 이로 인한 거식증,

폭식증의 섭식 장애를 겪었다. 이 기간은 스스로도 정상이 아니라고 생각이 들 정도였다. 끊임없는 폭식 욕구와 다이어트에 대한 스트레스, 압박감으로 사회와 단절된 기분까지 들었다. 이는 내 삶의 모든 측면에서 영향을 미쳐 학업을 중단하게 만들기도 했다. 하지만 회복의 여정을 통해 음식과 삶에 대한 새로운 관점을 갖게 되었고, 내 진짜 삶을 위해 모든 것을 바꾸었다. 다이어트와 음식에서 벗어나 Food Freedom, 진정한 행복을 찾게 되었다.

이 기간은 내게 암흑과도 같았다. 인터넷에 검색을 해 보아도 나의 증상은 심각한 병리적 문제로 치부되거나 단순한 과식, 또는 의지 부족의 문제로만 여겨져 누군가에게 도움을 요청하기도 어려웠다. 그렇게 혼자만의 사투를 벌이며 알게 된 것들, 도움이 되었던 방법을 SNS에 공유하기 시작했다. 그러자 내 생각보다 훨씬 많은 이들이 나와 같은 어려움을 겪고 있다는 것을 알게 되었다. 이들은 내게 여러 고민을 털어놓기 시작했다. 폭식증에 대해 처음 이야기했던 영상에는 댓글이 1,000개 이상 달릴 정도였다. 그렇게 SNS로 서로의 고민과 근황, 나름의 해결 방법을 공유하던 것이 시작이었다. 그중 몇몇 구독자들은 폭식 습관에서 완전히 벗어나 새로운 삶을 살고 있다는 소식을 전하기도 했다.

이 책에서는 그 과정에서 배운 경험과 교훈을 나누고자 한다. 나의 이야기와 더불어, 다이어트와 폭식의 악순환에서 벗어나는 데에 도움 되었던 실용적인 방법과 전략을 정리해 보려고 한다. 푸드 프리덤은 다이어트, 체중 감량 프로그램이 아니다. 다이어트가 아닌 삶의 진짜 목표를 찾고, 자기 자신을 수용, 신뢰하는 법을 배우는 여정이다. 사회가 우리에게 정해둔 규칙과 제약에서 벗어나 음식, 삶의 균형, 그리고 즐거움을 찾아가는 과정이라고도 말할 수 있다. 각자 삶에 맞게 구성될 것이기 때문에 여느 다이어트 도서처럼 'O주 감량 식단' 같은 쉬운 방법을 제시하지는 않을 거다. 그러나 다이어트로 얼룩진 일상에서 벗어나, 삶의 모든 측면에서 성장하고 싶다면 나와 함께하기를 바란다. 내가 그랬던 것처럼 당신 또한 진짜 삶을 찾을 수 있을 것이다.

살을 빼려다 행복까지 잃어버렸던 내가 어떻게 행복을 찾아 나섰는지 궁금하다면, 지금부터 푸드 프리덤의 여정을 함께 하기를 바란다.

PART 1

살을 빼려다 노예가 되어 버렸다

Chapter 1

"너는 살 빼야 하는 사람"

내 몸의 주권을 빼앗긴 어느 날

"주원이 허벅지 반만 떼어가고 싶다." 초등학교 3학년, 내 몸에 대한 다른 사람의 시선을 처음 느끼는 날이었다. '허벅지에는 살이 없어야 하는 거였구나. 내 허벅지는 살이 많은 편이구나.' 이 또한 처음 드는 감정이었다.

요즘 친구들은 몸에 대한 인식이 더 빨라졌을지 모르겠지만, 당시의 나는 내 몸에 대한 아무런 인지가 없었다. '그냥 평범한 체형이다'라는 것만 어렴풋이 알고 있었을 뿐, '날씬하면 좋겠다'라는 몸에 대한 어떠한 선호도, 판단 기준도 전혀 없었다. 보통의 초등학생처럼 밥때 되면 밥 먹고, 가끔 용돈이 생기면 과자 한두 개 사 먹는 게 즐거웠던, 딱 평범한 초등학생 그 자체였다.

그날도 학교가 끝나고 단짝 친구와 닭꼬치를 먹으러 가고 있는 길이었다. 3천 원을 들고 닭꼬치가 맛있다고 소문난 옆 동네를 향해 초록색 육교를 걸어 올라가고 있었다. 당시 그 단짝 친구는 전형적으로 마른 체질이던 친구였다. 어른들도 역시 친구의 깡마른 몸에 꼭 한마디씩 했었나 보다. 주말에 놀러 오신 할머니께서 친구에게는 물론이고 친구의 어머니한테까지 '애 좀 많이 먹여라.'는 잔소리를 잔뜩 하신 듯했다. 친구는 육교를 오르며 할머니의 잔소리에 대한 불평을 잔뜩 늘어놓았다. 나도 동감의 의미로 고개를 끄덕이며 육교를 올랐다. 할머니가 너무했다는 의미의 공감이었다.

마지막 계단을 오르니 터질 것 같은 심박수와 계단을 다 올랐다는 뿌듯함에 취해 발을 쿵쿵거리며 육교 안을 뛰어다녔다. 반바지를 입은 채 온 힘을 다해 걷는 내 모습을 보고 친구가 말했다. "주원이 네 허벅지 반만 떼어갈 수 있으면 좋겠다." 친구의 말을 듣고 나는 내 허벅지와 친구의 허벅지를 번갈아 쳐다봤다. 겉보기에 확실히 달랐다. 친구의 허벅지는 까무잡잡하고 길쭉하며, 뼈대가 드러날 정도로 얇았다. 이와 대조되게 나의 허벅지는 하얗고 통통하고, 짧았다. 이전까지는 한 번도 느껴보지 못했던 기분이었다. 내 허벅지를 빨리 숨겨 버리고 싶을 정도로 부끄러웠다. 오늘 왜 짧은 반바지를 입고 나왔을까 후회도 했다. 그날 저녁, 나는 엄마에게 더 이상 반바지와 치마를 입지 않겠다고 엄포했다. 엄마는 '치마 좋아하던 애가 갑자기 왜 그러냐'면서 의아해하셨다. 나는 '내가 통통하다는 사실을 알고 있다'라고 인정하고 싶지 않아서 그냥 싫다고만 했다.

그날부터였다. 나는 더 이상 나 자신이 예뻐 보이지 않았다. 아빠가 귀여워해 주던 오동통한 배를 도려내고 싶었다. 친척들, 친구들이 귀엽다고 꼬집어 주는 볼살을 떼어내고 싶었다. 변기에 앉을 때마다 허벅지를 잘라내고 싶었다. 정말 그 충동이 심해 매일 허벅지를 꼬집어 댔다.

유난스러울 만큼 남들의 시선을 신경 쓰기 시작했다. 내가 앞에 나서면 모든 사람이 내 허벅지를 보고 있는 것만 같았다. 다른 사람들도 육교에서의 친구처럼 '쟤 허벅지가 내 허벅지의 2배다'라고 생각할 것만 같았다. 체육복을 입으면 바지가 꽉 끼는 내 허벅지를 보고 놀릴까 봐 무서워, 체육 시간을 제일 싫어했다. 쉬는 시간엔 뛰어노는 것보다 앉아서 수다 떠는 게 더 좋았다. 이게 모두 다 허벅지 살 때문이었다.

여기서 생각해야 할 것이 있다. 허벅지를 도려내고 싶어 했던 초등학교 3학년의 나는 절대 뚱뚱하지 않았다. 아니 통통한 편도 아니었다. 정확한 체중은 기억나지 않지만, 소위 말하는 정상 체중 범위에서도 앞부분에 위치해 있었다. 그때까지는 '문제없다'고 생각했던 내 허벅지는 친구의 말 한마디에 '통통한 허벅지'가 되어버린 것이다. 물론 이게 다 그 친구 때문이라는 말은 아니다. 친구는 앞으로 내가 마주할 자극제 중 한 부분이었던 것뿐, 사회의 기준이 되는 인터넷, TV, 다른 사람들의 말을 통해 언젠가는 마주할 수밖에 없었을 것이다.

이때부터 나는 '신체 이미지'에 대한 주도권을 빼앗겨 버렸다. 내가 내 몸을 어떻게 생각하는 지는 더 이상 중요하지 않게 되었다. '남들이 생각하는, 남들이 예쁘다고 하는, 남들이 건강하다고 하는' 이상적인 신체 모습에 대해 생각하고, 내 몸을 검열하게 되었다. 그때부터 나 스스로가 다이어트 문화의 노예를 자처하며, 그들이 이끄는 대로 끌려다니기 시작했다.

스키니가 잘 어울리는 마른 몸이 대세라고 하면 XS 사이즈의 스키니를 사두고 다이어트를 시작했다. 볼륨감 있는 '글래머'가 인기 있다고 하면, 되지도 않는 '가슴 커지는 방법'을 찾아 따라 했다. 마름 탄탄이 유행이라고 하면, PT를 찾아 100만 원씩 결제하고 식단, 운동만 바라보며 살았다. 말 그대로 다이어트 산업, 미디어의 노예처럼 살게 된 것이다.

Chapter 2

"오늘까지만 먹고…"

스스로 음식을 빼앗던 나날들

그 이후(육교 허벅지 사건)로 '살 빼기'는 항상 내 마음 한편에 언젠가는 꼭 해결해야 할 난제로 남게 되었다. 여느 여학생들이 그렇듯, 쉬는 시간에는 친구들과 음악 방송에 나오는 아이돌을 보며 '나도 언젠간 꼭 저런 몸매를 갖겠다'는 소망을 하루에 한 번씩은 가졌던 것 같다. 그리고 특별한 날(소풍, 수학여행, 사진 찍는 날, 운동회, 축제 등)만 생기면 '다이어트 D-day'를 세우기 시작했다. 물론 이렇다 할 성과는 없었다. 며칠 저녁을 조금 먹고 운동장을 뛰는 걸로는 소녀시대와 같은 몸매를 얻을 수 없었으니까. 무엇보다 당시의 나는 '밥심'으로 공부하고 방과 후 친구들과 떡볶이 먹는 것에 환장한 K-여고생이었다. 음식을 자유롭게 먹으면서도 '일단 다이어트는 수능 끝난 후로 미뤄두자'는 생각을 했다. 그렇게 찝찝함과 죄책감을 마음 한 부분에 묻어두었다.

그렇게 고3 여름 방학이 끝나던 개학일, 교실에서 센세이셔널 한 일이 벌어졌다. 방학 전까지만 하더라도 고도 비만 범주에 있었던 친구가 40kg가량을 빼고 나타난 것이다. 말 그대로 사람이 반쪽이 된 채로 나타났다. 내가 지금껏 본 다이어트 비포-애프터 결과 중 그 친구가 최고였다. 나뿐만 아니라 전교생이 그 친구의 다이어트 소식을 듣고 구경하러 올 정도였다. 비법을 엿들어 보니 방학 내내 당시 유행하던 셰이크만 먹었다고 한다. 그 친구는 실제로 점심시간에도 급식실에 가지 않았다. 그 셰이크 통을 애착 인형처럼 들고 다니며 점심밥 대신 셰이크를 마셨고, 물 대신 다이어트 차를 타 마시고는 했다.

그 모습을 보고 적잖이 충격을 받았다. '저 정도로 굶어야 저렇게 확실히 살을 뺄 수 있구나…' 대단하기도 했고, 부러웠다. 동시에 묘한 열등감에 자기 방어 기제가 생겼다. 그 친구는 공부와는 담을 쌓은 듯한 친구였고, 나는 나름 전교 순위권을 지키고 있는 학생이었다. '나도 저렇게 독하게 살을 뺄 수는 있지만, 지금은 공부에 집중해야 해서 안 하는 거야. 수능만 끝나면 나도 독하게 뺄 수 있어.' 이런 식의 찌질한 자기변명과 근거 없는 자신감으로 내 자아를 지켜냈던 것 같다. 아니, 사실은 자신이 없었다.

그런데 그날부터 이상하리만치 식탐이 더욱 커져갔다. 실제로 늦은 시간까지 공부하느라 에너지가 필요했던 건지는 모르겠지만, 지금 생각해 보면 나도 모르게 마음속에 '다이어트 시작 D-day'가 생겼기 때문인 것 같다. 수능 시험이 끝나면 살을 뺄 거니까, 대학생이 되면 진짜 다이어트를 해야 하니까, 공부만 끝내면 굶을 거니까… 이런 식으로 미래의 기근을 생각하고 있었고, 이 기근에 대비하기 위해 압도적으로 먹어댔다. 공부 스트레스는 핑계였고, 시작하지도 않은 다이어트에 대한 압박감을 먹는 걸로 풀어 버린 것이다. 실제로 고3 막바지에 이를수록 살은 더욱 불어 갔고, 만나는 사람마다 나의 살찐 모습을 보고 놀라기도 했다. 당시 기숙사에 살았는데, 일주일에 한 번 보던 엄마도 놀라실 정도로 정말 열심히 먹었던 것으로 기억한다.

✔ **Check Point 음식에 대한 박탈감** 현재의 내가 가장 경계하는 것은 '음식에 대한 박탈감', '미래의 기근'이다. 우리의 뇌는 미래의 위험, 리스크가 예측되면 그에 대한 대비책을 세운다. 위험이 다가올 테니 미리 준비를 해두는 건 당연한 일이다. 과거부터 가뭄이 예상되면 물을 저장해 두고, 기근이 예상되면 곳간에 식량을 비축해 두었다. 우리의 몸도 같은 시스템으로 작동한다. 다이어트를 계획한다는 것은 '지금 먹고 있는 음식들을 곧 먹지 못하게 될 것'임을 의미한다. 기근이 예측되니, 자연스럽게 우리의 뇌는 미리미리 식량을 비축해 두려고 하는 것이다. 이처럼 과거의 나는 계속해서 '앞으로는 먹을 수 없어, 이제 곧

굶어야 해'라는 생각으로 음식에 대한 박탈감, 미래의 기근을 끊임없이 만들어 내고 있던 것이다.

Chapter 3

그들이 나를 조종했던 방법

어쨌든 나는 미래에 있을 식량 기근, 다이어트에 대비해 온 갖 음식들에 열정을 쏟으며 고3 생활을 보냈다. (물론 공부에도 많은 열정을 쏟았다.) 대학교 합격 소식과 동시에 여유로운 겨 울 방학이 시작되었고, 드디어 본격적인 다이어트가 진행되었 다. 더 이상 공부 핑계를 댈 수 없는 첫 다이어트였다. 정석대로 운동과 적당한 식단 조절을 시작했다. 숨이 차는 운동을 죽도 록 싫어하던 내가 아침마다 헬스장에 출석해 러닝 머신을 뛰었 다. 야자 시간에 그토록 먹어 댔던 삼각김밥과 라면도 끊었다. 야식을 안 먹으면 헛헛해 잠도 못 자던 나에겐 엄청난 노력이었 다. 한 일주일쯤 되었을 때 나는 체중계 위로 올랐다. 고3이 되 면서 몸무게 확인하는 걸 극도로 무서워했기 때문에 내 자의로 체중을 확인한 건 거의 1년 만이었다.

71kg이 찍혀 있었다. 참고로 내 키는 158cm이다. 나도 어느

정도 예상은 했지만, 충격적이었다. 고3으로 올라오기 전에는 50kg 중후반의 체중을 유지했기 때문이다. 무엇보다 일주일 동안의 내 엄청난 노력이 모두 부정당한 것 같아 막막했다. 그 당시 내 목표는 적어도 10kg은 빼서 졸업식 날 완전히 달라진 모습으로 나타나는 것이었기 때문이다. 그러나 이 속도로는 택도 없을 것 같았다. '운동과 야식 안 먹기' 말고 더 확실한 다이어트 방법이 필요했다.

그때는 지금처럼 유튜브나 인스타그램 같은 SNS가 활발할 때가 아니었다. TV 아침 방송에 나오는 의사들, 몇 달 만에 ○○kg을 감량했다 말하는 몸짱 주부의 다이어트 방법을 전적으로 믿을 수밖에 없었다. 당시는 한참 곡물 효소, 셰이크가 다이어트 제품으로 판을 칠 때였다. 우연인지, 마침 엄마의 지인분 또한 최근에 그 셰이크로 10kg 이상을 감량했다는 소식을 전하였다. 그 소식을 듣자마자 나는 엄마에게 졸업 선물로 부탁해 100만 원이 넘는 셰이크 3개월 치를 결제했다. 당시 물가를 고려하면 엄청나게 큰돈이었기에, 나는 절대 실패하면 안 된다는 의지를 다지기도 했다.

다이어트 방법은 단순했다. 밥 대신 3끼를 전부 셰이크로 먹는 것뿐이었다. 정말 극한의 다이어트가 시작되었다. 아침은 과일, 점심과 저녁은 모두 셰이크만 먹었다. 친구들이 떡볶이를 눈앞에 들이밀어도 먹지 않았다. 물을 마시고 떡볶이 냄새를 맡기만 하며 버텨냈다. 20살로 넘어간 1월, 친구들은 기쁨과 자유를 만끽하기 위해 여행을 떠나고 술집을 다녔지만, 나는 집에만 있었다. 친구들과 놀러 가면 당연히 일반식을 먹게 될 거고, 그러면 지금까지의 노력이 물거품이 될 것만 같았다. 그렇게 악착같은 의지로 2~3달간 셰이크만 먹었다. 당연히 단기간 10kg 이상을 감량했고, 내 바람대로 완전히 달라진 모습으로 졸업식에 참여할 수 있었다. 몇 달 전까지만 해도 매일 보던 친구들과 선생님이 나의 달라진 모습에 놀라 칭찬을 해주었다. 처음 받아보는 외모 칭찬이 그렇게 뿌듯할 수 없었다. 그때부터 다이어트는 내 인생의 전부가 되고 말았다.

✔ **Check Point** 무지함으로 시작된 다이어트와 이를 조장하는 다이어트 산업 이때의 다이어트는 무지에서 비롯한 무모함이라고 밖에 생각되지 않는다. 얼마나 무식한 생각인가? 밥을 안 먹고 미숫가루만 마셔도 살은 빠진다. 밥 대신 우유만 먹어도 어찌 됐든 살은 빠질 수밖에 없다. 섭취 칼로리가 극도로 제한되니 말이다. 무지했던 내 잘못이다. 당시에는 '지속 가능한' 또는 '그나마 건강한' 다이어트에 대한 정보가 거의 전무했던 시기였다. 어쩌면 찾으려고 노력하지 않았을 수도 있다. 무지가 나를 다이어트 산업의 노예로 만들었던 거다.

그런데 그럴 수밖에 없었던 이유도 있다. 다이어트 산업은 무지한 소비자들을 설득하는 데 아주 특화되어 있기 때문이다. 다이어트 산업은 수많은 다이어트 제품의 노예를 만들기 위해 다양한 전략을 활용한다. 셰이크 다이어트는 일반화와 단순화의 기법을 활용하여 사람들이 그 다이어트를 할 수밖에 없도록 만든 방법이다.

일반화 10년 전의 내가 다이어트 셰이크를 선택한 이유는 무엇일까? 단순하다. 내가 실제로 접한 다이어트 사례는 10kg을 뺐다는 엄마의 지인, 그리고 방학 동안 40kg을 빼고 나타난 친구, 이렇게 둘뿐이었다. 그리고 우연하게도 그들의 다이어트 비법은 '셰이크'였다. 단 2개의 샘플 데이터만으로도 내 머릿속엔 '뚱뚱한 사람이 셰이크를 마시면 날씬해진다'는 공식이 성립된 것이다. 동시에, 미디어에서는 무슨 바람인지 의사고 몸짱 아줌마고 '셰이크' 다이어트를 홍보해댔다. 내 머릿속에서도 '다이어트=셰이크'라는 공식은 더욱 강화되었다. 내 친구도, 엄마 친구도, 의사 선생님도, TV에 나오는 몸짱 아줌마도 그걸 통해 다이어트에 성공했으니… 나도 살을 빼려면 밥 대신 셰이크만 먹어야 한다는 굳건한 믿음이 생기기에 충분했다.

'21세 대학생, 37세 육아 맘, 42세 직장인, 29세 3교대 근무 간호사 등' 다양한 사람들의 비포-애프터 사진을 잔뜩 본 적이 있을 것이다. 실제로 요즘 대부분의 기업이 사용하고 있는 '잘 팔리는' 상세 페이지의 공식이다. 일반화를 통해 '우리 제품만 있으면 이런 사람도, 저런 사람도 살 뺄 수 있습니다.'라는 말로 평범한 사람들을 설득하기 쉽기 때문이다.

단순 공식화 내가 했던 다이어트 세이크는 정말 단순했다. 말 그대로 밥 대신 '세이크'만 먹으면 되는 거였으니까. 세이크는 극단적 예시이긴 하지만, 대부분 유행했던 다이어트나 다이어트 식품은 단순화와 공식화를 잘 활용한다. 한참 유행했던 제품들의 카피를 보면 다음과 같다.

- 밥 대신 ○○만 먹기: 원푸드 다이어트
- 탄수화물 빼고 고기만 먹기: 황제(앳킨스) 다이어트
- 달걀/식빵/자몽/블랙커피 식단: 덴마크 다이어트
- ○○주스 마시면서 독소를 빼세요: 디톡스 다이어트
- 양질의 지방으로 포만감 있게 다이어트하세요: 키토 다이어트
- 딱 8시간만 마음껏 먹고 16시간은 단식하세요: 간헐적 단식
- 밥 먹고 탄수화물/지방만 쏙! 빼내세요
  : 가르시니아 컷팅제, 다이어트 보조제
- 입고만 있어도 지방 연소가 됩니다: 다이어트 크림, 압박 스타킹

모두 주장하는 어투, 카피라이팅의 구성이 비슷한 것을 볼 수 있다. 1) ○○만 하면 살 빠집니다. 2) 무조건 이렇게만 따라

하세요. 다른 건 필요 없고 본인들의 제품만 먹거나, 자신들이 만든 루틴만 따라 하면 살이 빠진다고 주장하는 것이다. 왜일까? 일단 따라 하기 쉽고 단순해야 할까 말까 고민하는 소비자를 수월하게 설득할 수 있기 때문이다. 그리고 우리나라 사람들은 특히 '공식'이나 '법칙'을 좋아하는 경향이 있다. '이렇게 해서 성공했다더라.'라는 성공 공식. 거기에다 남의 이야기도 중요하게 여긴다. 그래서 '무조건 이렇게만 따라 하세요.', '이것만 드세요.' 와 같은 마케팅에 잘 휘둘리는 부분도 있다. 우리 몸은 다 다르다. 같은 음식을 동일한 양으로 먹어도 사람에 따라 받아들이는 포만감, 심리적 상태는 모두 다르고, 신체의 생물학적 작용에도 미세한 차이가 있다. 그것을 단순화하기에 신체는 너무나도 복잡한 유기체이다. 그런데 자기 몸과 마음의 작용을 이해하려 하지 않고, 남이 만들어 낸 단순한 공식에 몸을 맡기는 건 스스로에게 너무 무책임한 행동이지 않은가?

10년이 지난 지금의 다이어트 산업 또한 여전히 이 일반화와 단순화를 잘 사용하고 있다. 아니 더욱 교묘하게 강화되었다. 요즘은 건강한 다이어트를 빌미로 소비자를 우롱하고 있다. 굶지 말고 자신들의 제품을 먹으라고 하거나, 특정 제품을 먹으면 요요가 오지 않는다고 주장한다. 그런데 속내를 들여다보면 말장난일 뿐이다. 결국 다른 음식들은 먹지 않고 자기네들의 제품만을 먹었을 때 유의미한 다이어트 효과를 볼 수 있다는 것이다. 10년 전 내가 했던 셰이크 다이어트와 별반 다를 바 없다. 이 다이어트 산업의 교묘한 마케팅에 대해서는 'PART 3(행복 굳히기, 살말고 삶을 찾아서)'에서 더욱 자세히 설명해 두었다.

인지하자. 지금 이 시간에도 다이어트 업체들은 당신을 다이어트의 노예로 만들기 위해 여러 노력과 연구를 하고 있다는 것을.

그렇게 스무 살의 1월, 극단적인 다이어트를 끝내고 조금은 날씬해진 모습으로 대학생이 되었다. 극단적인 다이어트의 끝이 늘 그렇듯, 나 또한 요요를 피할 수는 없었다. 입학 후 각종 MT와 술자리에 참여하면서 고삐가 풀린 듯 먹었다. 특히 기숙사 생활을 하면서 친구들과 24시간 붙어있다 보니, 먹는 모임에 빠지지 않고 참석하며 밥이든 술이든 가리지 않고 먹기 시작했다. 3개월간 떡볶이 한 번 먹지 않고 셰이크만 먹으며 억눌렀던 식욕이 봉인 해제된 것이다. 이 모습은 당연히 남들의 눈에도 띄었을 것이다. 입학 첫 학기 동안 선배와 동기들 사이에서 '잘 먹어서 보기 좋다.', '뭐든지 잘 먹어서 귀엽다.'는 인사치레 같은 말을 매일 들었고, 나는 그 기대에 부응하듯 더욱 열심히 먹었다.

당연히 살은 슬금슬금 붙기 시작했고, 거울을 보니 고3 때의 뚱뚱했던 모습이 떠올라 불안하기도 했다. 하지만 이 넘치는 식욕을 어떻게 제어해야 할지 몰랐다. 그리고 잘 먹는다고, 먹는 게 나의 매력이라며 귀여워해 주고 관심 가져 주는 사람들의 반응이 좋기도 했다. 그렇게 어딘가 찜찜하지만 그만두고 싶지는 않은, 양가적인 마음을 한편에 묻어두고 말 그대로 '막 먹어대며' 생활했다.

그러다 당시의 남자친구와 캠퍼스를 걷다가 우연히 건물 유리창에 비친 모습을 보았는데, 그때 꽤 큰 충격을 받았다. 마른 남자친구의 다리 옆, 내 다리가 너무나 도드라지게 두꺼워 보였기 때문이다. 그도 그 사실을 인지했는지 "내 다리가 주원이 다리보다 훨씬 얇은 것 같아."라고 말했다. 당시 그의 의도는 '자신이 너무 말라 살을 찌워야 하겠다.'는 거였을 테지만, 내게는 그렇게 들릴 리가 없었다. 과거 초등학교 3학년 때의 육교 사건이 떠올랐다. '아, 나는 뚱뚱한 사람이었지? 다리 살을 당장 잘라버리고 싶다…' 또다시 내 신체에 대한 부정적인 이미지가 각인된 것이다. 당장 살을 빼고 싶어 미칠 것 같았다. 하지만, 나는 당시의 '잘 먹어서 귀여운' 이미지가 꽤 마음에 들기도 했고, 무엇보다 내 식욕이 아직은 그 혹독한 다이어트를 받아들일 준비가 되어있지 않았다. 이때부터 방학만 기다리게 되었다. 수능을 핑계로 음식을 먹었던 그때처럼, 극한의 다이어트에 돌입하기 전, 미래의 기근에 대비하는 마음으로 매일매일을 마지막 만찬처럼 보냈다.

정체성 확립의 중요성 말과 정체성의 힘은 강력하다. '잘 먹어서 귀엽네'라는 주변 사람들의 말로써, 나는 '잘 먹는 사람'이라는 정체성이 생겼다. 그러고는 그 정체성에 부응하기 위해 더욱 잘 먹으려고 노력하게 되었다. 반대로 친구의 '네 다리 좀 굵은 것 같은데?'라는 말 한마디로 나는 '뚱뚱한 사람'이라는 정체성이 생겼고, 이 때문에 두 번 다시는 하고 싶지 않았던 힘든 다이어트를 결심하고 말았다. 내 정체성이 확립되지 않았던 것도 문제가 있다. 나의 정체성이 확고했다면 남들의 말 한마디 가지고 다이어트를 결심하지도, 남들의 기대에 부응하기 위해 인위적으로 노력하지도 않았을 테다. 그래서 내가 이 모든 것을 끝내기 위해 가장 먼저 했던 일은 나의 정체성을 확립하는 일이었다. 이 부분은 'PART 2(행복을 찾아, 다이어트 독립운동)'에서 자세히 다루겠다.

Chapter 4

"음식 먹는 게 무서워"

비정상적인 다이어트의 신호

10kg은 불어 버린 몸으로 여름 방학을 맞이한 나는 더욱 높은 목표를 세우게 되었다. 방학이 끝나고 학교에 돌아가면 어차피 살이 또 찔 테니까, 살이 쪄도 괜찮을 만큼 아예 마른 체중까지 빼 버리자고 결심을 했다. 그래서 당시의 다이어트는 말 그대로 '죽지 않을 만큼 먹고 죽을 만큼 움직이기'였다. 아침에 일어나자마자 공복 운동을 한 시간씩 했고, 아침은 과일 주스, 점심과 저녁은 다이어트 시리얼로만 때웠다. 지금 생각하면 정말 무식했지만, 그 흔한 닭가슴살도 살찌는 고기라 생각해서 먹지 않았다. 거기에 일부러 강도 높은 식당 아르바이트를 골라 매일 죽을 만큼 움직였다. 아르바이트에서 제공되는 밥은 한두 숟가락씩 먹는 척만 하고 몰래 버렸다. 돈을 모으기 위해서도 아니었고, 경험이나 친분을 쌓기 위해서도 아니었다. 오로지 '마른 몸'을 위해서였다.

그렇게 먹고 움직였으니 당연하게도 몸무게는 0.2~0.3kg씩 쑥쑥 빠졌고, 몸무게가 줄지 않은 날에는 저녁에 먹던 시리얼마저 섭취량을 반으로 줄여 버렸다. 날이 갈수록 체중이 줄어드는 게 눈에 보이니까 더욱 음식을 먹지 못했다. 한 달 정도 지속했을 때는 주변 사람들에게서 '살이 진짜 많이 빠졌다'는 이야기를 하루가 멀다하고 들었다. 그럴수록 나는 이걸 잃고 싶지 않은 마음에 스스로를 더욱 몰아붙였다. 방학 3달 동안은 다이어트뿐이었다. 친구들과의 약속도 밥시간을 피해서 만나거나, 방금 식사를 하고 왔다는 핑계로 친구들이 먹는 모습만 바라보고 있었다. 부모님과 밥을 같이 먹지 않은 시간은 더 오래됐다. 저녁 6시 이후에는 음식을 먹지 않았기 때문에, 부모님이 퇴근하신 후 외식을 하러 가더라도 나는 물만 마시며 보기만 했다.

배고파서 잠을 못 자기 시작했다. 불면증이 생긴 거다. 매일 먹방을 보다가 새벽 3~4시가 되어서야 잠에 들었다. 뒤에서도 이야기하겠지만, 이때 본 먹방이 나의 폭식 욕구를 키워갔던 듯싶다. 온갖 음식을 기괴하리만큼 잔뜩 먹어 치우는 먹방을 보면서 늘 생각했다. '나도 언젠가 다이어트만 끝나면, 살이 조금 쪄도 될 정도로 마르면, 저렇게 다 먹어 버릴 거야.' 이런 폭식에 대한 열망, 환상이 생겨 버린 것이다. 그렇게 미래의 폭식을 계획하며, 다이어트만 끝나면 먹을 모든 음식들을 캡처해 두었다.

당시 내 핸드폰 사진첩에는 온통 음식 사진뿐이었다. 음식에 대한 비정상적인 집착, 환상과 두려움(먹은 음식이 지금 당장 허벅지, 팔뚝, 뱃살로 가 버릴 것 같다는 두려움)이 공존했던 시기이다.

매일 아침 침대에서 일어날 때면 하늘이 핑핑 돌았다. 기립성 저혈압도 이때 생겼다. 그럼에도 아침 공복 운동을 꾸역꾸역 해냈다. 공복 운동까지 끝내면, 체중을 쟀다. 체중이 줄어있으면 모든 걸 보상받는 기분이었다. 이렇게 나의 모든 하루는 다이어트로만 가득 찼다. 하루를 '체중'과 '칼로리 섭취량'에 따라 잘한 날 vs 못한 날로 나누게 되어 버렸다.

음식 거부의 시작 그렇게 세 달 동안 약 17kg 정도를 감량했다. 개학 후 모든 사람이 '살이 너무 빠져 못 알아봤다.', '진짜 날씬해졌다.', '예쁘다.'는 반응을 보였다. 스스로도 내 인생이 달라졌다고까지 생각했다. 이 기분을 다시는 잃고 싶지 않았다. 이제 다시는 잘 먹어서, 통통해서 귀엽다는 소리를 절대로 듣고 싶지 않았다. 그럴수록 불안함은 커졌다. 개학을 하자 또다시 친구들과의 식사 약속, 모임 등이 많아졌는데, 굶어서 뺀 살을 어떻게 유지해야 할지 방법을 전혀 몰랐기 때문이다. 아니, 실제로 계속 굶는 것밖에는 답이 없었을 것이다. 그래서 택한 건 실제로 먹지 않고, 먹는 척만 하는 것이었다. 이 시점이 미세한 거식증의 시작이었던 것으로 추정된다.

점심 공강 시간, 동기와 선후배들은 삼삼오오 모여 학식을 먹으러 다녔다. 나는 친구들과 학식을 먹은 기억이 손에 꼽힐 정도로 적었다. 실제로 4년 동안 5번 정도였던 것 같다. 학식에 나오는 쌀밥, 국, 고기, 양념 잔뜩 묻은 나물은 내 다이어트에서 절대 허용될 수 없는 음식들이었기 때문이다. 돈을 아낀다는 핑계로 혼자 다이어트 시리얼을 먹거나, 진짜 배고픈 날에는 샌드위치 반쪽을 먹었다. 저녁에 빠지기 어려운 약속이라도 있는 날에는 구운 계란 2개와 두유로만 버티는 날도 있었다. 여름 학기, 종강을 맞으며 한 교수님께서 감사하게도 아이스크림을 사주셨다. 그러나 나는 교수님의 감사하고도 선한 마음을 원망했다. '왜 아이스크림 같은 걸 사주셔가지고는…' 하는 생각으로 가장 칼로리가 적은 아이스크림을 골라 입에 넣고 화장실로 갔다. 그리고 몰래 뱉어버렸다. 그때 거울에 비친 모습을 보고 스스로가 무서워져 눈물이 나기도 했다.

나는 그 와중에 사람들과 어울리는 걸 너무나 좋아했다. 술자리는 빠지지 않았다. 지금 생각해 보면 밤에 배고파서 잠이 안 오는 게 너무 힘들어 술을 택한 것 같기도 하다. 대신 정말로 술만 마셨다. 안주는 당시 유행했던 파닭의 '파'만 골라 먹었고, 어묵탕에 있는 무, 제육 볶음에 들어있는 양배추나 양파 같은 야채 조각만 주워 먹는 정도였다. 물론 술자리가 있는 날은 점심부터 저녁까지 쫄쫄 굶었고, 다음날은 숙취에 토를 하며 먹은 야채마저도 게워 내었다. 그러면 적어도 살은 찌지 않은 것 같아 안도감을 느꼈다.

결국 39kg, 그렇게 원하던 **빼빼** 마른 저체중에 도달하게 되었다. 과연 나는 예전의 바람대로 마른 체형이 되었으니 먹방 유튜버처럼 먹고 싶은 음식을 마음껏 먹을 수 있었을까? 절대 그럴 수 없었다. 매일 굶고 절식하다 보니, 음식 자체가 무서워지기 시작했다. 지금까지 '굶어 온' 노력이 다 물거품이 될 것 같았고, 내가 먹은 음식이 그대로 내 허벅지 살이 되어 버릴 것만 같았기 때문이다. 무엇보다 금기해 오던 음식들을 맛보기 시작하면, 폭식으로 터져 버릴 것이라는 걸 직감적으로 느끼고 있었다. 이때의 증상과 비정상적인 사고는 곧이어 폭식으로 발전할 수밖에 없었다. 폭식증으로 발현되기 직전 나의 상태는 다음과 같았다.

위험 신호

1 체형에 대한 과도한 집착
 - 수업을 듣다가도 거울을 보러 뛰쳐나가는 일상

언젠가부터 친구, 가족들에게 '이제 제발 살 좀 쪄워.'라는 말을 들을 정도로 하루가 멀다하고 말라 갔다. 그렇게 원하던 허벅지 틈, 납작한 배, 가녀린 팔뚝을 모두 얻게 된 것이다. 하지만 단기간에 얻게 되어서였을까, 예전처럼 다시 요요가 와서 과거로 돌아가 버릴까 봐 불안하기만 했다. 아침에 일어나 항상 체중과 눈바디(눈으로 보는 몸의 모습)를 먼저 체크했다. 24시간, 매 순간마다 거울을 봤다. 음식을 먹게 되면 화장실로 들어가 허벅지 틈은 멀쩡한지 확인했다. 강의 시간에도 잠시 화장실에 가서 팔뚝 살이 튀어나오지는 않았는지 점검했다. 갈비뼈가 드러날 정도로 마른 배를 보면 안심했고, 조금이라도 살이 찌거나 부은 것 같은 느낌이 들면 하루 종일 언짢고 초조했다.

❷ 가치 판단의 기준 - 다이어트로 삶의 성패를 결정지음

　체형에 대한 과도한 집착으로 가치 판단의 기준 또한 완전히 달라졌다. 과거 다이어트를 시작하기 전에는 '학업 성취도, 성격, 대인 관계, 문화생활 빈도수, 하루 성실도' 등 다양한 기준을 토대로 스스로를 평가하며, 보완하려고 노력했다. '나'라는 사람의 가치를 판단하는 기준이 다양하고 유연했었다. 그러나 극한의 다이어트를 시작하게 된 이후부터는 가치 판단의 기준이 '체중과 몸매' 이 두 가지밖에 남지 않게 되었다. 체중이 줄었거나, 적게 먹었거나, 허벅지가 얇아 보이면 잘 보낸 날이었고, 체중이 늘었거나, 많이 먹었거나, 배가 나와 보이면 실패한 날이 되어 버린 것이다. 그게 전부였다. 나한테만 그런 게 아니라, 남들을 바라볼 때도 그랬다. 지나가는 사람들의 허벅지만 보였고, 얼마나 말랐는지부터 관찰했다. 그 사람의 성격이나 인성 같은 건 내게 중요하지 않았다. 그냥 마른 사람이 제일 부러웠고, 그 사람이 잘 먹기까지 한다면(살이 안 찌는 체질의 사람) 그게 그렇게 좋아 보일 수가 없었다.

❸ 음식에 대한 집착 - 먹방을 보며 강화

그래서 '마른 사람이 잘 먹는' 먹방을 보기 시작했다. 나는 왜 저렇게 될 수 없을까, 저 사람들도 뒤에서 토를 하지는 않을까? 질투 어린 부러움도 있었다. 동시에 내가 못 먹는 음식을 대신 먹어주는 행위에 대리 만족을 느끼기도 했다. 나는 상상으로만 먹었던 그 음식들을, 그것도 몇십 인분이나 먹어 치우는 그 짜릿함에 중독되고 말았다. 그때부터 음식에 대한 집착이 커지기 시작했다. 정작 나는 음식을 먹지도 않으면서 유행하는 온갖 메뉴와 신제품, 요즘 핫한 치킨집, 빵집을 줄줄이 외우고 다녔다. 언젠간 나도 저 먹방 유튜버처럼 음식을 잔뜩 쌓아놓고 먹고 싶다는 소망을 조금씩 키우고 있었던 것 같다. 머지않아 그 소망은 의도치 않게 이루어지긴 했다.

❹ 음식의 노예 - 일상생활 불가 음식의 노예

나는 말 그대로 음식의 노예가 됐다. 뭘 먹지를 못하는 '음식의 노예'라니. 아이러니하지만 그렇게밖에 표현할 수가 없다.

당시의 내 SNS, 핸드폰 사진첩, 메모장에는 온갖 음식들이 저장되어 있었다. 언제 끝날지 모르는 다이어트가 마무리되면 마음껏 먹을 욕망의 음식을 보며, 내 머릿속에선 매일 싸움이 일어났다. '확 먹어 버릴까?' vs '먹으면 안 돼, 참아'의 싸움이 24시간 반복되었다.

그렇게 음식 생각만 하다 보니 삶이 피폐해져 갔다. 당시 나는 따라가기 어렵고 과제 양도 어마어마한 공학 수업을 듣고 있었는데, 도저히 공부에 집중할 수가 없었다. '배고프다, 확 먹어 버릴까? 그럼 살찌는데? 아니면 칼로리 낮은 과일이라도 좀 먹을까? 과일은 당류라 먹으면 안 되는데? 그럼 뭘 먹어야 하지? 아, 먹지 말아야겠다…' 이런 꼬리에 꼬리를 무는 생각으로 공부 시간을 다 낭비해 버렸다. 배고프고 힘이 없어서 그냥 기숙사 침대에 누워서 먹방만 보며 날린 시간만 몇 날 며칠은 되는 것 같다. 앞서 말한 대로, 나는 학식을 먹지 못했다. 돈이 없어서가 아니라, 살이 찔까 봐 기를 쓰고 피했다. 친구들은 선후배와 이야기를 나누며 캠퍼스 추억을 쌓을 때, 나는 기숙사 방 안에서 다이어트 시리얼만 먹고 있었다. 사람들과의 관계도 놓친 것이다. 가장 후회되는 일 중 하나다.

5 신체적 증상

무엇보다 신체적 증상이 심각했다. 일단 먹는 게 없으니 하루 종일 힘이 없었고, 걸음걸이마저도 터덜터덜, 축 처진 모양새로 다녔다. 여름에도 손발이 차가워 에어컨이 나오는 실내에서 오돌오돌 떨며 지냈다. 저녁 약속이 늦게 있는 날에는 빈속에 술을 잔뜩 먹고 와서 구토를 했다. 억지로 하는 구토 때문에 턱 밑 침샘이 부었다. 그때는 그것도 모르고 윤곽 주사까지 맞았다. 온몸엔 항상 나도 모르는 멍이 잔뜩 있었다. 어디에 부딪힌 것도 아닌데 멍이 심하게 드는 것은 비타민과 같은 특정 영양소가 부족하다는 신체의 신호다. 미용실에 가면 항상 숱이 많다고 칭찬받던 머리카락은 눈에 띄게 얇아지고 많이 빠졌다. 그리고 어느 순간부터 생리 양이 줄어들더니, 생리를 아예 하지 않게 되었다. '생리까지 안 하다니, 나 진짜 말랐구나.' 하며 은연중에 뿌듯함을 느끼기도 했었다. 정말 어리고도 철없는, 아니 미친 생각이었다.

그 당시의 내 모습은 그냥 다이어트를 위해 살아가는 다이어트 노예, 다이어트 좀비였다. 다이어트 노예가 된 나는 더 이상 살 빼는 것 이외의 삶을 살아갈 힘이 없었다. 정신적으로 피폐해져 잠시 현실에서 도피하고 싶은 마음마저 들었다.

결국 그렇게 꿈에 그리던 대학 생활을 잠시 중단하기로 했다.

Chapter 5

절식과 폭식의 위험한 동침

끊임없이 드는 음식 생각과 먹으면 안 된다는 강박의 충돌, 반복되는 구토… 일상생활을 되찾고 싶다는 생각이 간절하여 휴학을 결심했고, 부모님의 집으로 들어가 생활하기 시작했다. 그러나 딱히 나아지는 건 없었다. 오히려 친구들과 생활하던 기숙사에서 벗어나자 혼자 있는 시간이 많아졌기에 더욱 굶기 수월했다. 부모님이 드시려고 사 온 빵이나 과자를 몰래 씹고 뱉는 행위로 먹는 걸 대신하기도 했었다.

그러다 어느 순간부터 '나 이 정도로 말랐으니, 이제 진짜 조금은 먹어도 되지 않나?' 하는 생각이 스멀스멀 피어나기 시작했다. 항상 머릿속으로 상상만 해 오던 먹방처럼은 아니더라도, 밥 한 공기 정도는 맛있게 먹어 보고 싶다는 생각이 머릿속을 지배했다. 하지만 생각만 할 뿐, 먹어 볼 용기는 도저히 나지 않았다.

첫 폭식의 기억 그날도 여느 때처럼 아침에 일어나 39kg이 찍힌 체중계를 보며 안도한 후 굶주린 배로 운동을 하는, 힘없이 평범한 하루였다. 늦은 아침으로 다이어트 시리얼을 먹고서도 기운이 없어 거실에 누워 있다가 일어나는데, 그 찰나에 엄마가 외출 전 끓여 놓은 된장찌개가 눈에 들어왔다. 당시 계속 앓고 있었던 기립성 저혈압 때문인지 거실에서 일어나는데 머리가 핑핑 돌았다. 세상이 빙글빙글 도는 것 같은 느낌과 함께 홀린 듯한 기분으로 주방으로 들어가 된장찌개 한 숟가락을 먹었다. 밥통에서 밥도 한 그릇을 퍼와 된장찌개에 비벼 먹었다. 쌀밥은 언제 마지막으로 먹었는지 기억도 나지 않았다. 첫 다이어트 이후부터 흰 쌀밥은 입에도 대지 않았으니 말이다. 몇 년 만에 탄수화물과 나트륨을 접한 나는 마치 불을 처음 발견한 원시인처럼 흥분하며 밥을 먹었다. 사실 그 이후는 기억나지 않는다. 그만큼 정말 정신없이 음식을 먹어 치웠다. 정신을 차려보니 밥통에 있던 밥과 된장찌개를 싹싹 긁어 먹은 잔해만 남아 있었다. 가족들이 며칠 동안 먹을 양의 밥과 반찬을 나 혼자서, 그 짧은 시간 동안 다 해치운 거다. 빈 밥통과 뚝배기, 반찬 통을 보자 엄청난 공포심이 몰려왔다.

눈물이 날 만큼 맛있었던 건지, 간이 짜서 그랬던 건지, 눈물이 나기 시작했다. 무서웠다. 살이 찔까 봐. 그게 뭐라고 쿵쾅거리는 심장을 부여잡으며 체중계에 올랐다. 아침보다 약 2kg

이 늘어 있었다. 실제로 배가 볼록하게 나왔고, 허벅지에 살이 통통하게 오른 것 같았고, 얼굴도 퉁퉁 부어 버린 것 같았다. 다시 예전의 70kg대 몸으로 돌아갈 것 같다는 불안감이 몰려왔다. 유튜브에 '허벅지 살 빼기', '10kg 빼기 운동'을 검색해서 모조리 따라 했다. 소화가 덜 된 채로 움직이니 헛구역질이 나고 너무 고통스러웠다. 다시는 음식을 먹지 않겠다고 다짐했다.

그리고 동시에 수치심이 몰려왔다. 분명 퇴근 후에 밥통이 비어 있는 걸 보면 가족들이 의아하게 생각할 텐데, 이걸 뭐라고 설명해야 할지 난감했고, 솔직하게 말하자니 창피했다. 일단 먹은 흔적을 깨끗하게 치워 두었고, 친구들이 놀러 와서 같이 밥을 먹었다고 거짓말을 했다. 내 스스로가 혐오스러웠다. 음식을 먹으며 기억을 잃을 정도였다. 내가 아닌 다른 자아가 나타나 이 모든 걸 먹어 버린 것 같기도 했다. 이건 내가 저지른 일이 아니다. 나는 이렇게까지 음식을 통제하지 못하는 사람이 아니다. 나는 엄청난 의지와 인내로 음식을 잘 참아 온 사람이었다. 이건 뭔가 잘못됐다. 다시는 이런 일이 없도록 내일부터는 정신 줄을 바짝 잡고 '더욱 잘 굶겠다'는 다짐을 몇 번씩이고 했다.

폭식-절식의 흔한 패턴 그 '된장찌개 사건' 이후로는 다시 원래의 절식 패턴으로 돌아왔다. 그러나, 한 번 경험해 본 폭식의 짜릿함은 강렬했다. 모든 걸 잊고 입에 음식을 잔뜩 밀어 넣고 와구와구 먹는 그 느낌이 계속 생각났다. 그날부터 길 가다 빵집을 보면서, 부모님이 사 온 과자를 보면서, '그냥 확 다 먹어버려?' 이런 생각이 머릿속에 가득 차기 시작했다. 그러고 며칠 지나지 않아 진짜 실행에 옮기게 되었다. 그렇게 나의 절식과 폭식의 쳇바퀴가 굴러가기 시작했다. 폭식과 절식의 굴레에 단단히 빠지게 된 것이다. 이때 내 패턴은 항상 비슷했다.

1 혼자 숨어서 먹음

하루는 친구들과의 약속이 있던 날이다. 나는 칼로리가 낮은 메뉴를 먹고 싶었지만, 친구들은 다이어트에 관심이 없었다. 나는 샐러드 바에서 샐러드만 먹을 요량으로 샐러드 바가 있는 피자집을 가자고 설득했다. 더치페이하면서도 나는 피자를 한 조각도 입에 대지 않았다. 샐러드 바에 있는 샐러드와 과일만 몇 접시 먹었다. 친구들과 헤어진 후 집으로 돌아오는 길, 식사약속에서 잘 버텼다는 안도감과 동시에 알 수 없는 불안감과 폭식을 해 버리고 싶다는 충동이 들었다. 집에 가는 길, 나도 모르게 동네 빵집에서 샌드위치와 슈크림 빵 하나를 사 와서 먹었다. (그 와중에도 칼로리가 적은 것으로 골라 왔다.) 그러고는 집으로 가는 길에 사 온 빵뿐만 아니라 집에 있는 탄수화물이란 탄수화물은 모두 먹어 치웠다. 밥통에 있던 밥까지 싹싹 비웠다. 그러고도 성에 차지 않아 다시 집 밖으로 나가 간식을 사들고 왔다. 아까 들렀던 빵집은 또 가면 이상하게 생각할 것 같아서 다른 빵집에 다녀왔다. 그렇게 빵집, 편의점을 돌면서 엄청나게 많은 양의 간식을 털어 와 집에 숨어서 혼자만의 폭식을 치렀다.

가장 흔하게 나타나는 폭식 현상 중 한 가지이다. 보통 남들과 함께하는 자리, 이성이 남아있을 때는 음식을 잘 참는 듯하다. 그러고 집에 귀가하는 길부터 '편의점에서 아이스크림이나 사다가 확 폭식해 버릴까?', '집에 가서 그냥 다 먹어 버릴까?' 이런 엄청난 충동과 불안을 느낀다. 경험자들은 이를 '폭식 꼭지', '폭식 스위치'가 켜진다고 표현하며, 내 코칭 수강생 중 한 분은 이를 '귀소 폭식'이라고까지 불렀다. 밖에서는 항상 '적게 먹어야 해.', '음식을 조심해야 해.'라는 긴장감을 가득 안고 식사했을 것이다. 그러다 식사 약속이 모두 끝나고 집에 가는 길에 긴장이 풀리며 가장 편안한 공간에서 긴장감에 대한 보상을 받고 싶은 욕구가 생기고, 거기에 더해 실제로 영양소를 제대로 섭취하지 못했다면 음식에 대한 욕구 또한 극에 달한다. 그게 합쳐져 귀소 폭식으로 발현하는 것이다.

또한 폭식할 때의 모습은 스스로가 생각해도 괴물 같다고 느껴지기에 그 누구에게도 들키고 싶지 않다. 그래서 가족이 모두 외출했을 때, 사무실에 혼자 남겨졌을 때, 방 안에서, 심지어는 비상구 계단에서까지 은밀하게 이루어진다.

❷ 통제력 상실 - 폭식 자아의 등장

폭식 꼭지, 폭식 스위치가 켜지면 그때부터는 내가 아닌 내면의 다른 자아가 나타난다. 엄청난 양의 음식을 말도 안 되게 빠른 속도로 먹어 치우는 폭식 자아이다. 그때부터는 나도 그 자아를 통제할 수가 없다. 그동안 먹지 못했던 음식에 대한 보상이라도 받겠다는 듯, 이 세상의 모든 음식을 먹어야 직성이 풀릴 것 같다. 특히, 평소 절식을 할 때는 절대 먹지 않았던 종류들, 먹으면 살쪄서 죽어 버릴 것 같았던 음식들만 골라 먹어 치운다. 주변에 먹을 게 없다면 폭식 자아는 어떻게 해서라도 먹기 위해 남몰래 집 밖으로 나간다. 특히 빵집, 편의점, 아이스크림 판매점 등을 전전하며 미친 사람처럼 음식을 사 온다. 처음에 갔던 가게를 또 방문하면 이상하게 생각할까 봐 거리가 먼 곳으로 돌아가기도 한다.

심한 폭식증에 시달리던 당시, 나는 룸메이트와 함께 기숙사에 살고 있었다. 룸메이트의 부모님께서 나와 함께 나눠 먹으라고 코스트코에서 초코머핀을 사다 주신 적이 있다. 그때도 나는 '방금 밥을 먹고 와서 나중에 먹겠다.'라는 핑계로 먹지 않았다. 며칠 후 룸메이트가 잠시 외출하고, 나는 여느 때와 같이 저녁으로 다이어트 시리얼을 먹었다. 당연히 배가 찰 리가 없었고, 한 그릇을 더 먹을까 말까 고민하다 결국 한 그릇을 더 먹었다. 그 순간 '다이어트 망했네…' 라는 생각이 들었다. 그 생각은 폭식 자아를 부르는 주문이었다. 폭식 자아는 그 자리에서 시리얼 한 통을 다 비워 버렸고, 더 먹을 게 없나 방을 뒤지기 시작했다. 그러다 은연중 신경 쓰고 있었던 룸메이트의 초코머핀이 생각났다. 친구가 먹으라고 준 거니까 딱 한 개만 먹자는 생각으로 집어 들고 맛도 느낄 새 없이 허겁지겁 먹었다. 그리곤 아쉬움에 하나만 더 먹을까 말까 고민했는데, 정신을 차려보니 이미 남아 있던 머핀을 다 먹어 치운 후였다. 남의 음식을 훔쳐 먹는 도둑질까지 해 버린 것이다. 그날은 정말 죄책감, 수치스러움에 휩싸여 아무것도 할 수 없었다.

이렇듯 폭식 자아가 휩쓸고 지나간 자리에는 죄책감, 수치심, 자기혐오밖에 남지 않는다. '이게 무슨 짓인가' 하는 자괴감이 들지만, 나도 내 폭식 자아를 멈출 수 없었다. 폭식 자아는 더 이상 도저히 먹을 것이 없을 때, 또는 배가 찢어질 듯한 고통이 느껴질 때, 폭식을 하다못해 지쳐버렸을 때야 힘을 잃는다. 그렇게 내 평소의 자아(이성)가 돌아오면 그때 무언가에 홀린 듯한 기분이 들기도 한다. 그 파괴적인 폭식 시간 동안 잠깐 기억을 잃은 느낌이다. 완전히 '폭식 자아'에게 그 시간을, 그리고 내 몸과 마음을 지배당하는 것이다.

❸ 엄청난 섭취 속도

폭식 자아는 엄청난 속도로 음식을 먹어 치운다. 그냥 빠른 속도가 아니라 씹지 않고 삼킬 정도로, 평소보다 훨씬 짧은 시간 동안 어마어마한 양을 먹어 치운다. 또한 잠깐의 그 공복 순간을 굉장히 불안해한다. 폭식을 하다 더 이상 먹을 음식이 없거나, 어디를 가야 한다거나, 급하게 해야 할 일이 생겼을 때, 입에 무언가 들어있지 않은 상태를 괴롭다고 느낀다. 그래서 집안에 먹을 것이 없으면 부리나케 먹을 걸 사러 나갔던 거다. 음식을 사서 집에 돌아오는 그 순간조차도 참을 수 없을 때가 있었다. 그래서 길거리에서 먹은 적도 많다.

당시 나는 아르바이트로 과외를 했었는데, 과외를 끝내고 오는 길에는 항상 폭식을 했다. 과외를 해 주던 학생의 집에서 간식을 잘 챙겨 주었지만, 나는 단 한 번도 제대로 그 음식을 먹지 않았다. 예의상 한두 입 정도 먹긴 했지만, (다이어트 때문에) 찝찝한 마음으로 과외 시간을 보내고는 했다. 그렇게 과외 학생의 집을 나와서 이상한 기분으로 그 동네의 빵집에 들러 빵을 잔뜩 샀다. 그러고는 돌아오는 버스 정류장과 아파트 비상구에서, 그리고 집으로 걸어가며 길거리에서까지 빵을 먹어댔다.

이렇듯 폭식의 꼭지가 한번 터지기 시작하면 그 '공복의 순간'을 견디기가 어려워지는 것이다. 당장 입에 음식을 꾸역꾸역 넣어 씹어 버리고 싶은 욕구에 휩싸였다. 그리고 적당히 사람이 없는 곳에 숨어서 그 욕구를 해소하기 바빴다. 나의 진짜 자아, 이성적인 자아는 절대 하지 않을 일이지만 폭식 자아는 그랬다.

❹ 먹은 흔적을 치워 버림

- 빵 껍질과 과자 가루 같은 쓰레기들, 음식물로 난장판이 되어 버린 방
- 배가 부르다 못해 찢어질 것 같은 고통
- 소화가 안 되어 신물이 올라오는 듯한 역겨움
- 음식의 기름과 부스러기가 잔뜩 묻은 괴물 같은 얼굴
- 엄청난 자괴감과 수치심

폭식 자아가 휩쓸고 떠난 그 자리는 처참하다. 말 그대로 몸과 마음, 나의 공간까지 모두 폭식 괴물에게 잡아 먹힌 듯했다. 특히 폭식 이후에 느껴지는 수치심은 견디기 어려울 만큼 고통스러웠다. 이 모습을 그 누구에게도 들킬 수는 없었다. 창피함으로 죽어 버릴 것만 같았기 때문이다. 그래서 그때부터 먹은 흔적을 치우기 시작한다. 나는 집에서 폭식했을 때면 먹은 쓰레기와 부스러기들을 한데 모아 서랍에 숨겨 두었다. 혹시라도 엄마가 쓰레기통 정리를 하다가 내가 먹은 빵과 과자 봉지들을 보고 이상하게 생각할까 봐 집 안에는 버리지도 않았다. 외출할 때 가방에 챙겨 나가 지하철역 쓰레기통에 버릴 때도 있었다.

❺ 회개 운동과 절식, 만회하려는 행동들

그러고는 자연스러운 수순이지만, 이 폭식으로 일어날 일이 두려워지기 시작한다. 당연히 살 이야기다. 실제로 배를 보면 임

산부만큼 부풀어 있다. 방금 내가 먹어 치운 음식들은 이제 나의 허벅지, 뱃살, 팔뚝 살이 되어 버린 것 같아 엄청난 공포심까지 든다. 그때부터는 폭식을 '없던 일'로 만들고자 온갖 노력을 한다. '폭식 후 살 안 찌는 방법', '폭식 후 대처 방법', '일주일 만에 10kg 빼는 방법' 같이 허무맹랑한 방법을 미친 사람처럼 찾아 댄다. 10분 만에 1,000칼로리 태우는 운동, 며칠 만에 팔뚝 살 제거하는 운동, 7일 만에 허벅지를 똑 떼어 준다는 운동… 지금 생각해 보면 말도 안 되는 운동을 그때는 지푸라기 잡는 심정으로 했다. 그러고는 항상 '내일부터, 아니 오늘 저녁부터 무조건 굶기'와 같은 다짐을 했다. 그렇게 실제로 폭식 후 며칠 동안은 절식했지만, 어김없이 며칠 후에 또 폭식을 해 버렸다. 처음에는 그 주기가 일주일 정도였지만, 나중에는 3일, 2일로 점점 짧아졌다. 이외에도 관장을 하거나, 장 청소 약을 먹거나, 토를 하며 아래위로 먹은 음식을 만회하려는 온갖 행동에 많은 시간을 썼다. 그러나 당연히 폭식은 '없던 일로' 되돌릴 수 없었고 온전히 내가 감내해야 하는 일이었다.

나의 지긋지긋했던 폭식과 절식은 이런 패턴으로 흘러갔다. 하루하루 망가져 갔고 삶은 더없이 피폐해졌다. 사실 당시에 이런 모습은 나만 겪고 있는, 엄청나게 유별나고 창피한 일로만 여겼다. 그 누구에게도 말할 수 없었던 나만의 비밀이었다. 그로부터 5년 정도가 지나서야 나의 이런 경험을 유튜브, 블로그, 인스타그램 등 SNS에 공유하기 시작했다. 예상과 다르게 생각보다 정말 많은 사람이 공감했다. 나의 경험이 다이어트로 고장난, 수많은 다이어트의 노예들이 흔하게 겪는 폭식과 절식의 패턴임을 그때 깨달았다.

거식증과 폭식증이 공존하던 1년 동안은 무언가 잘못되었다는 것을 알면서도 외면하려고만 했다. 아니, 어떤 식으로 고쳐야 할지 막막했다. 그냥 내 잘못인 줄로만 생각했다. '나는 왜 먹으면 먹는 대로 살이 찌는 거지? 나는 왜 이렇게 식욕이 많지? 음식을 왜 참지 못하는 거지?' 이런 생각을 갖고 있었다. 동시에 폭식을 하면 할수록, 다이어트에 대한 욕망은 커져만 갔다. '빨리 살 다 빼고 적당히 먹으면서 유지만 하면 될 텐데.' 이런 생각으로 말이다. 인터넷에 '폭식증', '섭식 장애'를 찾아 봐도 당시 관련한 내용은 전무했다. 섭식 장애 카페에는 오히려 거식증 이야기가 대부분이었다. 폭식 횟수가 점점 늘고 있는 나에게는 '차라리 음식을 못 먹는 게 나을 것 같다'는 잘못된 인식까지 생겨 버렸다.

그렇게 휴학까지 했건만 1년을 허비하고, 이대로는 더 이상 안 될 것 같아 정신건강의학과에 상담을 받으러 갔다. 병원에서는 식욕 억제제를 처방해 주었다. 억제제를 먹으니 입이 바싹바

싹 마르고 식욕이 뚝 떨어졌다. 곧 어지럼증, 이상한 기분, 충동적인 생각까지 들어 더 이상 먹으면 정말 정신병에 걸릴 것 같다는 무서움에 그만두었다. 그때의 잘못된 처방으로 인해 당시의 나는 병원 또는 상담의 도움을 받을 생각을 일절 하지 않았다. 나중에 공부해 보니, 그건 완전히 잘못된 처방이었다. 폭식증 환자에게 식욕 억제제는 큰 도움이 되지 못한다. 섭식 장애의 근본적인 원인은 식욕 그 자체가 아니라 신체 이미지에 대한 왜곡, 집착, 과거 트라우마 등 심리적인 문제에 있기 때문이다. 반면 식욕 억제제는 단기적인 식욕을 잠재우는 데에만 효과가 있을 뿐, 불안이나 우울 등 부작용의 위험성이 있다. 그러니 심리적 문제를 갖고 있는 이들의 상황을 더욱 악화시킬 뿐이다.

그 사건 이후, 나의 잘못된 생각은 더욱 확고해졌다. 억제제를 처방받은 순간, '내 식욕'이 문제라는 것을 공인받은 셈이다. 그런데 내 식욕은 이미 고삐가 풀려 버렸고, '날씬한 몸'과 '마른 체중'은 포기할 수 없었다. 아니, 이미 살쪄 버린 몸을 보기가 힘들었고 하루라도 빨리 잠시 말랐던 그때의 몸을 되찾고 싶어 미칠 지경이었다.

다이어트 약(보조제) 그 시점에서 내 눈을 사로잡은 제품이 있었다. "굶지 말고 먹으면서 다이어트 하세요. 체지방만 쏙 빼 드려요." 이제는 흔하디흔한 다이어트 보조제 광고 문구이지만,

그때는 우리나라에 보조제 대중화의 바람이 막 불기 시작하던 시기였다. 식욕은 날뛰고, 살은 빼고 싶은 내 고민을 말끔하게 해결해 줄 것 같은, 혁신적인 제품이었다. 당시 학생이 구매하기에 말도 안 되는 가격이었지만, 아르바이트하며 모은 돈을 탈탈 털어 고민 없이 구매했다. 사실 '이게 가능해?' 하는 의심을 하면서도, 제발 그렇게 해 주길 바라며 지푸라기 잡는 심정으로 제품을 구매했던 것 같다.

그러나 다이어트 보조제를 먹는 시점부터, 음식을 거부하던 증상은 사라지고 폭식증이 강화되었다. 더불어 약 의존증 및 더욱 심한 강박 증상이 생겨났다. 그동안은 살찔까 봐 먹지 못하고 제한했던, 심지어는 씹고 뱉거나 토해 버렸던 음식들을 이제는 다이어트 보조제가 해결해 줄 거라고 믿으며 조금씩 먹기 시작했다. 이따금 과자나 빵 하나를 먹었을 때면, '이왕 보조제 먹은 거 더 먹어도 되지 않을까?' 하는 생각으로 폭식을 시작하게 되었다. 보조제는 그냥 폭식의 마중물이 된 거다. 당시에는 다이어트 보조제가 흔하지 않을 때라 지인들에게 설명하기도 귀찮고 창피했다. 그래서 외식을 하게 될 때면 보조제 먹는 것을 들키지 않으려고 화장실에서 보조제를 삼키고 들어왔다. 보조제가 없으면 밥 먹는 게 무서워서 몰래 음식을 씹고 뱉을 때도 있었다. 아이러니하게도 그렇게 외식하고 들어와 집에서 폭식을 한 적도 많다.

당연히 다이어트가 됐을 리 없다. 다이어트 약은 약대로 먹으면서 폭식한 만큼 살은 정직하게 쪄 버렸다. 그럼에도 다이어트 보조제를 몇 년간 끊지 못했다. 약 덕분에 그나마 이 정도 찐 거라고 합리화하고 보조제에 의존하며 폭식을 반복했다.

PT 식욕을 해결하지 못하니, 운동으로 그만큼 소모해 버리면 되지 않을까? 하는 생각을 이때부터 하게 되었다. 여기에 식단 관리까지 해주는 트레이닝을 받으면, 내 식욕도 강제로 잡을 수 있고 다이어트도 할 수 있을 거라는 생각에 100만 원 정도 하는 1:1 PT에 등록했다. 역시나였다. 오히려 강도 높은 운동으로 보상 심리에 귀가 후 폭식을 했다. 굶은 채로 운동을 하러 간 탓에 너무 어지러워 수업을 중단하고 되돌아온 날도 있었다. 그 이후로 운동 전에 당 보충을 해야겠다는 생각에, 하루 종일 굶으면서도 운동 한 시간 전에는 초코바 같은 간식을 먹었다. 그런데 역시나 간식은 매번 폭식으로 이어졌다. 폭식을 해 버려서 당일에 PT 수업을 취소하기도 했다. 폭식 비용에 더불어 수업료 5만 원 가량을 허공에 날려 버린 셈이다. 그 이후로 운동, 특히 웨이트(헬스)는 나에게 좋지 않은 기억과 고통스러운 감정으로 연계되었다. 그래서 운동을 다시 시작하기까지 꽤 오랜 시간이 걸렸다. 가장 후회되는 일 중 하나이다.

지방 흡입, 다이어트 시술 나의 목표는 무조건 마른 몸이었다. 어떤 옷을 입어도 여리여리해 보이는 몸, 조금 살쪄도 티가 나지 않을 마른 몸을 갖고 싶었다. 마른 몸이 되면 지금 나의 이 폭식도 미화돼 보일 거고, 아무튼 모든 문제가 해결될 것이라고 믿었다. 당시 나는 저체중의 범주에 속해 있었음에도 불구하고, 잘못된 신체 이미지를 갖고 있었다. '팔뚝 살을 잘라 버리고 싶다'는 잔인한 생각까지 하고 있었는데, 그 와중에 '팔뚝, 허벅지 안쪽, 뱃살의 지방만 쏙 빼 준다'는 지방 흡입 광고가 내 눈길을 사로잡았다. 대학생이던 나에게는 꽤 큰 금액이었지만, 그것 또한 나에게 터닝 포인트가 될 것이라고 생각했다. 일단 비싼 돈을 지불할 테니, 그 금액이 아까워서라도, 날씬한 팔뚝을 유지하기 위해 절대 폭식하지 않을 거라고 생각했다. 그렇게 부모님, 가장 친한 친구들도 모르게 지방 흡입 수술을 하고 왔다. 그해 여름은 팔뚝에 덥고 습한 압박복을 입고 보냈다. 그러나 지방 흡입을 하고 온 그 당일조차도 폭식의 굴레에서 자유로울 수 없었다. 아니 더욱 악화되었다. 수술의 효과를 보려면 절식, 굶어야 한다는 생각에 며칠은 굶다가 결국 그 이후 보상 심리로 어마어마한 폭식을 해 버리는 날이 똑같이 반복되었다. 그럼에도 빠르게 살을 뺄 수 있다는 각종 수술과 시술에 미련을 버리지는 못했다. 온갖 다이어트 시술에 돈 1,000만 원은 썼던 것으로 기억한다.

음식과의 관계 지금 생각했을 때 가장 심각했던 부분은 사실 '음식'에 대한 인지 상태였다. 음식 먹는 행위 자체를 '살, 몸매, 체중'과만 연관 지어 생각했기 때문이다. 모든 음식을 먹으면 '살이 찌는 음식 vs 그나마 괜찮은 음식'으로 구분하기 시작했다. 요즘 말로는 '더티식 vs 클린식'과 같이 음식을 라벨링 labelling 하며 이분법적으로 나누어 생각한 것이다. 칼로리는 물론 탄수화물, 당류, 지방, 단백질, 나트륨 함량까지 체크하며, 먹어도 되는 음식과 먹으면 안 되는 음식으로 나누었다. 음식을 고를 때면 무조건 영양 성분표를 보고 선택하기도 했다.

그맘때쯤, '건강한' 또는 '지속 가능한' 다이어트가 키워드로 자리 잡으며 각종 다이어트 대체 식품이 나오기 시작했다. 곤약으로 만든 떡볶이, 젤리부터 시작해서 해초 비빔면, 통밀빵, 다이어트 초코볼, 비건 빵, 저칼로리 아이스크림 등등 다이어트 중 음식을 참지 말고 '건강하게' 대체해서 먹으라는 취지의 식품들이었다. 당연히 일반 식품들보다야 칼로리가 낮았지만, 당시 내 다이어트 사고로는 그 음식에 들어간 설탕, 밀가루조차도 먹기 두려워 처음에는 관심을 갖지 않았다. 하지만 점점 폭식 욕구가 강해지면서 '이렇게 살 수는 없겠다'는 마음으로 해당 식품을 구매했다. 배고파서 참을 수가 없을 때, 또는 떡볶이가 정말 먹고 싶을 때 하나씩 먹을 요량이었다.

그러나, 곤약 떡볶이 같은 대체 식품들은 떡볶이를 먹고 싶다는 내 욕구를 채워 주지 못했다. 오히려 제대로 된 식사를 하지 못했다는 생각에 다른 음식들을 더 떠올리게 되었다. '99칼로리밖에 안 하니까 한 개만 더 먹어도 되지 않을까?' 이런 생각에 한두 봉지를 더 먹은 적도 많다. 그런 날이면 평소에는 무서워서 먹지도 못했던 치킨부터 가족들이 먹다 남긴 밥, 빵, 과자까지 어마어마한 폭식을 시작하곤 했다. 이런 대체 식품 또한 다이어트 보조제와 마찬가지로 폭식의 마중물이 될 뿐이었다.

더 심각했던 건 그 제품 때문에 폭식을 하는 와중에도 또다른 대체 식품을 주문하고 있었다는 것이다. 지금 폭식을 해 버렸으니, 내일부터는 정말 굶으면서 99칼로리 곤약 면을 먹으면 괜찮을 것 같다는 생각에 대체 식품을 끊을 수가 없었다. 이런 대체 식품은 일반 식품에 비해 2배 이상 비싸기도 했다. 그 비싼 음식을 폭식할 때면 2~3개씩 먹었고, 거기에 다른 음식들까지 또 먹어 버렸으니… 내 지출의 대부분은 식비가 차지했다. 당시 나는 그야말로 다이어트 식품 산업의 노예였던 것이다.

그렇다. 이 당시의 폭식은 100% 살과의 전쟁 때문에 발생했다. 항상 '살만 빼면', '딱 몇 kg만 더 빼면'이라는 말을 달고 살았다. 지금 생각해 보면 모든 것은 이 '살만 빼면'이라는 단어로부터 시작되었다. 내게 폭식을 불러일으키는 마법의, 아니 저주의 언어이다. 이 말을 하는 그 순간부터, 내 가치는 다이어트에 의해 정해졌다. 다이어트의 노예가 되어 버린 것이다.

나의 몸에 대한 비정상적인 이미지, 그리고 그것을 부추기는 다이어트 산업. 이 둘이 완벽하게 맞아떨어지며 폭식증은 시작되었고, 그렇게 약 7년간 나는 다이어트의 노예가 되어 절식과 폭식을 반복하는 끔찍한 일상을 보냈다.

PART 2

행복을 찾아 ― 다이어트 독립운동

　7년 동안 지긋지긋한 다이어트와 폭식을 지속하며, 이를 고치기 위한 시도는 무수하게 해 왔었다. 이전 파트의 '잘못된 회복의 노력'이 그 당시에는 나름의 극복을 위한 최선이었다. 그러나 그런 노력을 하면 할수록 폭식증은 더욱 악화되었고, 내 무의식중에도 그러한 전략은 더 이상 먹히지 않음을 느끼고 있었다. 그때부터 조금씩 다른 방향의 해결책을 찾기 시작했다. 나는 당연히 이 방법을 알고 시도한 것이 아니라, 경험적으로 알아 갔던 것이기 때문에 회복 속도는 정말 느렸다. 오히려 '내가 나아지고 있긴 한 걸까?' 하는 끝없는 자기 의심과 자책을 달고 살았다. 폭식증이 극복되고 있다는 생각은 전혀 하지도 못했고, 폭식증을 내가 평생 달고 살아야 하는 존재라고까지 생각했다.

회복은 선형적으로 이루어지지 않는다. 수많은 실패와 시도 속에서 경험이 쌓이며, 천천히 회복된다. 순간순간의 시간은 느리게 가지만 뒤돌아보면 세월이 금방 지나 있는 것처럼 회복의 과정 또한 그렇다. 다이어트 노예였다고 이야기할 만큼, 나의 매일매일은 좌절이었고 고통과 고난의 연속이었다. 폭식 없는 하루가 빨리 끝나기를 바라는 마음뿐이었다. 지금 돌이켜 보면, 이 시기 동안의 나는 정말 치열하게 다이어트로부터의 독립운동을 펼치고 있던 중이었다. 그리고 마침내 이렇게 노예 생활을 청산하고 푸드 프리덤, 다이어트로부터의 독립을 맞이할 수 있게 되었다.

나는 그 방법을 몰라 7년의 세월 동안 직접 찾아 헤맸고 많은 시행착오를 겪었지만, 아래의 방법을 그대로 따라 해 본다면 당신의 해방일은 훨씬 빠르게 다가올 것이다. 실제로 내가 유료 코칭으로 진행하는 순서로, 이 방법을 따라한 수강생들은 평균적으로 50일 이내에 많은 차도를 보였다.

Chapter 1

내 다이어트 역사의 뿌리를 찾아

현대 사회에서 '날씬함'이라고 규정되는 아름다운 몸에 대한 소망은 자연스럽다. 인간으로서, 여성으로서 당연히 추구하게 되는 가치이다. 하지만 강박적인 다이어트 집착과 폭식 습관까지 생겨 버린 상태라면 지금 당신이 추구하는 것은 '날씬한 몸' 그 자체가 아닌 결핍된 욕망이거나, 당신의 마음 속에 상처받은 무언가가 깊게 자리하고 있을 가능성이 크다.

나에게 상담을 요청했던 사람 중 대다수의 공통적인 특징은 어렸을 때 살과 관련된 기억이 알게 모르게 남아 있다는 것이다. A씨는 어릴 적 가족들과 밥을 먹을 때면 부모님께 배를 꼬집힘 당하며 적게 먹으라고 핀잔을 받았다. 그때부터 간식을 몰래 숨어서 먹는 습관이 생겼다고 한다. 시간이 지나 아이 엄마가 된 지금도 그녀는 아이들을 등원시키고 혼자 남은 집에서 아무도 몰래 간식을 먹곤 한다. 그녀는 이 습관이 너무 싫으면서도 끊지 못하고 있는 스스로가 한심하고 괴롭다고 했다. 과거 기억을 떠올리게 된 그녀는 자기 내면의 어린 자아*를 마주한 뒤 진심으로 이해해 주었고, 이를 통해 그 습관을 고쳐 나갈 수 있었다. B씨는 보통 체형이었지만, 유난히 젖살이 통통했던 탓에 친구들에게 '꽃돼지'라는 별명으로 불렸다고 한다. 그 별명이 너무 싫어서 그녀는 초등학생 때부터 다이어트를 시작하게 되었다. 그러나 아무리 살을 빼도 얼굴의 젖살은 그대로 남아 있었고, 20년이 지난 지금도 극한의 다이어트를 지속해 오고 있다고 한다.

이들 모두 처음에 '왜 저는 이 다이어트가 잘못된 걸 알면서도 그만두지 못할까요?'라는 질문으로 찾아왔다. 상담을 통해 한참 이야기를 나누고 나서야 지긋지긋한 다이어트의 시작이 모두 과거의 사건들 때문이었다는 것을 알게 되었다. 이렇게까지 집착하고 있는 다이어트가 자신의 의지로 시작한 게 아님을 깨닫는 순간, 허무함을 느꼈고 더 이상 그 기억에 종속되지 않기로 결심할 수 있었다. 이 모든 것의 시작, 진짜 원인을 발견하고 인정함으로써 완전히 뿌리 뽑을 수 있었던 것이다.

이처럼 다이어트 노예가 되어 버린 그 시작점, 뿌리 깊은 원인을 찾아내 보자. 뿌리가 썩은 나무는 더 이상 자랄 수 없다.

---

* 어린 자아: 어린 시절에 형성되어 성인이 된 개인의 성격, 감정 및 행동에까지 영향을 미치고 있는 무의식의 자아를 의미하는 용어. <내 몸을 사랑하게 되는 날>, 박지현

악습관의 뿌리를 찾아 끊어 내지 않으면, 아무리 좋은 습관을 길러도 그 뿌리는 언제든 우리를 시들게 하고 옥죄어 올 것이다.

내 인생에서 '몸이 맘에 들지 않는다'라는 생각을 처음 하게 된 시점은 언제였을까? 아주 어릴 때의 기억을 떠올려도 좋다. 그때로 돌아간다면, 어린 나에게 어떤 말을 해 주고 싶은가?

Chapter 2

내 몸의 모습은 내가 정해

신체 이미지로부터의 자유를 찾아

신체 이미지body image 란, 신체적 외모에 대한 주관적인 인식을 의미한다. 이는 문화, 미디어, 사회적 시선, 개인적 경험과 같은 다양한 요소에 영향을 받으며 형성된다. 건강한 신체 이미지를 갖고 있다면, 실제 몸의 모양이나 체중 등에 관계 없이 자신의 신체를 수용하고 그것에 만족한다. 긍정적인 신체 이미지를 가진 사람은 높은 자존감과 자신감을 갖고 있으며 삶의 질이 만족스러울 수밖에 없다. 반대로 부정적인 신체 이미지를 갖고 있다면 체형과 체중을 조절하기 위한 극단적 행동을 하는 경우가 많다.

위에서 파악했듯이 대부분 다이어트의 시작은 자신의 내적 동기가 아닌, 타인(미디어)의 영향이 크다. 다이어트 산업은 소비자들이 자기 몸에 불만족하는, 부정적인 신체 이미지를 갖도록 만든다. 그래야 끊임없이 다이어트 관련 제품을 팔 수 있기 때문이다. 우리는 그동안 신체 이미지에 대한 주도권을 빼앗겼을 뿐만 아니라 부정적인 시각을 주입 당했던 것이다. 나의 경우에는 육교에서 친구의 말 한마디로 허벅지가 거슬리기 시작했다. 이를 시작으로 각종 미디어를 통해 '여성의 아름다운, 건강한 몸'에 대한 신체 이미지를 주입 당해 왔다. '내 몸이 이렇게 생겼으면 좋겠다.', '저런 몸이 되면 건강한 것이구나.'라는 신체 이미지를 끊임없이 세뇌 당하며 다이어트 노예 생활을 자처한 것이다.

STEP 1 정체성 확립　다시 한번 강조하지만, 정체성의 힘은 정말로 강력하다. 이전까지 내 몸에 어떠한 판단도, 불만도 없었던 나는 친구의 말 한마디로 '통통한 사람'이 되어 버렸다. 친구를 탓하는 건 아니다. 친구의 영향이 아니었어도 나는 곧 미디어 등을 통해 다이어트 영향을 받게 됐을 것이다. 그러나 어린 나이 10살, 그때부터 스스로를 '살 빼야 하는 사람'이라고 생각하게 된 것은 사실이다. 뭘 먹더라도 '나는 통통하니까 덜 먹어야 해.'라는 강박을 갖게 되었고, 주변 사람들의 눈을 의식하며 적게 먹는 척을 하게 되었다. 스스로를 살 빼야 하는 사람이라는 정체성에 가둬 두며 수년간을 살아온 것이다. 그러면서도 동시에 남들이 '잘 먹어서 귀여워.'라고 이야기를 할 때면, 먹기 싫을 때도 있었지만 기대에 부응이라도 하듯 잘 먹는 척을 하기도 했다. 내 스스로가 어떤 모습으로 살아가고 싶은 건지, 그 정체성이 확립되지 않았기 때문이다. 남들의 한마디 한마디에 휘둘렸기 때문에 다이어트 산업의 각종 마케팅과 유행에도 줏대 없이 휘둘렸던 것이다.

그래서 나는 다이어트로부터의 독립을 결심하며, 더 이상 남들의 외적 기준에 맞추기 위해 노력하지 않기로 했다. 내가 살아가고 싶은 나의 진짜 모습을 떠올리고 그것만을 좇기로 했다. 10년 뒤에도 20년 뒤에도, 아니 할머니가 되어서도 내가 살아가고 싶은 모습을 그려 보았다. 할머니가 되어서까지 영양 성분을 보며 벌벌 떨고, 가족과의 모임에 참석해서 살찔까 걱정하는… 그런 모습으로 살고 싶지는 않았다. 그래서 나는 아래와 같이 나만의 정체성을 갖기로 했다.

퇴근하고 운동 갈 생각에 칼퇴만 기다리는 월급 루팡 다이어터 (X)
⇨ **일 잘하는 회사원**

살 빼기 위해 매일 공복에 유산소를 하는 다이어터 (X)
⇨ **정신 건강을 위해 매일 한 시간씩 수련하는 요가 수련생**

몸무게에 따라 그날의 기분이 좌지우지되는 다이어터 (X)
⇨ **체중, 몸매와 상관없이 활기차고 긍정적인 사람**

식단 때문에 가족과의 외식을 기피하는 다이어터 (X)
⇨ **가족과의 시간을 소중히 여기는 딸**

10년 이상 '다이어터'라는 정체성만 달고 살았을 때는 항상 음식을 절제해야 했고, 그럴수록 음식에 대한 욕심은 커져만 갔다. 그러나 그 정체성에서 하나씩 벗어나기 시작하니 음식에 신경 쓸 겨를이 없었다. 다이어트의 노예로 살아갈 때는 미처 보지 못했고, 보고 싶지도 않았던 일들이 잔뜩 쌓여 있었기 때문이다. 지금까지 놓쳐 온 것들을 다시 찾으려면 하루를 바삐 보내야만 했다. 위 정체성에 부합하는 사람이 되려면 더 이상 '체중', '몸무게', '식단', '운동'이 아닌 '지금 당장 처리해야 할 업무', '커리어를 위해 공부해야 할 것들', '정신 건강을 위해 읽어야 할 책', '좋은 관계를 유지하기 위한 사회생활', '가족과의 시간'에 내 에너지와 시간을 쏟아야 했다. 이게 극복의 시작이자 전부이다. 내 정체성을 내 손으로 직접 세운 그 시점부터 다이어트 때문에 무너졌던 일상이 조금씩 재건되기 시작했다. 나의 해방 운동이 본격적으로 열린 것이다. 이 글을 읽고 있는 당신도 만년 다이어터에서 벗어나 새로운 정체성을 세워 보았으면 좋겠다. 현재의 몸매, 체중과 관련 없이 당신이 될 수 있는, 되고 싶은 진짜 모습 말이다.

이 정체성을 매일매일 상기하며 보내길 바란다. 그 정체성과 어울리는 의사 결정을 해 나가다 보면 음식과 다이어트로만 가득 찬 삶이 아닌 진짜 삶이 펼쳐지게 될 것이다.

직업, 사회생활, 가족, 대인 관계, 취미, 자아실현 등의 측면에서 지향하고 싶은 정체성을 세워 보자.

지금껏 당신을 정의 할 수 있었던 단어들은?	➡	앞으로 어떤 모습으로 살아가고 싶은가?

ex) 가족과의 외식을 기피하는 다이어터 ⇨ 가족과의 시간을 소중히 여기는 딸

⇨
_____

⇨
_____

⇨
_____

⇨
_____

⇨
_____

⇨
_____

STEP 2 지금의 나를 있는 그대로 마주하기 자신에게 전부였던 다이어트를 지운다는 것. 뭔가 어색하기도 하고 언짢은 감정이 들 수 있다. 특히 살찐 몸, 체중을 볼 때면 다시 극단적인 다이어트로 돌아가 과거의 말랐던 몸을 되찾고 싶은 마음이 굴뚝같을 테다. 나 또한 그랬었다. 그런데 그 모습이 불편하다고 해서 다시 돌아간다면, 이전과 똑같아질 뿐이다. 다이어트 강박과 폭식의 굴레에서 영원히 자유로워질 수 없을 게 분명하다.

때문에 어떤 모습이든 자신을 마주하고 인정하며, 진심으로 받아들이는 것이 중요하다. 살이 찐 모습도, 살이 빠진 모습도 어떠한 판단 없이 '나' 자신임을 인정해야 한다. '당신은 있는 그대로 예쁩니다.' '있는 그대로 소중합니다.' 이런 말을 하는 게 아

니다. 굳이 긍정적으로 생각할 필요도 없이 있는 그대로 받아들이는 것으로 충분하다는 것이다. 자기 자신조차도 스스로의 모습을 부정하고 회피하며, 어떻게든 바꾸려고만 한다면 평생 남들의 기준에 휘둘릴 수밖에 없다.

지금도 거울을 보면 이런 생각을 하고 있지 않은가? 팔뚝은 더 얇아야 하는데. 체지방은 20% 중반이 되어야 하는데. 허벅지 사이는 더 떨어져야 하는데. 배는 더 납작해야 하는데. 복근은 더 선명해야 하는데… 이런 건 남들이 정해 둔 기준일 뿐이다. 남들이 정해 둔 기준 따위는 완전히 배제하고 스스로의 몸을 있는 그대로 받아들이고 어떠한 판단도 하지 않았으면 좋겠다. '내 얼굴은 이렇게 생겼구나.' '내 배는 이렇게 생겼구나.' 하며, 스스로를 있는 그대로, 그리고 조금의 애정 어린 시선을 갖고 바라보자. 더불어 우리 몸은 항상 유동적이라는 걸 명심하자. 단편적으로는 포즈, 숨쉬기, 조명에 따라서 몸의 외형은 다르게 보이며 그날의 컨디션(식사량, 나트륨, 생리나 배변 여부 등)에 따라 체중 또한 시시각각 달라진다. 또한 우리 몸은 외적인 모습보다 더욱 중요한 '기능'들을 수행하고 있음 또한 잊지 않았으면 좋겠다. 호흡, 소화, 순환, 면역, 운동 등… 우리가 매일 걷고 숨 쉬며, 세상을 바라보고 여러 감각을 느끼게 해 주는, 이 많은 활동을 묵묵히 수행하고 있다. 튀어나온 뱃살, 셀룰라이트를 불평하기에 우리 몸은 너무나도 열심히 일하고 있다. 지금도 나를 위해 열심히 일하고 있는 몸에 불평보다는 감사의 마음을 갖고 살아 보도록 하자.

뚱뚱하다고 놀림 받았던 70kg 시절의 나도, 삐쩍 말랐던 40kg의 나도, 회복의 과정에 있던 60kg의 나도 모두 다 똑같은 나임을 덤덤하게 인정하고 받아들일 수 있는 상태. 나는 그 상태가 되었을 때 비로소 다이어트에서 완전히 자유로워짐을 느꼈으며, 건강한 자존감을 되찾게 되었다.

STEP 3 통제하지 못하는 것들에 집착하지 않기 이렇게 말하고 있는 나도 다시 살찐 모습을 진정으로 받아들이기까지는 꽤 오랜 시간이 걸렸다. 매번 그걸 견디지 못하고 다시 다이어트로 돌아갔기 때문에 7년이라는 시간을 허비했다. 나를 있는 그대로 수용하는 것. 이게 왜 그렇게 고통스럽고 어려웠을까? 통제 불가능한 것을 '관리', '조절'이라는 명목하에 통제하려고 했기 때문이다. 아니 통제를 넘어서 지나치게 집착했고, 실패했을 때의 그 책임을 스스로의 의지로 돌렸기 때문이다.

체중 관리를 위해 오늘부터 일주일 동안 '닭가슴살 고구마' 식단을 철저하게 지켰다고 생각해 보자. 그렇다고 해서 일주일 동안 체중이 얼마나 빠질지, 몇 kg이 될 수 있을지 정확하게 예측할 수는 없다. 내가 원하는 25인치 청바지를 입으려면, 복근을 가지려면, 허벅지 사이를 똑 떨어뜨려 놓으려면, 얼마만큼의 시간과 노력이 필요한지 확신을 갖고 이야기해 줄 수 있는 사람은 어디에도 없다. 그렇게 확신을 갖고 이야기하는 사람들을 주의해라. 게다가 인고의 노력 끝에 그 목표를 이뤘다고 한들, 어떤 사람들은 '피골이 상접했다.' '가슴이 너무 빠졌다.' '근육이 너무 없다.'라는 말로 또 다른 잣대를 들이밀며 평가질하는 일도 빈번히 일어난다. 그렇다. 체중, 눈바디, 몸매, 타인의 인정 등은 내가 즉각적으로 통제할 수 없는 목표일뿐더러 언제든 바뀔 수 있는 기준이기도 하다.

그런데 다이어트를 하면 이 통제할 수 없는 목표만을 바라보게 되고, 이 목표에 따라 일희일비하게 된다. 나는 45kg이 되면, 25인치 청바지를 입게 되면 행복해질 줄만 알았다. 하지만 딱 며칠뿐이었다. 물이라도 한 컵 마시면 체중이 늘어날 것 같은 불안감에 3kg은 더 빼야겠다는 새로운 목표를 세웠다. 25인치 청바지를 입게 되어 잠시 기뻤지만, 모델과 다른 핏에 실망했고 밋밋한 엉덩이가 맘에 들지 않았다. 끝을 모르는 목표가 생기면서 내 정신 건강을 갉아먹은 것이다. 이렇듯 통제할 수 없는 목표는 불안정하고 위험하다. 통제 불가능하기에 스트레스 강도가 높고 예민해지기 쉽다. 인과 관계 파악이 어려워 잘못된 방향으로 노력을 기울일 수도 있다. 어찌저찌 목표를 이뤘을 때, 잠깐의 도파민은 생기겠지만 영원하지 않을뿐더러 100% 만족할 수 있을 거라는 보장도 없다. 그래서 나는 내가 통제할 수 없는 것에는 완전히 신경을 꺼 버리기로 했다. 대신 내가 통제할 수 있는 것, 내 의지를 통해 즉각적으로 해결할 수 있는 것에만 집중했다.

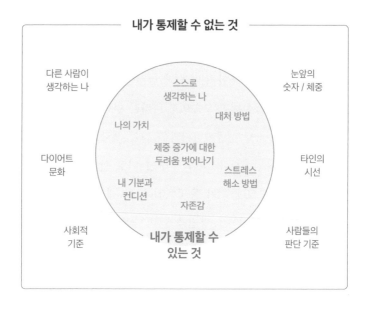

STEP 4 마인드 디톡스 앞의 과정을 잘 이해했다면 당신은 1) 다이어트에서 벗어난 새로운 정체성을 갖고 2) 통제 불가능한 체중에 집착하지 않을 것이며 3) 나의 모든 모습을 온전히 받아들이겠다고 다짐했을 것이다. 그런데 이 책을 덮고 사회로 나가는 순간, 그러한 다짐은 시험에 들며 여러 유혹에 쉽게 흔

들릴 수밖에 없다. 우리 사회는 이미 다이어트에 대한 관심이 심하게 과열되어 있고, 그만큼 남의 외모에 대해 쉽게 이야기를 꺼내기 때문이다. 아무리 굳건한 신념을 갖고 있더라도 주변에서 모두 자신과는 다른 이야기를 하면 그 이야기에 동조하게 된다.

'이번엔 절대 극단적인 다이어트를 하지 않겠다'며 굳은 의지를 다졌던 나의 다짐 또한 매번 쉽게 공격받고 무너졌다. 오랜만에 만난 친구가 홀쭉해진 모습으로 나타나 한약 다이어트를 이야기할 때면, '친구도 성공했다니까…' 라는 생각으로 정보를 물어보았다. 회사 점심시간, '요즘 누구는 뭐로 살 뺐다더라'라는 이야기에 나도 모르게 귀가 쫑긋해졌다. TV에 의사가 나와 건강 비법, 신개념 다이어트 방법을 들고 나올 때면, '이번엔 다르지 않을까' 하는 생각으로 시도해 보곤 했다. 수백 번 다짐했던 나의 다이어트 해방 운동은 항상 이런 식으로 무너졌다.

현재 사회에는 다이어트 문화와 이에 따른 팻토크 fat talk, 다이어트와 몸매에 대한 모든 이야기 가 이미 만연해져 있으며, 무의식과 정체성이 불안정한 상태일수록 그것에 더욱 쉽게 영향을 받는다. 회복의 여정을 진행하는 중이라면 아직 몸에 대한 부정적인 생각과 실패감, 음식에 대한 불안함과 두려움이 남아있을 것이다. 그런 상태에서 자극적인 다이어트 광고나 주변 사람들의 다이어트 이야기, 다이어트 강박을 조장하며 칭찬하는 환경에 놓여 있다면 그것들에 쉽게 동조하게 될 것이다. 설사 그게 극단적이거나 잘못된 방향이라는 것을 알면서도 말이다. 그래서 해외에서는 다이어트와 몸매에 대한 칭찬, 불평, 평가 등 어떠한 이야기도 하지 말자는 취지의 '안티 팻토크 anti fat talk', '프리 팻토크 free fat talk' 캠페인이 여러 대학교에서 진행되기도 했다. 그러나 안타깝게도 아직 한국에서는 그러한 움직임을 기대하기 어렵기 때문에 우리 스스로가 강해져야 한다. 어떠한 시련과 고난을 마주하더라도 '다이어트 독립운동'에 대한 의지를 군건히 할 수 있는 실질적인 도움 방법은 아래와 같다.

➊ 언어 바꾸기 - 긍정 확언과 긍정적 셀프 토크(self-talk)

"어제도 오늘도 폭식하고 저는 최악이에요. 살쪄서 꼴 보기도 싫어요. 누가 저를 좋아해 줄까요? 저는 정말 구제 불능이에요. 나아질 수 없을 거예요."

내게 고민을 털어놓는 사람 중에서 특히 부정적인 언어를 끊임없이 내뱉는 사람들이 있다. 과거의 나 또한 그랬었다. 마음이 너무나 지쳐있기 때문에 모든 것을 부정적으로 생각할 수밖에 없었다. '이 생활이 끝나기는 하는 걸까?', '평생을 음식의 노예로 살아가게 되는 건 아닐까?' 머릿속이 항상 부정적인 생각으로 가득 차 있었다. 그러나 부정적인 말을 계속하다 보면 더욱 그런 사람이 되기 마련이다. 언어는 생각을 지배하고, 생각은 삶을 이끈다고 한다. 부정적인 언어를 사용하다 보면 결과 또한 부정적으로 나타날 뿐이다. 따라서 더 이상 이런 언어를 사용하지 않도록 스스로가 주의해야 한다. 실패감과 무력감에 젖은 말투에서 벗어나 긍정적인 언어를 사용해 보자.

모든 언어를 바꾸기 힘들다면, 긍정 확언부터 시작하는 것도 좋다. 긍정 확언 positive affirmation 은 자기 자신에게 긍정적 영향을 미칠 수 있는 문장을 반복적으로 쓰거나 말하는 것을 의미한다. 자신이 원하는 목표, 꿈을 담은 문장을 생각하며 그것이 마치 이루어진 것처럼 긍정적인 결과를 자기 자신에게 확언, 확실하게 말해 주는 것이다.

"나는 다이어트와 음식 생각에서 완전히 자유로워졌다.
나는 몸의 모습과 상관없이 가치 있는 사람이다."

나 또한 이런 긍정 확언을 통해 부정적인 생각에서 벗어날 수 있게 되었다. 당신도 이 말을 하는 순간만큼은 자유롭고 행복했으면 좋겠다. 그리고 그렇게 되뇌다 보면, 정말로 그렇게 되는 순간이 찾아올 것이다. 내가 그랬던 것처럼. 아래는 내가 자주 따라 하던 긍정 확언이다. 매일 아침과 저녁에 소리 내어 읽으면 좋다. 나의 유튜브 채널에도 녹음해 두었으니 그것을 들어도 좋다.

긍정 확언

· 나는 있는 그대로의 나 자신을 받아들인다.
　나는 나 스스로를 존중한다.

· 나의 결정이 모여 온전한 내가 된다.
　나는 나를 둘러싼 모든 것을 사랑하고 포용한다.

· 나는 나 자신과 나의 가치에 확신이 있다.
　나는 나 자신을 믿는다. 언제나 자신감이 있다.

· 나는 진정한 나 자신일 때 가장 빛이 난다.
　나는 남들과 비교할 수 없는 아름다운 매력이 있다.

· 나는 내 몸이 좋다. 나를 둘러싼 모든 것들은 아름답다.

· 튼튼한 다리, 자유로운 팔, 싱그러운 머리카락.
　나는 내 몸을 이루는 모든 것들에 감사를 느낀다.

· 나는 지금 이대로 충분한 가치가 있다.
　나의 가치는 타고난 것이고, 그 누구도 빼앗을 수 없다.

· 내게는 강력한 힘이 있다.
　나는 나 자신을 존중할 때 가장 강하다.

· 나는 나 자신과 내 행복이 언제나 1순위다.
　나는 가장 나다움을 사랑한다.

· 나의 내면에는 성공을 위한 모든 것들이 갖추어져 있다.

· 나는 내가 있어야 할 곳에 정확히 존재한다.
　나는 사랑받고 있다.

- 나는 나의 진정한 힘을 발휘할 준비가 되어 있다.

- 나는 나의 진정한 자아가 싫어하는 일을 하지 않는다.

- 나는 내 꿈을 이룰 수 있는 모든 준비가 되었다.
  나는 최고의 자아를 맞이할 준비가 되었다.

② SNS 디톡스(detox)

잘록한 허리, 복근, 허벅지 틈 <small>안벽지, thigh gap</small>, 납작 배와 일자 복근, 넓은 골반, 애플 힙, 마름 탄탄, 여리여리, 셀룰라이트 없는 깨끗한 피부

SNS, TV 광고, 영화, 연예인, 뉴스, 웹툰 만화… 우리가 24시간 접하는 모든 미디어에서는 신체 이미지를 획일화하여 주입하고 있다. 특히 요즘 SNS에서는 너도나도 이와 같은 신체 이미지를 자랑하고, 자기 관리라면서 찬양하고 있다. 이를 보고 있으면 묘한 감정이 든다. 언제부터 여자의 복부에는 적당한 복근이 있어야 했고, 허벅지는 똑 떨어져야 했을까? 아니, 어떻게 모두 다르게 생긴 사람의 몸을 '애플 힙', '일자 복근'과 같은 단어 하나로 통일시켜 표현할 수 있을까? 이렇게 신체를 '이미지화'하는 단순한 언어 때문에, 지극히 정상적인 몸을 갖고 있는 여성

들은 점점 자신의 몸을 싫어하고 또 자책하게 되었다. 자신의 노력이 부족함을 탓하며, 끝나지 않을 다이어트의 세계로 빠져들게 되는 것이다. 이렇게 수많은 여성이 과거 나와 같은 '다이어트 노예'로 전락하게 된 과정에는 지금의 SNS가 가장 큰 몫을 하고 있는게 사실이다.

동의한다면 지금 당장 핸드폰을 켜고 SNS를 점검해 보았으면 좋겠다. 어떤 분위기의 계정을 구독하고 있는가? 아마 이 책을 읽고 있는 독자라면 다이어트 자극, 운동 정보 등을 받기 위해 구독해 둔 계정이 많을 것이라 짐작한다. 그러나 해당 계정을 보았을 때 동기 부여가 아닌, 맹목적 부러움이나 박탈감, 비교와 질투, 자책감과 같은 부정적인 감정을 느낀다면 그 계정을 정리하길 바란다.

동시에 SNS에서 보이는 이미지가 '단편적'이라는 것 또한 이해했으면 좋겠다. 당신이 보며 부러워했던 몸매는 잘 다듬어진 순간을 포착한 것에 불과할 수 있다. 요즘은 사진뿐만 아니라 동영상까지 완벽하게 보정되는 세상이다. 당신이 보며 부러워했던 인플루언서들도 이런 과정을 거치지 않았으리란 보장은 없다. 또한, 앞서 말했듯 우리 몸은 항상 유동적이기 때문에 포즈, 숨쉬기, 옷, 조명, 음식 섭취 여부 등에 따라 매시간 다양한 모습으로 보인다. 남들이 만들어 낸 '허벅지 틈', '납작 배', '마름 탄탄'과 같은 단순한 단어 하나에 동요하지 않는 사람이 되기를 바란다. 지금 당신에게 필요한 건 쫄쫄 굶는 디톡스가 아니라 정신 건강을 갉아먹는 걸 제거하는, SNS 디톡스이다.

모두 같은 날 찍은 사진이다. 왼쪽 사진은 포즈, 오른쪽 사진은 보정을 거쳐 만들어 냈다.

❸ 커뮤니티

심리학에 '동조 현상'이라는 용어가 있다. 일반적으로 개인은 특정 집단에 속하게 되는데, 그 집단 내의 다수가 행하는 모습을 준거로 삼아 따라 하게 되는 현상을 말한다. 자신과 함께 이야기하고 생활하는 사람들로부터 직간접적인 영향을 받게 되고, 이에 따라 자신의 생각과 행동이 바뀐다는 것이다. 자기가 아무리 다이어트를 그만두겠다고 다짐해도 주변에 친구 3~4명이 만날 때마다 다이어트 이야기를 한다면, 그 무리에 휩쓸릴 수밖에 없는 것처럼.

내게도 오로지 다이어트가 관심사인 친구가 있었다. 매번 만날 때마다 '요즘 정체기 때문에 고민이다.', '누구는 어떤 다이어트를 한다더라.', '어떤 시술을 받을까 고민이다.' 이런 다이어트 이야기부터 궁금하지도 않은 다이어트 간식이나 다이어트 제품에 대한 품평회를 하기도 했다. 심지어는 폭식증으로 힘들어하고 있던 나에게 살을 빼면 되는 거 아니냐며 다이어트 약을 사다 주기도 했다. 친구는 좋은 의도였겠지만, 나는 만날 때마다 느껴지는 생각 차이에 잠시 거리를 두었다. 그런 영향을 끼치는 친구 대신 다이어트가 아닌 다른 주제로 이야기할 수 있는 사람들을 찾았다. 재테크 스터디, 독서 모임, 자기 계발 스터디 등에 나가 그 사람들의 생각을 닮고자 했다. 몸매나 체중이 아닌, 자신의 능력과 역량을 발전시키는 것에 집중하는 모습을 보며 나는 그런 모습을 더 따라가고자 했다. 그 사람들에게서 동조 효과를 받은 것이다.

이렇듯 지금 자신이 어울리고 있는 집단, 커뮤니티가 자신을 다이어트의 굴레에서 벗어나기 어렵게 만든다면 과감히 그곳을 벗어나길 바란다. 친구들이 없어서 외로울 것 같다면 새로운 모임을 찾아 나서라. 요즘은 관련된 커뮤니티가 활성화 되어 있기 때문에 의지만 있다면 언제든 참여할 수 있다. 조금 더 생산적이고 발전적인 커뮤니티에 속하여 스스로 내면을 가꾸어 갔으면 좋겠다. 또 새로운 만남에서 오는 신선함이 다이어트에 종속 되어있던 삶에 참신한 자극을 줄 것이다.

절식, 폭식 자아를 무너뜨리는 확실한 방법
음식 주도권 가져오기

나의 내면에는 절식 자아와 폭식 자아, 두 가지 자아가 양립해 있었다.

보통의 생활을 주도하는 건 절식 자아다. 이 자아는 '체중 감량'이 무조건적인 목표였기 때문에 이성적인 판단 자체가 절식이었다. 그래서 절식 자아를 이 시기의 '이성 자아'라고 부르기도 한다. 내 생활은 주로 이성 자아, 즉 절식 자아의 판단에 의해 굴러갔다. 칼로리가 낮은 음식을 택하고, 억지로 운동하며, 약속이나 여행 등 절식에 방해가 되는 활동은 모두 포기했다. 당시에는 그게 이성적인 판단이었고 생활 양식이었다.

그러다 어떤 기제를 마주하면 폭식 자아가 힘을 얻게 되는데, 그 기제를 나는 폭식 트리거 trigger 라고 부른다. 폭식 트리거를 통해 폭식 자아가 나타나면 절식 자아는 완전히 힘을 잃는다. 힘을 잃는 것을 넘어서 나 스스로가 폭식 자아에게 잡아 먹힌 듯한 느낌까지 받는다. 어떠한 이성적인 판단도 되지 않고, 그저 눈앞의 음식을 먹어 치우고 싶다는 생각에 잠식돼 바보 같은 행동을 하기도 했다.

폭식 자아가 저지른 행동

- 기숙사에서 폭식하다가 룸메이트 간식까지 먹어 버림 ⇨ **도둑질**
- 폭식하는데 먹을 게 없어 꽝꽝 얼어있는 떡을 돌려 먹다가 전자레인지에 불 냄. 아파트 복도에 하루 종일 탄 냄새가 가득 참 ⇨ **방화**
- 아침에 출근 준비하다가 폭식해 버림. 그러고는 아프다고 거짓말하고서 휴가 냄 ⇨ **무단결근**
- 폭식하다가 손으로 작성한 과제물에 음식물이 잔뜩 묻어 처음부터 다시 함 ⇨ **학업 태만**

평소 이성을 유지하고 있을 때는 절대 하지 않았을 이 모든 일들을 폭식 자아는 생각 없이 저질러 버렸다. 폭식 자아의 우선순위는 '눈앞에 음식을 먹어 치우는 것'이었기 때문이다. 사실 폭식 자아의 우선순위는 음식 그 자체가 아니었다. 당시 회피하고 싶었던 상황, 채워 주지 못했던 욕구(식욕이 아닌), 감정 등을 알아차리지 못하고 오직 음식으로만 풀고자 했던 것이다. 이 부분은 뒤에서 더 자세하게 이야기할 예정이다.

'음식은 최대한 적게 먹어야 해 vs 당장 모든 음식을 먹어 치우고 싶어' 이성(절식) 자아와 폭식 자아는 상반된 욕구를 갖고 싸웠다. 처음에는 절식 자아의 힘이 더욱 컸으나, 점점 갈수록 폭식 자아의 목소리가 훨씬 커졌다. 내면에서 두 자아의 목소리가 커질수록, 일상생활은 더욱 힘들어져 갔다. 공부를 해도, 게임을 해도, 영화를 보러 나가도, 친구를 만나도 온통 '확 먹어 버릴까? vs 아니야 안 돼' 이 생각으로 가득 차서 어떤 것에도 집중할 수가 없었다.

에피소드 친구들을 만나면 식당에서 밥을 먹고, 카페에서 이야기하며 디저트를 시키는 게 일반적이다. 당시 나는 친구들을 만날 때면 항상 밀가루 섭취가 금지된 한약을 먹고 있다고 핑계를 댔다. 그렇게 처음에는 깨작깨작 '먹는 척'만 했다. 절식 자아가 우세한 상황이다. 카페에서 친구들이 케이크와 커피를 시키고 수다를 떠는 동안, 내 마음속에서는 절식 자아와 폭식 자아와의 전쟁이 일어나고 있었다. '케이크 먹어본 지가 언젠데 한 입만 먹자 vs 한약 먹고 있다고 했는데 어떻게 할 거야. 지금까지 잘 참아 왔잖아, 조금만 더 참자' 이렇게 한참을 싸우다가 두 자아는 서로 타협하여 딱 한 입만 먹기로 한다. 그러나 곧 폭식 자아가 우세해져 혼자 케이크를 다 먹어 치워 버린다. 그러고도 얼른 집에 가서 마저 폭식해 버리고 싶은 마음에 친구들과의 대화가 귀에 들어오지도 않았다. 머릿속이 폭식으로 잠식되어 버린 것이다. 그렇게 집으로 가는 길에 편의점을 들러 혼자만의 폭식 동굴로 들어가고는 했다.

당시 대부분의 상황은 이렇게 흘러갔다. 절식 자아와 폭식 자아에게 음식의 주도권을 완전히 빼앗겨 버렸다. 내면의 진짜 '나'는 음식을 먹고 싶어도 절식 자아에 의해 저지당했으며, 배가 아파 그만 먹고 싶어도 폭식 자아에 의해 먹는 행위를 끊어 낼 수가 없었다. 이 두 자아로부터 벗어나 정말 내가 원할 때, 원하는 음식을 먹는 것. 음식 주도권을 찾고자 가장 많은 노력을 기울였다. 그 과정을 자세히 설명해 보겠다. 들어가기에 앞서, chapter 2에서 이야기했던 신체 이미지로부터의 자유를 먼저 찾지 못한다면 아래 과정들은 효과가 더딜 수 있음을 명심하자.

STEP 1 음식과 마주하고 객관적으로 바라보기

인간은 자신이 갖고 있는 어려움, 고통을 고치고 싶어 하면서도 직접적으로 마주하기 꺼려한다. 애써 외면하고 부인하고자 한다. 그래서 폭식 후의 일관적인 행동 중 하나는 폭식 직후의 그 자리를 남에게 들키지 않도록 빠르게 치워 버린다는 거다. 수치심 때문도 있지만, 그 모습을 스스로가 보는 게 고통스럽기 때문이다. 회피하고 싶고, 머릿속에서 그 폭식의 순간을 없던 일로 하고 싶어 눈에서 빠르게 치워 버린다. 눈앞의 음식물 찌꺼기, 과자 봉지, 빵 비닐, 밥풀, 얼굴에 묻은 빵가루들을 후다닥 정리하며 자리를 수습하는 것밖에 할 수 없다.

그러나 삶의 법칙이 그렇듯, 긍정적인 변화에는 고통이 수반된다. 진정으로 변화하고 싶다면 고통을 인내하고 받아들여야 한다. 그래서 나는 절식 자아와 폭식 자아가 싸우는 모든 순간을 마주하고 기록하기로 했다. 음식과 관련된 모든 생각과 잡념, 행동, 감정, 사고방식, 그리고 실제로 먹은 음식들을 그때그때 손으로 써 나갔다. 절식 자아가 목소리를 높일 때면 절식 자아의 입장을, 폭식 자아가 목소리를 높일 때면 폭식 자아의 충동적인 목소리를 써 내려갔다. 폭식을 해버렸다면 그 상황을 회피하지 않았다. 그 자리를 사진으로 찍어 두고 더럽혀진 내 방과 감정을 모두 기억하고자 했다. 그렇게 아침에 일어나는 순간부터 잠들기 직전까지 음식과 관련된 내 모든 생각과 감정을 기록해 두었다.

실제 절식 자아 vs 폭식 자아 기록지

08:00   어젯밤에 폭식했더니 체중이 1kg 늘어 있다. 얼굴도 퉁퉁 부어 있는 것 같다. 이걸 또 언제 빼지? 나는 먹으면 먹는 대로 찔 수밖에 없는 것인가? 너무 힘들다. 오늘은 일단 점심까지는 아무것도 먹지 않고 디톡스 주스만 마셔야지. 진짜 오늘 음식을 먹으면 사람이 아니다.

10:00   배고프기 시작한다. 폭식한 다음 날에는 유난히 더 배고픈 기분이다. 그렇게 먹었는데도 속이 텅 빈 느낌. 아빠는 집에다가 식빵은 왜 사다 놓은 거야… 빵은 진짜 안 된다. 사과나

한 쪽 먹을까 말까 고민된다. 지금 말고 점심시간 이후에나 먹어야겠다.

13:00 친구가 불러내서 어쩔 수 없이 떡볶이를 먹어 버렸다. 먹으면 안 된다고 계속 생각했는데 절제를 못 했다. 친구보다 내가 훨씬 더 많이 먹은 것 같아. 어제 1kg 찐 거에 오늘 먹은 거까지 하면 2kg 찌려나? 어떡하지? 저녁에 운동 2시간 해야겠다. 너무 찝찝해…

15:00 아까 떡볶이 먹은 것 때문인지 입맛이 너무 돈다. 이따 운동할 건데 그냥 좀 더 먹어버릴까? 아까부터 저 식빵이 눈에 들어오는데… 아니다. 여기서 더 먹으면 이제 정말 몸무게를 수습하기 어려워질 거야.

17:00 어제 폭식한 거에 아까 먹어버린 떡볶이까지 태우려면 운동을 얼마나 해야 하는 거야? 1,000칼로리는 넘을 텐데… 운동으로 되려나? 러닝머신이나 타러 나가야겠다.

20:00 컵라면, 햇반, 포켓몬 빵, 식빵, 시리얼, 과자. 기억도 안 날 정도로 다 먹음… 진짜 미쳤다. 오늘도 망했다. 기껏 운동하고 들어오는 길에 홀린 듯이 편의점에 들어가서 라면은 왜 사 왔지? 빵은 왜? 꼭꼭 숨겨 놓았던 과자에까지 손을 대다니… 배가 찢어질 듯이 아프다. 밀가루 냄새가 역하게 올라온다. 이렇게 된 거 그냥 뭘 더 먹어 버릴까 아직도 고민된다. 운동이라도 하고 자야 하는데 조금이라도 움직이면 신물이 올라온다. 자괴감이 든다. 나는 왜 이러고 살까……

이렇게 마음속에서 일어나고 있는 음식과 관련된 생각과 감정을 모두 적어 보자. 그리고 며칠 후에 이성적인 상태로 읽어 보면 모든 것이 명확해질 거다. 이때의 '이성적'이라고 함은 절식 자아도 폭식 자아도 아닌, 내가 원하는 삶을 살고 있는 자아의 시선을 의미한다. 그렇게 바라보면 절식 자아도 폭식 자아도 스스로가 원하는 모습이 절대 아니라는 것을 깨닫게 될 것이다. 나도 당시의 내 사고방식이 너무 극단적이고 비이성적이라는 걸 기록을 시작한 이때부터 인지할 수 있었다. 그리고 조금 후련할 수도 있다. 아마 이 책을 읽고 있는 독자 중 대부분은 폭식 습관을 누군가에게 진지하게 이야기해 본 적이 거의 없을 거다. 그렇다면 특히나 꼭 이 일지를 써 보았으면 좋겠다. 그 누구에게도 말하지 못한 생각을 글로 쏟아 내면 위로받는 기분도 든다. 부정적인 생각을 몸 밖으로 뱉어 내고 털어 내는 효과도 있다.

그리고 무엇보다 극단적인 자아들이 강해지는 일관된 상황을 발견할 수 있다. 즉, 트리거를 찾아낼 수 있다. 보통 '언제 폭식을 하세요?'라고 질문하면 '스트레스를 받을 때요.'라며 두루뭉술하게 대답하는 경우가 많다. 자신의 절식, 폭식 자아를 잘 모르고 있기 때문이다. 그 스트레스가 어디서 오는지 진짜 원인, 트리거를 명확하게 알고 있어야 한다. 나의 경우 절식 자아는 항상 살과 관련한 의지로 힘을 얻었다. 아침에 몸무게를 쟀을 때, 전날 폭식을 해서 몸무게를 급하게 복구해야 할 때, 누군가에게 다이어트 이야기를 들었을 때, 새로 산 옷이 잘 맞지 않

을 때마다 '오늘은 정말 굶어야지.', '조금 먹어야지,' 하는 절식을
다짐했다.

반면 폭식 자아의 트리거는 다음과 같았다.

1 살찔 것 같은 음식을 먹거나 과식했을 때 ⇨ '에라 모르겠다'의 심리

2 식사 약속을 다녀와서 ⇨ 배고픔(만족스럽지 않게 먹었을 때)
또는 '에라 모르겠다'의 심리

3 과제 또는 업무 등 하기 싫은 일을 해야만 할 때 ⇨ 상황 회피 목적

4 주말이 끝나고 기숙사로 돌아가야 할 때 ⇨ 외로움

5 금요일 퇴근 후 ⇨ 보상 심리

6 체중을 확인했을 때 ⇨ 스트레스와 압박감 또는 안도감

7 식사가 성에 차지 않을 때 ⇨ 불만족

8 술 마신 후 ⇨ 비이성적인 상태

나를 알고 적을 알면 백전백승이라고 했다. 자신의 트리거를
파악했다면 음식 주도권 쟁탈전에서 거의 이긴 거나 다름없다.
트리거가 제거할 수 있는 요소라면 제거하면 된다. 제거할 수 없
는 것이라면 이에 대한 반응을 다른 방향으로 전환하면 된다. 보
통은 어떤 상황, 외부의 자극에 대한 반응으로서 음식을 찾는
경우가 많다. 이것들을 해결해 준다면 폭식 자아와 절식 자아는
점점 힘을 잃고 음식 주도권을 진짜 '나'에게 내주게 될 것이다.

STEP 2 절식, 폭식 자아 무너뜨리기

처음은 과거의 기억, 트라우마로부터 시작되었겠지만 결국 절식과 폭식 자아는 극단적인 양상의 다이어트로부터 태어났다. 극단적인 다이어트는 수많은 제한 사항을 갖고 있다.

섭취 시간제한 - 7시부터는 섭취 NO, 하루 최소 16시간 이상의 공복 시간을 가져야 해

칼로리 제한 - 하루에는 1,000칼로리 미만으로 먹어야 해

특정 영양소 기피 - 지방은 최소한으로 먹어야 해. 탄수화물은 100g 미만으로…

운동 강박 - 하루에 운동량을 이만큼은 채워야 해. 매일 아침은 공복 유산소…

특히 음식에 대한 규칙과 제한 사항이 많을 수밖에 없다. 절식 자아는 이 제한 사항을 모두 지키기 위해 온 힘을 다하지만, 반대로 폭식 자아는 이런 정해 놓은 틀을 파괴하는 데에서 짜릿함을 느낀다. 원래 인간은 금지된 일을 하는 것에서 묘한 쾌감을 느낀다. 절식 자아가 다이어트 규칙을 더 강화할수록, 폭식 자아는 그 규칙을 파괴하고자 할 것이다. 따라서 우리가 해야 할 일은 절식 자아의 신념, 다이어트 규칙을 무너뜨려서 폭식 자아가 그것을 파괴하는 일이 더 이상 재미없게 만드는 것이다. 그렇게 절식 자아와 폭식 자아는 천천히 힘을 잃고 진정으

로 건강한 자아의 힘을 기를 수 있다.

'다이어트 강박에서 벗어나려고 꽤 많은 시도를 해 보았지만 그냥 폭식만 하는 것 같아요.'라는 고민을 많이 받고 있다. 아직 다이어트 제한 요소가 많거나, 그 강박의 정도가 심한 상태라면 신중히 접근해야 한다. 시도해 보는 건 좋지만 적절한 전략 없이 덤비는 행동은 그냥 절식 자아와 폭식 자아에게 좋은 먹잇감 하나를 던져 주는 거니까. 아래와 같은 순서로 한번 따라 해 보는 것을 추천한다.

LIST-ORDER-PLAN-ACTION & REPLAY

1 LIST: 제한 요소 리스트 업(list-up)

절식 자아가 갖고 있는 신념. 즉, 다이어트와 관련된 제한 요소를 모두 적어 보자. 앞에서 예시로 든 칼로리 섭취 제한, 운동 강박부터 두려워하는 음식의 종류, 생활 습관까지 모두 적어 보는 것이다. 구체적으로 쓰는 게 좋다. 하루 이틀 동안 생활해 보면서 인지한 걸 적는 것도 좋고, 앞서 설명한 기록 일지가 있다면 그것을 참고하는 것이 더욱 정확하다. 절식 자아의 모든 생각을 담았기 때문이다. 아래는 나의 수강생들이 적었던 규칙의 예시이다. 잘 떠오르지 않는다면 이것들을 참고해 보아도 좋다.

- 과자, 빵, 밀가루는 먹으면 안 되는 음식이야.
- 저녁 약속은 최악이야. 살 빼는 데 방해만 되는 일이야.
- 활동량이 줄은 날은 식사량도 더 줄여야만 해.
- 아침을 먹으면 단식 시간이 줄어드니 무조건 참아야 해.
- 하루에 1만 보는 꼭 채워야 해.
- 무조건 채소를 먹어야 죄책감을 더는 기분이야.
- 간식은 무조건 당류 0g, 프로틴 빵이 아니면 불안해.
- 운동은 무조건 유산소 1시간, 근력 운동 1시간 이상 해야 해.

❷ ORDER: 규칙 파괴 순서 정하기

그렇게 제한 요소를 모두 적어 보았다면, 그중에서 가장 쉽게 도전할 만한 순서대로 번호를 매겨 보자. 그동안의 경험을 돌이켜 보면 다이어트 규칙을 어겨도 절식 자아가 크게 동요하지 않는 요소가 분명 한두 가지 있을 것이다. 반면, 어기기만 해도 스트레스가 몰려오고 그 스트레스로 인해 폭식 자아의 힘이 우세해지는 다이어트 규칙도 있다. 절식 자아의 심기를 건드리기는 하겠지만, 폭식 자아에게 힘을 빼앗기지는 않을 정도로 수월한 것부터 순서대로 번호를 매겨 보자.

❸ PLAN: 변화할 행동 및 사고 계획하기

순서를 정했다면 절식 자아가 크게 동요하지 않을 만한 작은 부분부터 도전해 본다. 이때 폭식 자아가 눈치채지 못하도록 다른 행동으로 대체하는 게 중요하다. 단순히 사고방식을 바꾸는 것도 좋고, 행동을 바꿀 수 있다면 더욱 좋다. 나의 경우에는 공복 시간 때문에 항상 아침을 굶었는데 아침을 먹어 보기로 했다. '섭취 시간'이라는 제한을 어기는 행동이었기 때문에 절식 자아의 심기를 건드는 행위였다. 그래서 처음에는 절식 자아가 그나마 안심할 만한 토마토, 사과 같은 음식으로 아침 식사를 시작했다. 섭취 시간 규칙은 어겼지만 섭취 음식 부분은 통과했기에 절식 자아의 심기를 크게 건들지 않았다. 그렇기에 폭식 자아는 발동하지 않았다. 만약 내가 여기서 다이어트 규칙을 어겨 본다며 아침부터 초콜릿이 가득한 빵을 먹었다면, 절식 자아가 불안해하는 그 상황을 폭식 자아는 놓치지 않았을 거다. 이렇게 처음에는 폭식 자아가 눈치채지 못할 만한 행동 전략을 세우는 게 좋다.

여기서 주의할 점은 '~하지 않기'가 아닌, 해당 규칙을 '대체'할 수 있는 행동과 사고 계획을 세워야 한다는 점이다. 매일매일 운동해야 하는 강박이 있다고 가정해 보자. 이걸 어기기 위한 계획으로 '매일매일 운동하지 않기'를 세우는 건 큰 의미가 없다. 운동 대신 집 청소하기, 책 읽기, (운동 목적이 아닌 기분 전환 겸)산책하기, 드라마 보기 등 실질적으로 대체할 수 있는 행위를 생각해 두어야 한다. 그래야 현재의 절식, 폭식 자아를 속일 수 있다. 평소와 다른 패턴에 불안해하더라도

'그래도 평소처럼 무언가를 잘하고 있다'는 신호를 줄 수 있기 때문이다.

  1) 과자, 빵 밀가루는 먹으면 안 되는 음식이야.
    ⇨ **친구들과 있을 때 케이크는 한입씩 죄책감 없이 먹자.**

  2) 저녁 약속은 최악이야.
    ⇨ **사람들과 이야기하러 나간다고 생각하자.**
    이왕이면 자극적이지 않은 음식으로 먹자.

  3) 아침을 먹으면 간헐적 단식 시간을 지킬 수 없어.
    ⇨ **12시간 공복이면 충분해.**
    그래도 불안하지 않을 만한 음식으로 아침 식사를 해보자.

  4) 운동은 무조건 하루 2시간은 해야 해.
    ⇨ **운동은 1시간으로 줄이고,**
    그동안 못했던 영어 공부를 1시간 해야겠다.

  5) 프로틴 빵이 아니면 불안해.
    ⇨ **통밀빵, 식빵, 베이글같이 담백한 빵이면 충분해.**

④ ACTION & REPLAY: 실천과 반복

계획까지 모두 세웠다면 더 생각하지 말고 실천해라. 눈 딱 감고 어기기 쉬운 1번 규칙부터 도전해 보자. "빵도 먹었고, 운동도 안 했는데, 큰일 나지 않았어요. 조금 불안하긴 하지만 괜찮아요. 이게 뭐라고 지금까지 그렇게 살았을까요?" 가장 많이 듣는 후기 중 하나다. 그렇다. 신념처럼 여겼던 다이어트 계획을 어긴다고 해서 큰일 나지 않는다. 처음에는 당연히 언짢은 감정이 들겠지만, 오히려 마음은 더욱 편해질 것이다. 그렇게 편안한 마음이 들었을 때 다음 순위 규칙으로 넘어가며, 도장 깨듯이 하나씩 클리어해 나가자.

이 모든 일이 처음에는 절식 자아의 신념을 거스르는 찝찝한 일일 테지만, 점차 반복하다 보면 그 신념은 점점 무너지고 결국 절식 자아는 힘을 잃어 없어질 거다. 절식 자아와 함께 커 왔던 폭식 자아 또한 자연스럽게 소멸한다. 절식 자아의 신념에 맞서 싸웠던 그 모습은 점차 일반적인 생활 패턴으로 자리 잡는다. 그렇게 건강한 자아가 새롭게 탄생하는 순간이 온다.

LIST	ORDER
ex) 아침에 공복 유산소를 30분 이상 안 하면 살찔 것 같아…	*2*

PLAN	ACTION
ex) 월/수/금 아침은 힘든 공싸 대신 책을 읽어보자!	성공!

✔ **Check Point** 명심하자 3끼니 2간식 꼭 몇 주 이상의 시간을 갖고 실천하며 보내길 바라나, 그 사항이 너무 많고 시작하기가 두렵다면 이것부터 해 보도록 하자. 하루에 무조건 식사 3번과 간식 2번을 먹는 것이다. 극단적 표현을 지양하고 싶어 '무조건'이라는 단어를 쓰고 싶지는 않지만, 회복의 초반에는 이렇게 하면 도움이 되는 게 사실이다. 절식 자아와 폭식 자아는 모두 음식, 식사를 제대로 하지 않음으로써 생겨난 극단적 양상의 존재이다. 때문에 음식을 제대로 먹는 것부터 시작해야 한다. 우리 몸에 언제든 음식을 먹을 수 있다는 전적인 믿음과 신뢰를 주는 거다. 그러기 위해서는 일관된 식사 시간과 충분

한 양의 음식 섭취가 필요하다. 그냥 '적당히 먹겠다'라는 다짐은 크게 도움이 되지 않는다. 자신의 생활 패턴에 맞게 식사할 수 있는 시간을 하루에 3번 마련하고, 그 사이사이 간식 시간까지 확보해 두어라. 하루의 첫 식사와 마무리 식사는 평소 자신이 안전하다고 느끼는 음식을 먹는 게 좋고, 점심은 한식 위주의 든든한 밥을 먹는 게 좋다. 간식은 지금까지 자신이 먹고 싶었던 과자, 빵, 과일 등 아무거나 좋다.

단, 식사 시간에 맞추어 생활하지는 않기를 바란다. 하루 동안 해야 할 일, 주어진 과업을 하다가 그 시간이 되었으니 그냥 먹을 뿐이다. 미리 세워 둔 식사 시간에 집착할 필요는 없다. 1시에 점심을 먹기로 했지만 12시에 배가 고프다면 그때 먹어도 된다. 이미 간식을 2번 먹었으나, 또 배가 고프다면 더 먹어도 된다. 내 몸과 마음이 보내는 목소리에 귀를 기울이고 이것들을 알아차리는 것 또한 중요하다. 항상 작은 것에 연연하지 말고, 큰 틀에서의 규칙을 지키려고 노력하면 쉬워진다.

STEP 3 절식 자아의 굶주림 해소

절식 자아와 폭식 자아가 공존한 시간이 길수록 '포만감'을 알아차리기는 더욱 어렵다. 절식 자아가 우세할 때는 극심하게 굶었을 뿐만 아니라, 나트륨, 설탕 등의 간도 되어있지 않은 일명 '클린식'만 먹었을 테니까. 그러다 폭식 자아에게 주도권을 빼앗길 때에는 극단적인 반대 상황이 펼쳐진다. 음식물이 턱 끝까지 찰 정도로 아주 많은 양을 먹어 치우고, '더티식'이라고 불리는 자극적인 음식들 위주로 먹는다. 이렇게 식사의 패턴이 양적인 부분과 질적인 부분 모두에서 극단적으로 나누어지고, 이 패턴이 반복되면서 신체의 여러 감각 체계에 혼선이 생겼을 가능성이 크다. 이 중 가장 큰 문제점은 배고픔과 배부름에 관여하는 '포만감'이라는 감각에 무뎌져 버린다는 것이다.

흔히들 폭식 습관 극복을 위해 일반식을 '적당히' 먹는 것부터 시도해 보곤 한다. 당신도 여러 번 해 보았겠지만, 대부분은 실패했을 것이다. 일반식을 먹었더니 오히려 식욕이 더 돌아 항상 과식을 해 버린다는 경우도 많다. 당연한 일이다. 당신이 주로 지향해 왔던 절식 자아는 (염분이 적고 조미료가 거의 없는) 클린한 음식만을 고집했기 때문에, 조금이라도 '짜고, 달고, 매콤하고, 고소한' 맛의 음식을 먹을 때면 더욱 자극적으로 반응할 수밖에 없다. 또한 잦은 폭식과 절식으로 인해 포만감 체계가 고장 났기 때문에, 어떤 지점에서 식사를 마무리해야 할지 판단을 내리기가 어려웠을지도 모른다. 음식을 먹으면서도 항상 '이 정도만 먹으면 이따가 또 배고프지는 않을까? 혹시 폭식하지는 않을까?' 이런 불안감이 존재했을 테다.

그래서 음식 주도권을 되찾기 위한 본격적인 훈련의 단계는 배고픔과 배부름 신호를 회복하는 것이다. 포만감이라는 감각은 굉장히 세밀한 단계로 구분할 수 있다. 저명한 책 〈직관적 식사〉의 저자 에블린 트리볼리 Evelyn Tribole 에 따르면, 포만감을 숫자 1에서 10의 상태로 구분하여 훈련할 수 있다고 한다. 그런데 지금까지의 우리는 폭식과 절식. 즉, '극심한 배고픔' 또는 '토할 듯 배부름'이라는 극단적 2단계의 감각에만 익숙해져 버린 것이다. 때문에 이 10단계의 감각이 아직 잘 와 닿지 않을 수 있다. 따라서 처음에는 포만감 차트의 1-10 숫자를 참고해 보다가 '나만의 포만감 지수'를 만들어 보는 것도 좋은 방법이다.

<직관적 식사>, 에블린 트리볼리

의식적 식사 '살을 **빼려면** 천천히 먹어라.' 수십 번을 들어봤던 다이어트 조언일 것이다. 현재 나는 안티 다이어터로서 다이어트 조언은 모두 따르지 않게 되었지만, 이것만큼은 유일하게 100% 도움 되는 조언이라고 생각한다. 의식을 갖고 식사

에 임함으로써, 포만감을 알아차릴 수 있기 때문이다. 단, 다이어트 문화에서는 포만감이 느껴지면 바로 숟가락을 내려 두고 음식을 남기라고 이야기하는데 그럴 필요는 없다. 우리는 충분히 배부를 때까지 먹으며 만족스러움이 느껴지는 지점을 찾는 부분에 집중할 거니까. 폭식증 극복, 직관적 식사 등의 권위자들 또한 입을 모아 강조하는 게 바로 '의식적 식사'이다. 의식적 식사란, 현재 먹고 있는 행위 자체에 주의를 기울이는 것을 의미한다. 음식의 맛, 냄새, 식감과 같은 감각을 포함하여 이를 둘러싼 감정과 생각을 알아차리는 거다. 이는 총 3단계로 이루어진다.

1. 식사 도중 잠시 멈추어 심호흡하며 미각(맛)과 포만감을 확인하기
2. 다 먹은 후의 포만감의 정도에 대해 생각하기 (포만감 차트 활용)
3. 편안한 포만감이 느껴지는 마지막 한 입의 문턱 알아차리기

나는 이 또한 처음에는 잘 와닿지 않아 나만의 식사 루틴을 만들어 지금까지 활용하고 있는데, 이에 대해서는 다음 파트에서 자세히 다루도록 하겠다. 이렇게 앞으로 모든 음식을 의식적으로 꼼꼼히 맛보며 '지금의 포만감'은 어느 정도인지 알아차리도록 연습해 보자. 의식적 식사를 통해 신체적 감각과 느낌, 감정적 부분에서 이전과는 다른 느낌을 포착하게 될 테다.

나만의 포만감   이러한 과정을 통해 '나만의 포만감'을 발견할 수 있다. 너무 극심한 배고픔이 느껴지진 않는지, 어떤 느낌을 피하고 싶은지, 어느 정도에서 좋은 느낌의 포만감이 느껴졌는지… 의식적 식사를 통해 몸과 마음의 감각에 집중했다면 포만감과 관련된 다양한 감정들을 알아차렸을 테고, 그 경험을 토대로 '나만의 포만감 차트'를 작성해 볼 수 있다.

음식을 먹지 않을 때와 식사를 하고 나서의 상태. 즉 배고픔 차트와 배부름 차트 두 가지를 모두 마련해 두는 걸 추천한다. 배고픔 차트는 지금 당장 무언가를 먹어야 하는지에 대한 기준점이, 배부름 차트는 이쯤이면 식사를 마무리해도 되는지 또는 더 먹어야 만족스러울지에 대한 자신만의 명확한 기준점이 될 것이다. 아래는 배고픔과 배부름 차트의 예시이다. 앞서 설명한 10단계의 배고픔 지수같이 너무 많은 단계보다, 5개 정도의 상태로 구분하는 편이 좋다. 기억하기 쉽고 직관적이기 때문이다.

나의 배고픔 차트	
단계	감정 또는 행동
1	방금 먹었고, 만족스러움. 지금 당장은 더이상의 음식이 필요 없음!
2	간식을 먹을 수는 있지만, 굳이 먹을 필요는 없음

3	슬슬 배가 고파진다. 뭘 먹을까 고민되는 시간⋯ 30분 안에는 식사해야 할 것 같음.
4	이제 뭔갈 진짜 먹어야 해! 조금 더 빨리 먹었으면 좋았겠지만⋯ 천천히, 그리고 식욕을 다스리며 의식적으로 먹을 수 있다!
5	배고파서 짜증 난 상태. 배고픈 상태가 너무 오래되었음 과식/폭식하기 쉽고 너무 빠르게 먹고 예민한 경향이 있음 충동적으로 먹을 수도 있는 상태

나의 포만감 차트

단계	감정 또는 행동
1 아쉬움	식사를 마쳤지만 아직 배가 고파 더 먹어야 할 것 같음. 5분 정도 기다렸다가 계속 배가 고프면 더 먹을 수 있도록 스스로 허락할 것!
2 편안함	이제 배고픈 느낌은 완전히 사라짐 그렇다고 배가 완전히 가득 찬 느낌은 아님 속도 편안하고 딱 만족스러운 상태
3 더부룩	약간 과식해서 더부룩한 상태. 마지막에 먹은 몇 숟가락을 안 먹었으면 더 좋았을 듯. 그렇다고 후회되거나 하진 않음. 다음 끼니를 조금 가볍게 먹기는 해야겠다~
4 후회	너무너무 많이 먹음. 속이 불편하다 못해 아프고, 무기력한 상태. 미련하게 먹었을까 후회됨
5 고통	심각한 폭식 상태. 몸이 고통스러움

위 차트에 따라, 나는 3단계에서 4단계 사이에 식사를 진행한다. 4단계 이상의 배고픔을 느낀다면 식사 시간이 아니더라도 식사 외 간식을 먹기도 한다. 식사를 하다가 2단계 또는 3단계의 포만감을 알아차리면 식사를 마무리할 수 있게 되었다. 여기서 음식 섭취를 지속한다면, 포만감을 넘어 부정적인 감정이 밀려올 거라는 걸 경험적으로 알게 되었기 때문이다. 이처럼 의식적 식사를 통해 음식과 관련된 감각과 감정을 면밀하게 살필 수 있고, 배고픔, 포만감 차트는 객관적인 섭취 기준점으로 활용할 수 있다.

배고플 때만 밥을 먹어야 하고, 적당한 포만감이 느껴지면 밥을 그만 먹어야 한다는 이야기가 절대 아니다. 절식 자아가 생길 정도로 심하게 굶주린 상태에 처하지 않도록 평소에도 스스로의 배고픔 신호를 돌봐 주자는 의미다. 또한 음식을 섭취할 때는 고통스러운 포만감이 느껴지지 않도록 포만감 신호를 의식해 보는 용도로 이 차트를 활용하길 바란다.

물론 이 숫자들에 의해서만 움직여야 하는 건 아니다. 우리는 꼭 생물학적 배고픔에 의해서만 식사하는 게 아니기 때문이다. 슬픔, 외로움, 기쁨 등 감정을 기념하기 위해 음식을 섭취할 수도 있고 회식, 외식과 같은 사회적 활동의 일환으로 식사를 할 수도 있고, 또는 단순히 '이 맛이 먹고 싶다.'는 갈망에 의해서 음식을 섭취할 수도 있다. 가끔은 적당한 포만감에서 벗어나 과식을 할 수도 있다. 모두 일반적이고 평범한 일이다. 그런 상황이라면, 이제부터 폭식이라 칭하지 말고 기분 좋게 과식했다고 생각하자.

지금까지 이어졌던 '무조건 적게 먹어야 해.' 절식 자아와 '지금 당장 다 먹어 버릴래.' 폭식 자아의 싸움으로 음식 섭취에 대한 기준이 혼란스러웠을 것이다. 이 포만감 차트를 갖게 됨으로써 절식 자아, 폭식 자아 그 누구도 아닌, 자신의 몸과 마음속 소리를 들을 수 있을 것이다. 잠시 고장 났던 포만감을 비롯한 감각 체계들도 더욱 건강하게 돌아올 게 분명하다.

나만의 1인분 찾기 포만감 신호를 회복함의 궁극적인 목표는 '나만의 1인분'을 찾는 데에 있다. '80%의 포만감', '배부르기 직전에 수저를 놓는다.'와 같이 모호한 기준이 아닌, 내가 직접 느낄 수 있는 '나만의 1인분'을 찾는 것이다. 아직 회복 중인 단계에서는 얼마만큼의 양을 기준으로 포만감을 체크해야 할지 혼란스러울 수 있다. 그래서 처음에는 '남이 제안하는 1인분의 양'만큼을 먹어 보는 것부터 시작하길 권한다. 밥 몇 그램, 닭가슴살 몇 그램… 이런 식으로 절식 자아가 '제한'해 왔던 1인분이 아니라, 제삼자가 내게 '제안'해 주는 1인분 말이다. '국밥 1인분', '덮밥 1인분', '초밥 1인분'과 같이 보통의 사람들이 한 끼로 먹는 1인분을 경험해 보면 좋겠다. 일반적인 사람들의 한 끼 양을 온전히 다 먹어 보고, 여기서 '내가' 느끼는 포만감은 어느 정도인지 살펴보자. 앞서 설명한 포만감 지수를 활용하면 좋다. '이 정도의 양은 나에게 너무 많다.', '조금 모자란 기분이다.', '밥을 두 숟가락 정도 더 먹으면 딱 좋을 것 같다.' 등등 내게 느껴지는 최적의 포만감을 알아낼 수 있다.

즉, 처음에는 보통 사람들의 1인분을 활용해 본다. 이때 의식적 식사를 통해 음식의 맛을 꼼꼼히 느끼며 포만감에 감각을 집중해 보도록 한다. 보통의 사람들이 먹는 1인분의 양을 기준으로, 내게 느껴지는 포만감을 기록해 본다. 조금 더 먹으면 좋을지, 덜 먹는 게 좋을지, 아니면 딱 적당한지, 가장 만족스러운 지점을 찾아보는 거다. 해당 훈련을 반복하며 자신만의 배고픔, 포만감 차트를 더욱 정교화할 수도 있다.

TIP 다이어트 식단(특히, 일명 클린식)을 오래 해 온 사람이라면 담백한 음식으로 훈련을 시작하는 게 좋다. 처음부터 짬뽕, 닭볶음탕, 라면과 같이 자극적인 음식을 먹으면 식욕이 강하게 자극되어 의식적 식사가 어려워진다. 또한 오랫동안 나트륨 섭취가 적었다면 소량의 나트륨으로도 몸이 쉽게 부어오른다. 이런 경우, 다음날 몸과 얼굴이 부은 걸 보고는 '살쪘다'고 착각하며 일반식 섭취를 더욱 두려워하게 되는 경우도 있다. 따라서 일반식 먹는 것이 아직 두려운 사람이라면 설렁탕, 갈비탕, (흰 국물의) 국밥과 같이 담백한 음식으로 시작하는 것을 추천한다. 만약 밖에서 사 먹지 못하는 환경이라면 밥 한 공기에 김치, 고기(단백질)를 포함한 반찬 3~4가지 정도로 도전해 볼 수 있다. 한국 사람에게는 한식이 최고다.

주의 사항 나만의 1인분을 찾을 때조차 살찌지 않기 위해 일부러 적은 양을 나만의 1인분이라고 착각하는 사람들이 있다. 자신에게 솔직해지자. 내 몸과 마음이 만족스러워야 진정으로 편안한 상태라고 말할 수 있다. 몸과 마음을 속인다면 어떠한 변화도 기대할 수 없다. 폭식해 오던 과거와 똑같은 결과를 반복할 뿐이다. 반대로 만족스러울 정도로 먹는다는 의미를 '마음껏 먹어도 된다.'라고 받아들이는 경우도 많은데, 그건 만족스러운 식사가 아니라 스스로에게 고통을 주는 식사다. 배가 터질 것 같고, 숨쉬기가 힘들 정도로 몸을 혹사했기 때문이다. 결코 편안한 상태가 아니다. 나만의 1인분이란, 생물학적 허기가 모두 해소되고 몸이 불편하지 않으며 심리적으로도 만족스러운 상태를 의미한다는 걸 꼭 기억하자.

STEP 4 폭식 자아의 굶주림 해소

생물학적 포만감. 절식 자아의 굶주림을 해소해 줘야 한다고 이야기하면 이렇게 말하는 사람들이 있다. "그럼 샐러드 같은 저칼로리 음식으로 배를 채우면 살도 안 찌고 좋은 거 아닌가요?" 이 생각은 영양적 관점, 그리고 심리적 포만감이라는 두 가지 측면에서 확실하게 반박할 수 있다. 영양적 관점은 너무나 당연하니 생략하기로 하고, '심리적 포만감'에 대해서만 이야기해 보려고 한다.

심리적 포만감 앞서 살펴본 생물학적 포만감만큼 중요한 게 '심리적 포만감'이다. 생물학적 포만감이 채워졌다 해서 그것만으로 100% 만족할 수 있는 능력을 우리는 상실했다. 원시 시대, 또는 갓난아기처럼 다양한 맛의 존재 자체를 몰랐을 때는 가능했겠지만, 지금은 상황이 완전히 다르다. 우리는 음식이 넘쳐나는 시대에 살며 다양한 맛을 접할 수 있고, 이에 따라 음식에 대한 호불호를 가리게 되었다. 덕분에 식사 메뉴만으로도 그 식사에 대한 만족감이 90%는 결정된다. 다이어트 식단을 배부르게 먹어도 꼭 간식 생각이 나거나 입이 심심하다고 느껴지는 이유도 여기 있다. 따라서 심리적 만족도를 고려하지 않은 식사는 당장은 아니더라도 미래의 폭식을 유발한다. 많은 다이어터들에게 치팅 데이 cheating day 를 빙자한 폭식이 일어나는 원인이기도 하다.

여기서 '심리적 포만감'이라고 표현한 것에 집중해 보자. 심리적 포만감은 심리적 '만족도'를 의미하기도 하지만, 심리적으로 '느끼는' 포만감을 의미하기도 한다. 생물학적 포만감과 별개로 자신이 느끼기에 음식의 양이 부족하다고 생각하면, 식사를 끝내고 나서 어김없이 아쉬운 마음이 든다. 음식을 작은 그릇에 담아 작은 숟가락으로 먹으면 포만감을 빠르게 느낄 수 있다는 많은 연구 결과가 이 '심리적 포만감'을 설명해 준다. 칼로리와 영양 성분 또한 심리적 포만감에 큰 영향을 미친다. 폭식에 시달리고 있는 이들은 대부분 칼로리 또는 영양 성분을 확인하고 식사를 한다. 이미 숫자로 자신의 포만감을 가늠하는 능력이 생겨 버린 것이다. 낮은 칼로리를 섭취하면 잠시 후 극심하게 배고파질 것이라는 걸 경험으로 느껴 봤으니 말이다. 그걸 알면서도 절식 자아는 고집을 부려 포만감이 낮을 거라고 예상되는 식사를 강행한다. 그러면 '나 아까 300kcal밖에 안 먹었으니 더 먹어도 괜찮지 않을까?' 하는 보상 심리가 발동하고, 이는 때로 폭식 자아를 불러내는 트리거가 되기도 한다.

심리적 만족감을 충족시키는 방법 ❶ 진짜 음식 먹기

폭식 자아의 굶주림을 해소할 수 있는 유일한 방법은 진짜 원하는 음식을 제대로 먹는 것이다. 그동안 폭식 자아가 해치웠던 먹잇감을 떠올려 보자. 샐러드를 폭식했던가? 곤약밥을 폭식했던가? 아닐 것이다. 과자, 빵, 치킨, 피자 등 절식 자아로서는 절대 선택하지 않았을 음식들을 먹어 치웠을 게 분명하다.

특히 많이들 착각하는 부분 중 하나가 자신은 이런 음식을 잘 대체해서 먹어 줬는데도 터졌다는 것이다. 그런 사람들을 보면 대부분 가짜 음식을 먹어 왔던 경우가 많다. 빵인 척하는 '노 no 밀가루 빵', '단백질 빵', 떡볶이인 척하는 '곤약 떡볶이' 같이 진짜 음식이 아닌 가짜 음식을 먹고서 '욕구를 만족시켜 줬다.'라고 착각한다. 위의 식품들은 말 그대로 대체 식품일 뿐이지, 우리의 진짜 욕구를 충족시켜 줄 수 없다. 곤약 떡볶이로는 진짜 떡볶이를 먹고 싶다는 욕구를 채워줄 수 없다는 거다. 오히려 가짜 음식을 먹으면 먹을수록 그 진짜 음식에 대한 갈망이 더 커질 뿐이고, 그 때문에 음식과의 관계가 더욱 악화될 수 있다. 떡볶이와 빵을 특별하게 대체해서 먹어야 할 만큼 위험한 음식이라는 생각이 강화되기 때문이다. 그럴수록 폭식 자아는 위험하지만 매력적인 음식을 먹고 싶다는 욕구를 더욱 키워갈 것이다. 처음부터 진짜 음식을 먹어 욕구를 채워줬으면 맛있게 먹고 끝났을 일이다. 그러나 다이어트의 노예가 되어 버린 상태에서는 사고가 이런 식으로 흘러간다.

떡볶이가 먹고싶다, 절식자아 발동

⇩

절식자아
"떡볶이는 다이어트에 최악인 거 몰라? 안 돼."

⇩

"그럼 300kcal도 안 되는 곤약 떡볶이를
점심 식단으로 먹으면 괜찮지 않을까?"

⇩

섭취 후 낮은 심리적 포만감
"곤약으로 만들어서 그런가?
뭔가 헛헛하고 배가 찬 것 같지도 않아."

⇩

절식자아
"단백질 바 하나만 추가로 더 먹을까?
이건 프로틴 빵이니까 괜찮을 거야."

⇩

무한 반복, 절식 자아의 혼란, 폭식 자아 발동

⇩

폭식 자아
"모르겠다, 어차피 이렇게 된 거 다 먹어 버리자."

⇩

일반 과자, 일반 빵까지 모두 섭취, 폭식

특정한 음식을 먹으면 살이 쪄 버릴 것 같다는, 음식에 대한 그릇된 인식이 만들어 낸 악순환이다. 이 악순환을 끊기 위해 이제부터 진짜 음식만을 먹자. 폭식 자아의 욕구를 들어주고 그 굶주림을 근본적으로 해소해 줘야 폭식 자아의 난동이 끝난다.

심리적 만족감을 충족시키는 방법 **2** 음식에 대한 환상 지우기

진짜 먹고 싶었던 음식들을 먹겠다고 다짐하면 오히려 혼란스러워지는 이들이 있다. 지금까지 즐겨 먹어 왔던 것들은 모두 샐러드, 현미밥, 고구마, 닭가슴살에 기껏해야 야채가 주 재료인 샤브샤브 정도였을 거다. 그 때문에 자신이 지금 어떤 음식을 원하고 있는지 가늠조차 되지 않는 상태다. 슬픈 일이다. 아니면 그 반대로, 지금까지 먹으면 안 된다고 생각했던 음식들(특히 과자나 빵과 같은 당류 함량이 높은 간식)을 몽땅 다 먹어 버리고 싶다는 생각이 들 수도 있다. 당연한 일이다. 원래 사람은 금지된 일에 더 호기심이 생기기 때문에 지금까지 금지해 왔던 모든 음식에 갈망을 느끼게 된다. 무조건 '좋아한다'고 착각해 버리는 것이다. 그러나 차츰 금지된 걸 허용하고 경험하다 보면 그 안에서의 호불호가 나뉘기 시작한다. 그러다 보면 내가 지금껏 다이어트 때문에 꾸역꾸역 참아왔던 음식이, 실제로는 내 입맛에 맞지 않아 '굳이 먹기 싫은 음식'이었다고 판명되기도 한다.

즉, 특정 음식을 '먹지 못한다'는 것 자체가 그 음식에 대한 환상을 만들어낸다는 것이다.

저 도넛은 진짜 달콤하고 맛있겠지?

한입 먹으면 천국이 펼쳐지지 않을까?

그런데 도넛 하나 먹으면 운동을 대체 얼마나 해야 하는 거지?

저걸 먹으면 바로 허벅지 살로 갈 것 같아.

나는 저걸 먹으면 참지 못하고 분명 2~3개를 더 먹어 버릴 거야.

이런 식으로 스스로 금지해 버린 온갖 음식들에 불필요한 환상과 잡념을 만들어 내고 있던 것이다. 그러나 도넛은 그냥 도넛일 뿐이다. 막상 먹어 보면 큰일이 일어나지 않는다. 생각했던 것처럼 정말 맛있을 수도 있고, 예상과 달리 별로일 수도 있다. 실제로 먹어 봐야 '내 입에는 너무 달아. 이 맛의 도넛이 제일 맛있어. 기름진 게 느끼해서 한 개가 딱 적당하겠어.' 이런 식의 사고가 가능해진다. 즉, 음식을 실제로 먹어 봄으로써 폭식 자아가 갖고 있는 음식에 대한 환상을 깨뜨릴 수 있다. 환상에서 벗어나면 그제야 음식의 진짜 맛이 느껴지고, 그 맛이 내게 얼마만큼의 만족감을 가져다주는지를 판단할 수 있게 된다.

어떤 것부터 해야 할지 모르겠다면 이런 식으로 해 보는 걸 추천한다. 평소에 금지해 왔지만 너무나도 먹고 싶었던 음식들을 펜으로 적어 보는 거다. 그리고 1~2일 간격으로 먹을 수 있게 계획한다. 그리고 실제로 계획한 날에 먹어 본다. 이성적인 상태에서, 의식적 식사를 통해 해당 음식을 꼼꼼히 맛보며 내가 정말 좋아하는 맛이었는지 판단한다. 호불호를 기억해 두고 앞으로의 식사에 반영한다. 아래의 질문에 답해 보며 판단하는 것도 좋은 방법이다.

- 나는 왜 이 음식을 자유롭게 먹지 못할까?
- 그 음식을 마지막으로 먹은 경험은?
- 어떤 맛을 기대했고, 먹어 보니 어떤가? 내가 상상하는 그 맛인가? 기대만큼 맛있는가?
- 지금의 기분과 만족도는?
- 언제쯤 또 먹으면 좋을까? 언제 생각날 것 같은가?

주의 사항

- 아직 혼자 먹기가 두렵다면 편안한 친구 혹은 가족과 함께 먹을 것
- 편안한 시간에 주위의 방해를 받지 않을 공간에서 행복하게 먹을 것
- 음식이 한눈에 보이도록 깔끔하게 차려 두고 먹을 것

✓ **Check Point 푸드 프리덤 라이프 vs 만성 다이어터**

Q 샌드위치로 한 끼를 해결하기 위해 카페에 갔다고 생각해 보자. 크림치즈 샌드위치, 불고기 샌드위치, 샐러드 샌드위치, 닭가슴살 샌드위치 등등 많은 종류의 샌드위치 중 어떤 샌드위치를 고르겠는가?

만성 다이어터 전형적인 다이어터라면 영양 성분표를 보고 결정할 것이다. 칼로리 또는 탄수화물, 지방 함량이 낮은 것, 단

백질 함량이 높은 것 등 나름의 기준으로 샌드위치를 고른다. 결국 탄수화물 함량과 칼로리가 가장 낮은 샌드위치를 먹었다고 해 보자. 어떻게 될까? 당장에는 허기가 채워지는가 싶더니 슬슬 다시 허기짐을 느끼기 시작할 테다. 생물학적 포만감을 채워 주기에 실제로 적은 양이기도 하고, '낮은 칼로리'라는 선택 기준 자체가 심리적 압박감으로 작용한다. 해당 샌드위치는 열량이 낮기 때문에 포만감이 적을 것이라는 걸 이미 경험을 통해 알고 있기에 심리적 포만감을 낮춘 선택이다. 또한 이 선택에는 자신이 좋아하는 맛, 재료 등에 대한 선호도는 반영되어 있지 않다. 심리적 만족도 또한 현저히 떨어지는 선택이다. 따라서 샌드위치를 먹고 나서도 아쉬운 마음이 들 거고, 괜히 간식을 기웃거리다가 더 많은 간식을 먹어 버리는 경우가 발생한다. 때로 굶주린 폭식 자아가 튀어나오기도 한다. 생물학적 포만감과 심리적 포만감, 심리적 만족도 모두 낮은 최악의 선택이다.

푸드 프리덤 라이프 선호하는 맛과 그때의 상황이 1순위이다. 상큼하고 부드러운 것을 먹고 싶을 때는 크림치즈 샌드위치를, 든든하고 맛있는 샌드위치를 먹고 싶을 때는 불고기 샌드위치를, 빠르고 가볍게 먹고 나가야 할 때는 샐러드 샌드위치를 선택할 것이다. 영양 성분은 포만감을 판단하는 기준으로 참고 정도만 할 뿐이다. 이처럼 애초에 내 기호에 맞는 음식을 잘 알고 있다면 결정이 쉬워지고, 음식을 먹은 후에도 아쉬워서 다른 음식을 기웃거릴 일이 거의 없다.

대부분의 만성 다이어터는 이런 결정을 한다. 이들의 음식 선택은 오로지 '살이 찔지, 빠질지'에 대한 기준으로만 이루어진다. 절식 자아와의 오랜 공존으로 진짜 자아의 선호를 무시하며 살아왔기 때문이다. 내가 진짜 좋아하던 음식, 맛에 대한 선호도를 잃어버렸을 가능성도 크다. 당신이라면 어떤 모습을 선택하겠는가? 칼로리나 돈이 중요한 건 아니지만, 직관적인 비교를 위해 숫자로 표현해 보겠다.

만성 다이어터	푸드 프리덤 라이프
샐러드 밀박스 + 아몬드 + 쿠키 + 초콜릿 + α	베이글 샌드위치
1,080kcal + α · 17,000원	600kcal · 7,000원

만성 다이어터는 결국 칼로리가 가장 낮은 샐러드를 먹고, 아쉬움에 이것저것 찔끔찔끔 더 먹다가 1,000kcal가 훨씬 넘는 음식을 섭취해 버린다. 비용만 하더라도 10,000원을 우습게 넘긴다. 그러나 푸드 프리덤 라이프는 600kcal 샌드위치 하나를 든든하게 먹고 만족한다. 자신이 좋아하는 음식을 맛있게 먹었

기 때문에 더 이상 아쉬움도 없고 미련도 없다. 훨씬 경제적이고 효율적인 선택이다.

STEP 5 음식 박탈감과 희소성

다이어트나 폭식과는 거리가 먼, 일반적인 식습관을 갖고 있는 사람들 또한 때로는 폭식이라고 느껴질 만큼 음식을 많이 먹어 버리는 경우가 있다. 바로 특정 음식을 '희소하다'고 느끼는 경우이다. 음식에 희소성이 있다면 아무리 생물학적·심리적 포만감을 충분히 채워 주고 만족감 높은 식사를 하더라도 음식 주도권을 무력하게 빼앗길 수밖에 없다. 희소성*이란, 인간의 욕망에 비해 그것을 충족시키는 수단이 질적으로나 양적으로 한정돼 있거나 부족한 상태이다. 그리고 희소성이 높아진 물질에 대한 가치는 더욱 높아지기 마련이다.

인간의 욕망, 식욕을 충족시켜 줄 수 있는 음식의 종류나 양이 제한되면 희소성이 생긴다는 말이다. 희소성이 높아진 음식의 가치는 높게 평가되고, 그래서 우리는 가치가 높아진 음식을 더욱 갈망하게 된다. 이러한 갈망으로 인해 과식 또는 폭식이 일어나게 되는 것이다. 그렇기에 특별한 날에만 먹는 음식, 평소 접하기 어려웠던 귀한 음식, 또는 해외여행에서 접한 음식 등을

---

* 희소성: 인간의 욕망에 비해 그것을 충족시키는 수단이 질적으로나 양적으로 한정되어 있거나 부족한 상태. <두산백과 두피디아>

과식하게 되는 건 인간의 욕망에 따른 자연스러운 이치이다.

그런데 이와 같이 특별한 음식 말고도 일상에서의 평범한 음식에 희소성을 느낀다는 게 잘 이해가 가지 않을 수도 있다. 우리는 음식이 차고 넘쳐나는 풍족한 사회에서 살고 있는데 만성 다이어터는 평범한 빵, 과자에 희소함을 느끼다 못해 폭식해 버리는 경우가 허다하다. 어떻게 된 일 일까? 다이어트를 시작하면 수많은 음식에 '제한'을 걸기 시작한다. 밀가루가 많은 음식, 설탕이 들어간 음식, 지방이 많은 음식 등 다이어터들은 대부분의 음식을 금지해 버린다. 그 순간, 이런 음식들은 앞으로 아무 때나 먹을 수 없는 존재가 되기 때문에 희소성이 부여된다. 그들이 먹을 수 있는 식사는 샐러드, 닭가슴살 같은 일명 '클린식'뿐인데, 이런 다이어트 식품은 언제든 먹을 수 있기 때문에(양적으로 제한되어 있지 않음) 희소성이 생기지 않는다. 금지된 음식은 희소함을 통해 가치가 더욱 높아진다. 그래서 다이어터들이 인지하는 빵의 가치는 일반적인 사람들이 느끼는 것보다 훨씬 높을 수밖에 없다. 다이어터에게는 클린식이 아닌 모든 음식이 희소하게 느껴질 테니까. 다이어트를 시작하는 행위 자체가 음식의 '희소함'을 극대화하는 일이라고 볼 수 있다.

잘못된 다이어트 사고 가까운 곳에 간식이 있으면 충동적으로 먹게 될 테니, 간식을 집안에서 싹 다 없애 버려라. 일반적인 다이어트 조언 중 하나이다. 이는 단기적으로 먹히는 전략일 수 있지만, 장기적으로는 곧 폭식을 일으키는 조언일 뿐이다. '앞으로 과자는 집에서 절대 먹을 수 없는 귀하고 특별한 존재'라고 인식하게 되기 때문이다. 간식 자체에 대한 희소성을 극상으로 높이는 일이다. 이런 인식 상태에서 간식을 마주할 상황이 생기면, 먹을 수 있을 때 잔뜩 먹어야 한다는 욕망이 자연스럽게 생겨난다. 과자를 평생 마주하지 않고 살 수 있다면 그래도 된다. 그러나 우리는 사무실, 지인들과의 약속, 사회적 모임 등에서 필연적으로 다양한 간식들을 마주칠 수밖에 없다. 음식을 억지로 숨겨 가며 특별한 존재로 만들지 말고 언제 어디서 봐도 무던하게 받아들일 수 있도록 하는 게 더욱 궁극적인 해결 방법 아닐까?

음식 제한과 더불어 '미래의 섭취'를 제한함으로써 음식에 희소성이 생기는 경우도 많다. 폭식을 하는 순간 가장 많이 하는 다짐이 '딱 오늘까지만 먹고 내일부터는 조절할 거야.'일 것이다. 이 다짐 또한 어떠한가? 그렇지 않아도 폭식을 한 다이어터의 욕망(식욕)은 걷잡을 수 없이 커져 버린 상태고 이들이 음식에 희소성을 느끼지 않으려면 실제로 더욱 충분한 음식이 필요하다. 그런데 '오늘까지만 먹고'라는 생각은 또다시 그 음식에 희소성을 부여하는 일밖에 되지 않는다. 미래의 희소성이 인지되면 '먹을 수 있을 때 미리 더 먹어 두자'라는 생각으로 흘러간다.

당신이 폭식하던 그 순간 '그만 먹어야 하는데…'라고 느끼면서도 스스로 멈추기 어려웠던 이유이다.

'딱 이만큼만' 또는 '딱 오늘까지만'이라는 일말의 제한 조건을 다는 순간, 우리는 언제든 폭식 자아에게 주도권을 빼앗길 수밖에 없다. 더 이상 음식을 희소하게 만들지 말자. 우리는 어떤 음식이라도 죄책감 없이, 언제든, 충분히 누릴 자격이 있다. 모든 음식을 언제든 먹을 수 있다는 자기 확신이 있으면 희소성은 사라진다.

음식과의 관계가 회복되지 않은 상태라면, 음식 섭취 자체를 '살이 찐다'는 것으로 왜곡하여 받아들일 수도 있다. 이런 경우에는 살찌는 것 또는 살찌는 '느낌'이 두려워 '그래도 이만큼만 먹어야 해'와 같은 생각을 하게 되는 경우가 다반사다. 다시 한번 말하지만 이런 사고방식은 자신에게 음식을 더욱 가치 있게 만드는 일일 뿐이다. 이는 가치를 느끼다 못해 음식을 폭식하게 만드는 주범이다. 다이어트는 필연적으로 음식의 양과 질을 제한할 수밖에 없다. 때문에 다이어트를 끊지 못하면 이 싸움도 끝나지 않는다. 당장 살찌는 게 무서워 어리석은 판단을 하지 말자. 음식은 음식일 뿐이다. 그렇게 큰 가치를 느낄 필요도, 두려워하거나 환상을 가질 필요도 없다. 덤덤하게 마주하고, 음식과 함께 무난히 살아가는 힘을 기르는 게 궁극적인 해결 방법이다.

희소성에 대한 오해 그러나 이 희소성의 법칙을 잘못 이해하면 이런 질문이 생길 수 있다. "희소성을 떨어뜨릴 수 있도록 음식을 많이 먹기만 하면 되는 건가? 그 방법은 건강에 좋지 않은 게 아닐까?" 조금 어려울 수 있지만, 경제학의 용어를 빌려 설명해 보겠다. (이 부분은 너무 복잡하게 느껴진다면 넘어가도 좋다.)

'한계 효용의 법칙'에 따르면, 아무리 희소하게 느껴지는 물질이라도 어느 정도의 욕구를 충족시킨 후에는 그 물질로부터 얻는 만족감이 점점 떨어진다. 뷔페에서 음식을 먹은 기억을 떠올려 보면 이해하기 쉽다. 뷔페에서 처음 한 접시를 먹었을 때는 정말 맛있게 느껴지지만 두 번째, 세 번째 접시가 될수록 만족감은 점점 떨어진다. 마지막에는 만족감이 떨어지다 못해 너무 배가 불러 숨이 차고 고통스럽기까지 했던 시점이 있었을 것이다. 즉, 양과 질적인 측면에서 일정 부분을 채우고 나면 만족도가 떨어지고, 그 이후에는 만족이 아니라 오히려 불쾌함을 느낀다는 것이다. 이를 통해 음식을 많이만 먹는 것 또한 욕구와 반대되는 일임을 알 수 있다. 따라서 한계 효용의 지점, 즉 만족도가 떨어지는 시점을 알아차린다면 우리의 식욕을 적당한 양의 음식 섭취를 통해 최상으로 만족시킬 수 있다.

한계 효용의 지점. 즉, 최상의 만족감을 얻을 수 있는 음식의 양을 알아차리는 게 똑똑하고 건강한 식사의 포인트다. 앞에서 설명한 의식적 식사를 통해 식사 중간중간 포만감과 미각에 대한 스스로의 감정과 만족감을 알아차려 보자. 여기서 더 먹음으로써 음식에 대한 만족감을 누릴 수 있을지, 아니면 신체적 정신적 고통이 시작될지. 스스로가 찾아야 한다.

✓ **Check Point 밥을 잘 챙겨 먹어도 폭식해요** 극한 다이어트 식단에서 벗어나 일반식을 충분히 먹는다고 생각하는데도 자꾸만 폭식을 하는 경우가 많다. 나 또한 다이어트 식단을 그만두고, 일반적인 식사를 시작한 후에도 충동적인 폭식을 했던 기간이 꽤 됐었다. 물론 폭식 습관을 한 번에 끊어 내기는 어려운 게 사실이긴 하지만, 그런 순간이 잦다면 아래 순서대로 자신의 식사 습관을 점검해 보자.

1 목적이 전도되어 있다

종종 '폭식하는 것만 없어져도, 폭식증을 극복하면 살이 빠지겠지?'라는 기대를 하고 탈 다이어트를 시작하는 사람들이 있다. 그렇다면 100% 실패할 수밖에 없다. 체중 감량이라는 기대를 하는 순간, 일반식을 먹더라도 '그래도 양 조절은 해야지.' '밥은 조금 먹어야지.' 이런 제한이 생길 테니 말이다. 본인은 그렇지 않다 해도 수년간 쌓인 다이어트 마인드로 인해 무의식중에 그러한 생각이 깔려있을 거다. 그렇게 되면 자기 몸에 필요한 만큼의 포만감을 온전히 채워줄 수 없다. 낮은 물리적 포만감 때문에 식욕이 증가하면서 폭식으로 이어지는 것이 당연하다. 다이어트로 인해 생긴 폭식 습관을 고치고 싶다면서 또다시 다이어트에 대한 기대를 하고 있지는 않은가 점검해 보자.

❷ 사실 제대로 챙겨 먹고 있지 않다

'밥을 충분히 먹는다.'라고 이야기하는 사람들의 식단을 보면 실제로 충분히 먹고 있지 않을 확률이 높다. 초절식 다이어트 식단에 익숙해져 버린 탓에 자신에게 맞는 양과 식사 구성을 찾지 못한 경우이다. 또는 아직 일반식이 무서워 다이어트 식단에서 벗어나지 못한 경우도 많다. 일반식을 먹기 시작한 지 꽤 되었는데도 식후 간식 생각을 버리지 못하겠다는 수강생이 있었다. 이상하다고 생각해 식사를 하기 전과 후의 사진을 살펴보았더니, 역시나 스스로 충분히 먹고 있다고 착각하는 중이었다. 일반 식당에서 점심을 먹고는 있었지만 밥은 절반도 먹지 않았고, 반찬과 야채로만 배를 채우는 걸 발견했다. 이렇게 되면 식사를 한 직후에는 '충분히 먹었다.'라고 느낄 수 있지만 결과적으로 충분한 탄수화물을 섭취하지 못했기 때문에 물리적 포만감은 결여된다. 또한 스스로 밥을 적게 먹었다는 것 정도는 알고 있기 때문에 심리적 포만감과 만족감 또한 현저히 낮은 상태일 테다. 이로 인해 식사 후 탄수화물, 그 중에서도 특히 당을 확실히 채워줄 수 있는 간식이 자꾸만 생각났던 것이다.

❸ 음식에 희소성을 부여하고 있다

모든 음식을 허용하겠다고 다짐하고도 막상 초콜릿이나 쿠키와 같은 간식을 먹을 때면 '딱 한 개만', '딱 한 입만'이라는 제한을 걸어 두는 경우가 많다. 그동안 먹고 싶었지만 살찔까 먹지 못했던 음식을 먹어 보겠다는 시도는 좋지만, '딱 한 개밖에 취할 수 없는 것'이라는 생각을 갖게 되면 음식의 '양'적인 부분에서 희소함을 느낀다. 희소함을 느끼면 지금 당장 더 쟁여 두고 싶은 것이 인간의 자연스러운 욕망이다. 그렇다고 간식을 무한대로 먹으라는 것은 아니다. 자신에게 최상의 만족감을 줄 수 있을 만큼은 충분히 먹겠다는 확신을 가지고 그렇게 해 주면 된다. 나는 어떤 간식은 한 개를 먹는 것이 내게 최상의 만족감을 주기 때문에 한 개만 먹을 때도 있고, 어떤 간식은 세 개 정도는 먹어 줘야 만족스러워서 그렇게 먹을 때도 있다. 살찔까, 과식할까 염려하여 '한 개만'이라고 제한하는 것과는 천지차이이다. 만약 한 개를 먹고 나서 만족스럽지 않다면 몇 개 더 먹어도 상관없을뿐더러, 오늘도 내일도 또 생각이 난다면 언제든 먹을 수 있기 때문이다.

눈치챘는가? 모든 폭식의 원인과 기전에는 '다이어트', '체중 감량'에 대한 생각이 깔려 있다. 다이어트 사고는 우리가 먹고 싶은 음식의 양, 종류에 사사건건 시비를 걸며 절식 자아에 힘을 실어준다. 그게 지속되며 반발 심리로 폭식 자아가 자라난 거다. 그래서 진정 음식으로부터 자유로워지고 싶다면 머릿속에서 '다이어트'라는 고려 사항은 아예 지워 버려야 한다. 이제 다이어트 생각에서 벗어나 '내 몸에 충분한 영양분을 공급해 주었는지(포만감)', '내 머리와 마음이 진짜 원하는 걸 해소해 주었는지(만족감)', 그리고 '오늘도 내일도 그렇게 해 줄 것인지(희소성 제거)'만을 생각하길 바란다. 이 과정을 통해 나는 절식 자아와 폭식 자아로부터 빼앗겼던 음식 주도권을 되찾아 올 수 있었다.

사실 확실하게 다이어트를 그만둘 수 있었다면, 이 모든 것은 한 번에 해결되었을 일이다. Chapter 2의 신체 이미지로부터의 자유를 강조하는 이유다. 그러나 다이어트 문화를 찬양하는 사회 속에서 다이어트를 완전히 포기해 버린다는 건 조금 어려울 수 있다. 나 또한 다이어트를 완전히 하지 않는다고 말할 수 있게 되기까지는 꽤 오랜 시간이 걸렸다. 신체 이미지와 음식 주도권을 어느 정도 되찾았다고 생각한 그 시기에도, 때때로 음식 생각에 휩싸일 때가 있었다. 오랜만에 만난 친구가 날씬해진 모습으로 나타나면 살을 빼고 싶다는 유혹에 흔들리기도 했다. 그럼에도 내가 다이어트로 돌아가 절식을 반복하지 않을 수 있었던 건 '새로운 자아'로 살아갔기 때문이다. 이때부터 나는 절식 자아도 폭식 자아도 아닌 내가 되고 싶은 진짜 모습, '건강한 자아'의 힘을 기르기 시작했다. 다이어트 문화로 황폐해진 내 삶에서 처절하게 얻은 자유를 빼앗기지 않기 위해. 더 이상 다이어트의 노예가 되지 않기 위해 새로운 나만의 삶을 개척하는 작업이 시작된 것이다.

* 멋진 표현을 만들어주신 @SOJOY.KIM 님께 감사의 말씀 드립니다.

PART 3

행복 굳히기

—

살 말고 삶을 찾아서

더 이상 마른 몸만을 고집하지 않기로 했고, 음식도 매일 충분히 먹을 수 있게 되자 이 정도면 많이 나아졌다는 안도감이 들기 시작했다. 스스로도 회복이 시작되고 있음을 느꼈던 시점이다. 확실히 폭식의 빈도수와 한꺼번에 먹어 치우는 양 또한 크게 줄었기 때문이다. 그럼에도 꼭 한두 번씩은 알 수 없는 충동으로 인해 폭식 욕구에 휩싸여 너무나 답답했다. 절식 자아는 완전히 소멸했지만, 간간히 내 평온한 일상에 반갑지 않은 폭식 자아가 나타나곤 했다.

그런 폭식 자아가 불쑥 나타나는 이유를 찾으려 많이 고민했다. '대체 뭐가 문제일까?' 당시에는 내 의지 말고는 어떤 원인도 찾을 수 없었다. 지금 생각해 보면 그건 의지의 문제를 떠나 그냥 당연한 일이었다. 나는 수년간 다이어트의 노예를 자처하며 살았다. 스스로를 정신적, 육체적으로 혹사해 온 기간이 길었던 만큼 회복에도 긴 시간이 필요했던 거다. 그러나 한 가지, 빠른 방법은 없지만 '확실한' 방법은 존재했다. 살과 음식, 운동, 다이어트로만 가득 찼던 삶과는 다른 '진짜 삶'을 찾는 것. 몇 년을 길러온 절식 자아와 폭식 자아 말고, 새로운 자아의 힘을 기르는 것. 지금부터는 절식과 폭식을 일삼으며 피폐해진 몸과 마음을 회복시킬, 진정으로 건강한 자아가 필요한 시점이었다. 이 자아는 앞으로 다이어트가 아닌 새로운 삶의 방향성을 설정하여 올바른 판단을 내려 줄 나침반 같은 존재이다.

이번 파트에서는 내가 건강한 자아의 힘을 길러 낼 수 있었던 방법을 설명하려고 한다. 다이어트와 음식 생각으로만 가득 차있던 삶에서 벗어나, 새로운 삶을 재건해 줄 아주 중요한 과정이다. 나는 현재 이 자아로 살아가고 있다. 건강한 자아를 통해 지긋지긋한 다이어트와 폭식의 굴레에서 벗어나 현재의 푸드 프리덤 라이프를 즐길 수 있게 되었다. 뿐만 아니라 건강, 인간관계, 경제 사정 등 삶의 모든 영역에서 발전을 이룰 수 있었다. 특히 삶의 성취와 행복을 탄탄하게 굳히고 싶은 독자라면, 이번 파트를 더욱 집중해서 읽어 보기 바란다.

Chapter 1

내 불행은 의지의 문제였을까?

이 시점에서 나의 마지막 폭식 에피소드를 하나 더 이야기해 보려고 한다. 절식 자아가 완전히 힘을 잃은 상태에서 폭식자아만이 미약하게 나타나고 있던 시기였다. 일주일에 한두 번정도 그랬던 것으로 기억한다. 보통 폭식 자아는 한 번에 소멸하지 않고 대부분 서서히 없어진다. 그런데 당시 나는 이 또한비정상적인 악습관이라고 치부했다. 이제 절식을 하지 않아서폭식할 이유가 없는데도 자꾸만 하게 되는 건 그냥 내 '의지 부족'이라고만 생각했다. 의지가 약해 빠져서 식욕 하나 주체하지못하고 자꾸 폭식을 해 버리는 거라고 스스로를 몰아세웠다. 종종 과거 절식 자아의 강한 의지가 그립기까지 했다. 그래서이때 내린 결론은 다시 의지를 불태우는 거였다. 단, 당연히 이전처럼 굶는 게 아니라 운동하며 건강한 몸을 만들어 볼 요량이긴 했다.

바디 프로필의 단상　많은 사람이 그러하듯 나는 의지를 돈으로 구매했다. 100만 원이 넘는 PT를 결제했고, 강제성을 부여하기 위해 60만 원이 드는 바디 프로필 촬영까지 예약했다. 바디 프로필이 유행하지 않던 시기였지만, 당시 내 인식 속 '건강한 사람'이라는 이미지는 아직까지 복근이 있는 슬림 탄탄한 몸이었기 때문이다. 트레이너 선생님께도 바디 프로필 일정에 따라 식단 확인을 부탁드렸다. 그렇게 3~4끼씩 현미밥, 고구마, 감자, 단호박 등의 탄수화물을 그램(g) 수에 맞춰 단백질과 함께 꼬박꼬박 챙겨 먹었다. 체지방을 깎고 근육을 만들기 위해 매일 아침저녁으로 운동을 두 시간 정도 했다. 당시 나는 이게 문제가 될 거라고는 전혀 생각하지 못했다. 과거 절식을 할 때보다 많은 양을 먹었고, 탄단지[*] 영양소를 체계적으로 계산했으며, 피곤해도 항상 운동은 챙기고 있었기 때문이다. 겉으로 보기에는 정말 건강한, 요즘 말로는 '갓생[**]'이라고 표현할 법한 삶을 사는 듯했다. 그러나 지금 돌이켜 보면 그때의 나는 또다시 스스로를 다이어트의 굴레로 내몰고 있었던 것뿐이었다. 당시의 일과를 살펴보면 다음과 같다.

---

[*]　탄단지: 탄수화물, 지방, 단백질의 줄임말

[**]　갓생: 신을 의미하는 'God'과 인생을 뜻하는 '생'의 합성어로 부지런하고 타의 모범이 되는 삶을 뜻하는 신조어

06:00	일어나 공복 유산소를 한 시간 하고 출근 준비를 한다.
08:00	점심 식단과 운동복을 챙겨 전철을 탄다. 사람도 많은데 도시락에 운동복까지… 출근도 전에 벌써 지친다.
12:00	팀장님이 점심 식사를 제안하셨지만, 도시락을 챙겨왔다고 핑계 대며 빠진다. 팀원들은 점심을 먹으러 나가고, 나는 혼자 회의실에서 닭 가슴살 도시락을 먹는다.
15:00	배가 고파서 탕비실에 비치된 과자 하나를 먹을까 고민하다 포기한다. 아몬드 몇 알과 삶은 계란을 먹으며 오후 시간을 버틴다.
17:00	회사 상사분께서 수고한다며 도넛을 사다 주셨지만 나는 괜찮다며 먹지 않는다. 사실 먹고 싶어 죽겠다.
18:00	업무를 마치고 얼른 집에 가서 쉬고 싶지만 헬스장으로 향한다.
19:00	헬스장 도착. 근력 운동과 유산소까지 약 1시간 30분 정도를 운동으로 보낸다.
21:00	집에 도착해 이제야 씻고 저녁 식사를 마친다. 당연히 메뉴는 닭 가슴살이다.
23:00	치킨, 피자, 마카롱… 바디 프로필이 끝나면 먹을 음식을 메모장에 적어 두며 잠에 든다.

다음 날

06:00	배고픔에 눈이 일찍 떠졌지만, 꾸역꾸역 공복 유산소를 한다.
	……(반복)

오로지 다이어트에 맞추어 하루가 굴러가고 있다는 점에서, 나의 맨 처음 절식 자아가 지켜 온 일과와 별반 다를 게 없었다. 식단을 사수하기 위해 사람들과의 만남을 거부했다. 영양소를 잘 챙겨 먹는다고는 했지만, 그 또한 강박적인 식단일 뿐이었다. 현미밥이 아닌 쌀밥은 절대 먹지 않았고, 단백질이 없는 식단은 망한 식사였다. 더 나아가서는 근손실이 날까 두렵기까지 했다. 거기다 일반식이라도 먹는 날에는 나트륨을 빼야 한다고 다음 날 공복 유산소 시간을 늘렸다. 과거와 똑같이 음식을 '좋은 음식', '나쁜 음식'으로 나누고 있었다.

운동의 양날 한 가지 달라진 점이 있다면, 식단과 더불어 운동 강박까지 생겨 버렸다는 것이다. 바디 프로필의 문제점은 식단뿐만 아니라 여기에도 있다. 주어진 시간에 맞춰 몸을 만들어야 하기 때문에 더욱 조급해진다. 운동을 하지 못하는 날에는 식단이라도 줄여야 할 것 같은 기분이 든다. 지친 퇴근길에도, 가족 행사가 있는 바쁜 날에도, 친구와의 약속에도 아득바득 운동 할당량을 채워야 마음이 놓였다.

많은 사람이 꼭 살을 빼는 게 아니더라도 '복근을 갖기 위해', '엉덩이를 만들기 위해'와 같은 기대로 운동을 하곤 한다. 바디 프로필은 더욱 극단적인 목표를 세우도록 만드는데, 이와 같이 몸을 '바꾸려고' 하는 운동은 신체 이미지를 망치는 지름길이다. 몸을 바꾸기 위해 운동을 하는 순간부터 나의 몸은 '적'이 될 수밖에 없기 때문이다. 끊임없이 몸에서 부족한 부분, 바꿔야 할 부분만 찾아내 자신의 신체에 부정적 이미지를 씌운다. 매일 눈바디(거울 등을 활용해 눈으로 보는 몸의 외적 상태)를 확인하는데, 몸이 만족스럽지 않은 날에는 식사량을 더욱 줄이거나 운동량을 늘리는 선택을 하게 된다. 신체 이미지에 따라 그날의 기분이 결정되고 운동 스케줄과 식단에 따라 일상이 흘러가기도 한다. 또한 그렇게 바라던 신체의 모습과 목표를 달성했다 하더라도 '여기만 더…', '1~2kg만 더…'라며 만족스럽지 않은 부분에 집착하게 된다.

다이어트 D-day와 같이 '기한적' 조건이 붙으면 더욱 위험하다. 운동을 며칠 한다고 해서 신체 이미지가 극적으로 변화하기는 어렵기 때문이다. 즉각적으로 변화를 확인할 수 없기 때문에 운동을 하면서도 항상 불안하고 만족스럽지 않다고 느끼게 된다. 그러면 남은 선택지는 식단 조절뿐이다. 건강하고자 시작했던 운동이 결국 절식 자아를 키우는 일로 변질되는 안타까운 일이 일어나는 것이다.

건강한 식단의 진실　바디 프로필 촬영을 준비하면 대부분 현미밥 또는 고구마, 단호박, 닭 가슴살, 야채, 방울토마토, 아몬드 등으로 구성된 식단을 한다. 지속 가능하고 건강한 식단이라 착각하며 스스로 뿌듯해 한다. 그러나 이는 음식에 대한 왜곡된 인식을 강화하는 일이다. 다이어트 식단을 시작하면서 동시에 음식 라벨링을 시작하기 때문이다. 내 절식 자아가 그랬던 것처럼, 모든 음식을 '먹으면 안 되는 음식과 먹어도 괜찮은 음식', '클린식과 더티식'으로 나눈다. 금지 식품으로 정해 놓은 음식을 한입이라도 먹으면 큰일이 난 기분이 들어 다음 끼니의 양을 줄이거나 운동량을 늘린다. 어떻게든 만회하려고 애를 쓴다. 그래서 다이어트 문화에서는 '회개 운동'이라는 말까지 생겨났다. 치킨을 먹었으니, 탄수화물을 많이 먹었으니 회개를 구한다며 그날은 에너지 소모가 많은 하체 운동 또는 강도 높은 유산소 운동을 한다는 뜻이다. 자신이 먹은 음식에 따라 하루의 일정이 결정되고 변경되는 것, 과연 그게 건강한 모습일까? 그것보다는 어떤 음식을 먹더라도 유난스럽지 않게 일상을 보내는 것. 잔잔한 하루가 더 안정적이고 건강한 모습이라고 생각한다.

운동 자체가 나쁘다는 의미는 절대 아니다. 운동을 꾸준히 하는 습관은 모든 현대인에게 필요하니까. 영양소를 골고루 챙기는 식단 자체가 강박적이고 위험하다는 의미 또한 아니다. 지금의 나도 운동을 매일 빼먹지 않고 있으며, 큰 틀에서는 영양소를 고려해 식사를 꾸리고도 있다. 운동이 신체적 건강뿐만 아니라 정신적 건강을 위해서도 꼭 필요하다는 것은 누구도 부정할 수 없는 사실이다. 다만 일상에서의 우선순위가 운동일 필요는 없다는 걸 말하고 싶다. 지나친 운동과 식단 집착은 일상을 파괴하며, 삶의 성장에도 방해가 된다. 당시 나는 회사원이었지만, 바디 프로필을 준비하면서는 회사원으로서 능력을 상실했다. 퇴근 후 운동을 끝내고 집에 오면 기진맥진해서 독서, 자기 계발, 업무 공부 등에 쏟을 에너지가 바닥났기 때문이다. 식단 때문에 배고파서 업무를 하다가도 집중력이 떨어졌고, 간식을 먹을까 말까 고민하느라 업무 시간을 허비할 때도 있었다. 이건 진짜 내가 바라던 건강한 삶이 아닌 것 같았다.

✓ **Check Point** 바디 프로필이 끝난 후 폭식하는 이유 아무튼 그렇게 잠시 의지를 불태워 식단과 운동을 잘 지켜 목표했던 바디 프로필을 찍었다. 그러나 문제는 그 이후부터 발생했다. 최근 내게 폭식 고민으로 상담을 요청한 이들 중, 절반 이상은 바디 프로필을 찍은 이력이 있었고 다음과 같은 상황을 동일하게 겪었다고 이야기했다.

몇 개월 동안 식단과 운동 후 바디 프로필 촬영 ⇨ **촬영 당일**: (이성) "하루 이틀만 치팅을 해 주고, 적당히 먹으면서 건강하게 운동해야지." ⇨ **촬영 며칠 후**: 촬영 때와는 달라진 몸을 발견 (배가 나오고 얼굴이 부음) ⇨ 불안함 "큰일 났다. 예전으로 돌아가기 전에 빨리 다시 복근을 찾아야 해." ⇨ 몸을 바꾸기 위한 운동 ⇨ 눈으로 보기에 큰 변화가 없음 ⇨ "역시 식단이 문제구나." ⇨ 식단으로 회귀 ⇨ 억눌려 있던 식욕 폭발로 식단 지속이 어려움 ⇨ 폭식 ⇨ 운동으로 만회하고자 함 ⇨ 불만족스러운 신체 이미지 ⇨ 식단 ⇨ 운동…

이처럼 부정적인 신체 이미지는 자꾸만 쌓이고, 이를 만회하기 위해 강박적인 운동과 식단을 반복하면서 악순환에 빠져 버린다. 운동의 목적을 신체 이미지를 바꾸는데 두었고, 빠른 효과를 위해 식단 조절 또한 극단적으로 하게 된다. 바디 프로필은 부정적인 신체 이미지를 만들어 내고, 음식에 대한 잘못된 인식을 강화하는데 특화된 일인 것이다. 대중에게 '건강한 몸'의 예시가 되는 퍼스널 트레이너나 스포츠 모델·선수 중 상당수도 이 같은 문제를 겪고 있었다. 사진을 찍거나 대회에 나가야 하는 시즌에는 강한 의지와 멘탈로 극한 운동과 식단을 지속하지만, 그런 이벤트가 끝난 후 며칠간은 알 수 없는 폭식 욕구로 어마어마한 양을 먹어 치운다고 한다. 극한 운동으로 에너지가 빠르게 고갈되어 몸 자체에서 음식을 원하기 때문이다. 전문가들은 이 기제를 알기 때문에 자신의 업業이라 받아들이고 몸이 원하는 대로 먹어 줌으로써 회복을 유도한다. 그러나 일반적인 사람들은 살면서 처음 느끼는 욕구와 충동에 두려움이 생겨 어떻게 대처해야 할지 혼란스러워한다. 더 심각한 것은 그동안 자신의 의지로 '힘들게 만든 몸'에 대한 보상 심리 때문에 그 몸에 대한 집착을 쉽게 버리지도 못한다는 점이다. 그래서 촬영 당시의 몸으로 빨리 되돌아가고 싶어 극단적으로 행동하게 되고, 이는 계속해서 악순환을 하게 만든다. 수많은 이들이 바디 프로필의 후유증으로 폭식증을 경험하는 이유이다.

폭식은 의지의 문제가 아니다 폭식은 의지의 문제일까? 나는 과거에 폭식증을 조금이나마 극복해 오면서 폭식의 기제를 어렴풋이 알고 있던 상태였다. 특정 외양의 몸을 동경하지 않겠다고 다짐했고, 굶거나 절식하는 극단적 식단을 절대 지속할 수 없음도 뼈저리게 느낀 사람이었다. 그럼에도 '의지'를 다지고자 바디 프로필을 찍기로 결심했고, 이 결심 때문에 그동안 겨우 쌓아 둔 회복 마인드는 물거품이 돼 버리고 말았다. 남들이 SNS에 올려둔 바디 프로필 사진을 보며 '복근 정도는 있어야 하는구나…'라는 욕심이 생겼다. 또다시 미디어로부터 신체 이미지의 주도권을 빼앗긴 것이다. 제한적인 식사를 하며 절식 자아를 키우던 중이었지만, 나는 그것이 내게 새롭게 생긴 '자제력 있고 건강한' 자아인 줄로 착각하고 있었다. 동시에 매일매일 트레이너 선생님께 식단 검사를 받으며 음식 주도권도 박탈당하고 있었다. 다이어트의 노예였던 시절과 달라진 게 없었다. 예상하듯 바디 프로필 촬영이 끝남과 동시에 폭식 자아가 나타났다. 그렇게 나는 또 몇 달간 절식 자아와 폭식 자아의 싸움에 무력하게 당하고 말았다.

정말 혼란스러웠다. 나는 지금껏 내 의지가 약해서 폭식을 지속하고 있다 생각했고, 이를 극복하기 위해 나름의 도전에도 성공했다. 나는 3개월이 넘는 기간 동안 식단도 잘 지켰고, 운동도 빼먹지 않았을 정도로 의지력이 강한 사람이었다. 심지어 의지가 꺾이지 않도록 중간중간 치팅 데이도 가지며 완급 조절도 잘했다고 생각했다. 그러나 결국엔 또 폭식으로 되돌아와 버렸다. 이때 알았다. 이건 의지의 문제가 아니라는 걸. 나는 그냥 유한한 의지력을 갖고 꾸역꾸역 참아 왔던 것뿐이다. 20살 초반의 다이어트 때에도 그랬고, 20살 중반의 바디 프로필 다이어트 때에도 그랬다. 처음에는 높은 의지로 제한적인 식단과 고강도의 운동을 매일 할 수 있었지만, 그런 의지력은 언젠가 바닥이 드러나기 마련이다. 이제 그런 식단과 운동이 버겁다고 느껴지면, 그간 굶주려 있던 폭식 자아는 내 삶을 속수무책으로 장악하곤 했다. 인간의 의지력이 유한하다는 것을 이때 깨달았다. 의지력에 기대어 식단과 운동을 지속하는 것은 일시적이며, 절대 같은 노력을 평생 유지할 수는 없다. 그래서 대단한 의지력이나 자제력이 없더라도 폭식 자아를 키워 내지 않을 생활 방식이 필요했다.

최근 2030 세대에서 바디 프로필 열풍이 불면서 '오운완(오늘의 운동 완료)'과 같은 단어까지 생겨났다. 물론 신체 건강을 위해 시간과 노력을 들이는 것은 긍정적인 방향이라고 본다. 그러나 앞서 말한 것과 같이 부정적인 후폭풍을 겪는 이들도 못지않게 많다. 나는 2020년부터 폭식 습관 관련 코칭을 해 오기 시작했는데, 본격적으로 바디 프로필이 유행하던 2021년에는 이로 인한 폭식 경험을 호소하는 문의가 급증했다. 바디 프로필을 위한 식단과 운동을 가르쳐 주는 트레이너 선생님은 많았지만, 그 이후의 어두운 단면을 알려주는 사람은 없는 것 같아 안타까웠다. 만약 지금 바디 프로필로 인해 이상 식욕을 느끼고, 원치 않는 폭식으로 고통을 받고 있다면 아래 회복 마인드를 기억하고 실천하도록 하자.

1 그 몸은 진짜 내 몸이 아니었고, 굳이 그 몸으로 살아갈 필요는 없다

사실 대부분의 사람이 이런 후유증을 알고 있음에도 '설마 나는 그러지 않겠지…'라는 생각으로 바디 프로필에 도전한다. 이왕 다이어트 하는 거 몇 달 정도만 고생해서 '인생 몸매'를 만들어 보고 그 후에는 적당히 지속 가능한 식단과 운동으로 유지하겠다는, 그럴듯한 계획을 세우곤 한다. 그런데 이 '인생 몸매'라는 단어에서 이미 모든 불행의 시작이 예견된다. 바디 프로필 후 불어난 몸을 보며 빨리 촬영 당일의 몸을 되찾기 위해 고군분투한다. 하지만 몇 달 동안 억눌려 있던 식욕을 당장 억제하긴 어렵기 때문에 항상 이런 생각을 달고 살 것이다. '내일부터는 다시 바디 프로필 식단에 운동도 꼬박꼬박 해야지.', '나는 이미 한 번 몸을 만들어 봤으니까, 며칠만 식단 쪼이고 운동하면 원래대로 돌아갈 수 있어.' 이처럼 며칠 있다 사라져 버린 복근을 그리워하며, 하루 이틀은 식단을 하고 또 하루는 폭식을 하는 날을 반복해 왔을 테다.

이제는 촬영 당시의 그 몸을 놓아주길 바란다. 3~4달 바짝 식단하고 운동해서 만든 몸은 진짜 당신의 몸이 아니다. 그리고 굳이 그 몸으로 살아갈 필요도 없다. 밥을 먹으면 배가 나오는 게 당연하고, 앉아 있으면 볼록볼록 접히는 게 당연하다. 허벅지가 꼭 가늘어야 할 필요도, 팔뚝이 여리여리할 필요도 없다. 또한 지금 먹는 대로 살이 찌고 있는 듯한 기분은 말 그대로 기분일 뿐이다. 염분이 낮은 식사를 해 온 기간만큼 몸은 적은 염분에도 민감하게 반응하여 더 잘 붓는다. 몸도 적응할 시간이 필요한 거다. 그동안 고생한 몸에게 충분한 영양소를 공급해 준다 생각하고 마음을 편하게 가졌으면 좋겠다. 다시 한번 말하지만, 대부분의 사람은 살면서 복근이 필요하지도, 가는 허벅지가 필요하지도 않다. 계속 떠올리고 있는 인생 몸매는 잠시 잊어 버리자. 우리의 몸이 어떤 모양을 하고 있더라도 반겨주고 인정해 주자. 그게 진정으로 건강한 사람의 마인드라고 할 수 있다.

❷ 몸을 바꾸는 운동, 징벌적인 운동은 더 이상 그만

촬영 당시의 몸을 빨리 되찾고 싶은 마음에 운동 중에서도 공복 유산소에 집착하는 사람들이 많다. 준비 기간 동안 많은 시간을 운동에 할애할 텐데, 특히 촬영 날이 가까워지면 공복 유산소 시간을 늘리기도 한다. 이때 수분 배출 등의 영향으로 극적인 효과를 느끼고, 이 경험 때문에 공복 유산소 또는 고강도 웨이트만 하면 빠르게 체지방을 태울 수 있을 거라 기대를 하게 된다. 앞서 말했듯 촬영이 끝나면 그간 먹지 못했던 음식들을 먹을 것이고, 그러다 심한 과식을 할 수도 있다. 그럴 때마다 '고칼로리를 먹었으니 운동으로 태우면 돼. 내일 아침에 공복 유산소를 하고 클린식을 먹으면 되돌아갈 수 있어.'라는 생각으로 강박적인 운동을 다짐하는 날이 늘어난다. 그럼 이때부터 운동은 더 이상 성취감을 주는 건강한 행위가 아닌, 음식을 먹은 것에 대한 대가를 치르는 징벌적 과정으로 인식되고 만다. 내가 생각하기에 바디 프로필의 유일한 장점은 운동하는 습관을 기르고 운동에 재미를 붙일 수 있다는 것이다. 그런데 운동이 폭식 후 징벌의 수단으로 활용된다면, 겨우 흥미를 가지게 된 운동은 고통스러운 일로 치부된다. 이런 이유로 점차 흥미를 잃어 오랜 기간 운동을 완전히 놓게 되는 이들도 여럿 보았다.

나의 몸을 바꾸기 위한 행위는 끊임없이 신체에 대한 부정적 이미지를 생산해 내고, 그럴수록 정해진 식단과 운동의 굴레에 빠지게 만든다. 운동을 통해 몸을 바꿀 수 있다는, 살을 뺄 수 있다는 기대 자체를 지워 버리자. 당신은 더 이상 죄책감에 억지로 공복 유산소, 웨이트를 할 필요가 없다. 당장 대회에 나가야 하는 선수가 아니니 더욱 고통을 감내하면서까지 운동을 할 이유가 없다. 몸을 바꾸기 위한, 괴로운 운동 말고 긍정적인 기분을 얻을 수 있는 운동을 하길 바란다. 사람들과의 유대, 몸의 정렬, 성취감, 활기참, 마음의 차분함 등 운동으로 누릴 수 있는 이점이 이렇게나 많은데, 단순히 살을 빼기 위해 운동을 한다면 이런 이점은 전혀 누릴 수 없다. 아픔만 가득한 운동, 징벌적인 운동은 이제 그만두었으면 한다. 운동의 시작과 끝은 항상 긍정적인 것들로만 채우도록 하자.

다시 한번 강조한다. 당신은 매일 운동하며 몸을 만들어야 하는 선수가 아니다. 매일 더 중요한 일을 해내야 하는 학생, 직장인, 엄마, 사업가일 것이다. 그런 당신에게는 유산소 한 시간보다, 웨이트 두 시간보다 가치 있는 일들이 훨씬 많다. 이제 그런 가치 있는 일에 더욱 힘을 쏟길 바란다. 운동은 그런 활동을 성공적으로 해내게끔 체력을 길러 주고 활력을 채우는 보조적 역할을 할 뿐이다.

❸ 식단이 아닌 식사를 하자

"예전엔 대체 식사를 어떻게 했는지 기억이 나질 않아요. 현미밥, 닭 가슴살 말고는 뭘 먹어야 할지 모르겠어요."라는 고민을 정말 많이 들었다. 이처럼 가장 혼란스러운 부분은 식사일 것이다. 짧게는 3개월부터 길게는 6개월까지 거의 모든 끼니를 일명 '클린식'으로 섭취해 왔기 때문에, 이를 제외한 식사에 큰 죄책감을 느낀다. 심지어 일반식 자체를 '속세 음식'이라고까지 부르며 먹으면 큰일이라도 나는 것처럼 기피하려고 한다. 평범한 음식에 대단한 의미를 부여하는 짓은 쓸데없는 에너지 낭비이다. 그러지 말고 남들이 먹는 일반 식사를 따라 먹어 보도록 하자. 바쁜 출근길에 굳이 닭 가슴살 도시락을 챙기며 에너지를 낭비하지 말고, 그냥 회사 동료와 함께 평범한 한 끼를 먹었으면 좋겠다. 주말 데이트에 배고파하는 남자친구를 억지로 샐러드 가게에 데려가지 말고, 분위기 좋은 곳에서 파스타를 먹는 행복한 일상을 되찾기 바란다. 하루에 딱 한 끼라도 좋다. 점심식사 정도는 담백한 순댓국, 설렁탕 같은 한식 1인분을 먹으며 식사다운 식사를 다시 시작해 보길 바란다.

이제는 닭 가슴살과 고구마 식단에 집착할 필요가 없다.

식단이 아닌 식사를 즐겼으면 좋겠다. 그게 바디 프로필 후 생겨 버린 폭식 습관에서 벗어날 수 있는 가장 빠르고 안전한 방법이다.

✓ QUICK 솔루션
바디 프로필 후 회복 마인드 5가지

① 더 이상 급하게 뺄 필요가 없음을 인지하자

이제 내 몸을 누군가에게 보여줄 일도, 검사받을 필요도 없다. 어제 오늘 먹은 음식을 당장 없던 일로 만들 수는 없다. 무리한 식단과 운동은 그간 쌓여온 식욕을 터뜨릴 뿐이다.

② 촬영 당일의 모습에 집착하지 말자

단기간에 만들어 낸 몸은 진짜 내 것이 아니다. 그런 몸을 평생 유지하며 살아갈 필요도 없다. 집착하면 할수록, 절식과 폭식의 악순환이 반복될 뿐이다. 살이 쪘더라도 그것 또한 내 모습임을 받아들이자. 그게 건강한 멘탈을 가진 사람의 마인드이다.

③ 닭고야 식단에 집착하지 말자

이제 닭 가슴살, 고구마, 야채가 아닌 일반식을 먹었다고 혼내는 트레이너도, 핀잔주는 사람도 없다. (만약 트레이너가 계속 식단 압박을 준다면 단호하게 거절하자.) 그동안 도를 닦으며 지켜온 식단을 해낸 우리 몸에 다양한 맛을 선물해 주자.

④ 폭식 후 징벌적 운동은 금물

일반식을 먹었거나 과식을 했다고 벌을 주는 식으로 운동을 하지는 않는다. 그런 운동은 괴로움과 연관되고, 고통스럽게 느껴지면 점점 더 하기 어려워진다. 이러면 겨우 흥미를 붙이게 된 운동에서 점점 멀어지게 될 것이다. 스스로가 마음 내킬 때, 즐거운 마음으로 임할 수 있는 운동을 하자. 운동을 긍정적인 기분과 연관시켜 평생의 취미로 굳힐 좋은 기회다.

⑤ 일상 회복이 우선이다.

바디 프로필 준비로 소홀했던 일들을 하나씩 회복해 나가자. 바디 프로필 후에 남는 것은 잘 보정된 사진 몇 장뿐이다. 운동에 에너지를 쏟느라 놓치고 있었던 공부, 식단을 한다고 나가지 않았던 친구들과의 약속, 예민함에 신경질적으로 대했던 가족들… 사진 몇 장 때문에 이 소중한 것들을 놓치는 안타까운 실수를 하지 않았으면 좋겠다. 이제 운동과 식단이 아닌, 삶에서 더욱 중요하고 가치 있는 걸 돌보도록 하자. 일상을 회복하는 게 진정한 회복이다.

진짜 건강함이란? 이 시점에서 나는 진정한 건강함에 대해 생각하게 되었다. 다이어트 문화 속에 세뇌를 당하며 살다 보니, 내게 '건강한 삶'이란 오로지 '체중 감량 성공'이라는 모습밖에 떠오르지 않았다. 날씬한 몸을 유지하기 위해 매일 샐러드를 먹고 운동하는 게 내가 생각하는 건강한 삶의 전부였다. 미디어도 마찬가지였다. TV 프로그램에서 매일 날씬한 여자들이 나와 건강 비결이라며 자신의 식단과 운동 방법을 읊고 있었다. 오로지 식단 조절과 운동만이 건강한 삶의 모습으로 비추어지고 있었다. 그러나 오랜 기간 식단과 운동을 사수하고자 고군분투했던 나는 결국 다이어트 노예가 되어 몸과 마음이 모두 혹사당했다. 실제로 건강도 크게 나빠져 있었다. 잦은 폭식으로 역류성 식도염이 생겼고, 콜레스테롤 수치가 높아 위험군에 속했으며, 단백질 과다 섭취로 요산 수치에도 문제가 생겼다. 뿐만 아니라 주의력 결핍, 우울감, 무력감과 같은 증상을 보일 만큼 정신 건강도 피폐해져 있었다. 더는 식단과 운동으로 가득 찬 삶은 건강한 삶이 아니라는 걸 몸소 깨닫게 되었다.

진짜 건강해지기 위해서는 다이어트에 매몰되어 무너지고 있던 일상을 알아차리고 회복하는 것부터 시작해야 한다. 그간 다이어트를 핑계로 미처 신경 쓰지 못했던, 또는 회피하고 있던 일들을 떠올려 보자. 아마 운동에 시간을 전부 쏟았던 탓에 직업에 충실하지 못했던 경우가 있을 테다. 학생이라면 공부에 소홀했을 수도 있고, 직장인이라면 회사 생활을 등한시했거나 커리어 발전에 도움 되는 공부를 미루고 있었을 수도 있다. 제한적인 식사 탓에 친구들과의 식사 약속을 미루어 왔거나, 스트레스 때문에 부모님과 잦은 마찰이 있었을 수도 있다. PT와 식단 속에서 사느라 자신의 재정 상태를 돌보지 못했을 수도 있다. 이처럼 커리어, 대인 관계, 감정 및 스트레스, 재정 관리 등 우리가 건강하게 돌봐야 할 중요한 요소는 많다. 식단과 운동을 떠나 이것들이 건강하지 않으면 삶의 전반적인 부분이 불행해진다. 즉, 이 모든 요소가 방해받지 않는 선에서 지킬 수 있는 식단과 운동이야말로 지속 가능한, 진짜 건강한 라이프 스타일이라고 할 수 있겠다.

나는 현재 철저한 식단 관리와 강도 높은 운동을 했을 때보다 10kg 정도 더 나가지만, 삶의 모든 측면에서 더욱 건강해졌다고 확신할 수 있다. 그때보다 지금의 스트레스 지수가 훨씬 낮고, 배고픔에 잠을 설치지 않아 건강한 숙면을 취할 수 있게 되었다. 왜곡되지 않은 건강한 신체 이미지를 갖고 있기 때문에 모든 모습의 나를 사랑할 수 있게 되었으며, 어떤 음식이든 가리거나 탐닉하지 않고 먹는 건강한 식습관을 갖게 되었다. 또, 식단 때문에 한집에 살면서도 밥 한 끼를 같이 먹지 않았던 부모님과의 관계도 완전히 회복되었다. 친구들도 부담 없이 자주 만나게 되어 대인 관계도 활발해졌다. PT, 단백질 간식, 다이어트 약, 다이어트 식품 등 쓸데없는 지출이 사라져 재정 상태도 좋아졌으며, 일에 집중할 수 있어 커리어 측면에서도 한층 더 성장할 수 있었다. 이제 다이어트는 내 삶의 건강을 결정하는 데 있어서 크게 중요한 요소가 아니다.

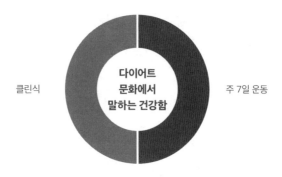

클린식 / 다이어트 문화에서 말하는 건강함 / 주 7일 운동

실제로 건강을 결정짓는 것들

재정 상태 / 감정 & 스트레스 대처 능력 / 충분한 수면과 휴식 / 자존감 / 사회적 교류 / 왜곡되지 않은 바디 이미지 / 의료 서비스 접근성 / 안전한 주변 환경 / 음식과의 관계 / + 피부 건강 알레르기 관리 등등…

Chapter 2

안 할수록 나다워지더라

이렇게 폭식을 의지의 문제로 치부하고 스스로를 몰아붙이는 일은 처참하게 실패로 돌아갔다. 바디 프로필이 쏘아 올린 마지막 혼란기까지 겪고 나서야 확고한 신념을 가지게 되었다. 다이어트를 하면 할수록 나의 삶은 피폐해져 갔고, 체중을 뺀 모든 영역에서의 삶은 퇴보해 가고 있었다는 걸, 7년간 갖가지 다이어트를 하고 나서야 뼈저리게 느낄 수 있었다.

나는 이제 정말로 이 불행을 끊기로 마음먹었다. 다이어트의 노예 생활을 완전히 뿌리 뽑아 청산하기로 했다. 전쟁으로 황폐해진 마을은 그곳의 인프라도 고쳐야 하지만, 트라우마를 겪은 주민들의 내면도 치료해야 한다. 외적으로도 내적으로도 흔들리지 않는 탄탄한 재건 작업이 필요하다. 극단적이던 절식, 폭식 자아들의 전쟁이 끝나고, 황폐해진 일상과 너덜너덜해진 마음을 치유해 줄 '내 안의 누군가'가 필요했다. 살이 아닌 삶을 살아갈 나의 진짜 자아, 건강한 자아의 힘을 본격적으로 기르기 시작했다. 그리고 다이어트를 하지 않으리라 온전히 다짐한 그 시점에야, 긴 시간 잊고 살았던 진짜 나를 마주할 수 있었다.

내 진짜 욕구 찾기 다이어트를 그만두기로 결심했다고 해도 어디서부터 무엇을 시작해야 하는지가 잘 그려지지 않을 거다. 지금까지의 모든 일상이 '다이어트'로 가득 찼기 때문에, '다이어트'라는 고려 사항을 배제하고 선택하는 결정들이 어색할 수 있다. 가장 기본적으로는 음식을 먹는 데 있어서 그렇다. 식사 메뉴를 정할 때면 항상 살이 덜 찌는 음식을 선택해 왔지만, 절식 자아가 아닌 새로운 자아로서는 어떤 음식을 선택해야 하는 건지 막막할 것이다. 하루에 두 시간씩 하던 운동을 해야 할지 말아야 할지, 한다면 어떤 운동을 얼마나 해야 하고 안 한다면 남는 시간에는 무엇을 해야 할지, 이러다 살이 엄청 쪄 버리는 것은 아닐지… 온갖 걱정과 불안함으로 혼란스러울지도 모른다. 이는 내면의 진짜 자아가 무엇을 원하고 있는지 전혀 모르고 있기 때문이다. 내가 진정으로 원하는 것과 이에 대한 판단 기준도 없었기에 그동안 내가 아닌 절식, 폭식 자아의 결정에 무력하게 휩쓸려 다녔던 것이다.

그래서 이때의 나는 나 자신과 정말 많은 대화를 나눴다. 다이어트 말고 어떤 걸 이루고 싶은지, 어떤 삶을 살아가고 싶은

지, 그리고 내 진짜 욕망은 어떤 건지. 그것들을 찾는데 많은 시간을 할애했고 지금도 꾸준히 하고 있다. 나의 진실된 욕구와 목표를 이루는 데에 도움이 되는 결정만을 하기로 다짐했다. 그렇게 나는 점차 다이어트의 노예가 아닌, 진짜 나로서 삶을 살아가기 시작했다. 다음은 내가 흔들릴 때 꺼내 보는 질문들이다. 요즘도 자주 보고 있다. 아래 질문에 하나하나 대답하며 자신과 대화를 나눠 보기 바란다.

최근 며칠 동안, 고치고 싶은 또는 마음에 들지 않았던 나의 모습은?

⇨ 남자친구랑 데이트 끝내고 집에 오자마자 폭식했을 때. 비싼 파스타는 살찔 것 같다고 깨작깨작 먹어 놓고 집에 와서 결국 폭식한 건 빵 쪼가리들이다. 맛도 잘 안 느껴지는데 그걸 다 먹어 치워 버린 게 정말 한심하다.

왜 고치고 싶은가? 어떤 모습으로 바꾸고 싶은가?

⇨ 소중한 사람과 시간을 보내는 건데, 다이어트 생각 때문에 스트레스 받는 게 이제 너무 지친다. 스트레스 없이 음식에 구애받지 않고 자유롭게 데이트하고 싶다.

그런 일이 일어났던 이유는?

⇨ 계속 다이어트 생각을 달고 살아서 그런 것 같다. 데이트하는데 먹을 만한 건 살찔 것 같고, 그래서 적게 먹다 보면 꼭 허기져서 결국 집에 와서 혼자 폭식하게 되는 듯하다.

내가 미래에 이루고 싶은 모습은? 나를 어떤 이미지로 설명하고 싶은가?

▷ 직업적으로 성공하여 어느 정도의 유명세를 갖고, 행복한 가정을 이루는 것. 나이 들어서도 멋있고 우아하다는 소리를 듣고 싶다.

그럼 내가 지금 해야 할 것과 하지 말아야 할 것

▷ 커리어를 키우는 데에 집중해야 한다. 이직 준비에 전념해야 하며, 그러려면 당장 포트폴리오 정리가 시급하다. 식단을 줄이는 다이어트는 지금까지의 경험 상 실패로만 끝났고, 스트레스만 유발하는 것 같다.

위 답변은 실제로 내가 적어 두었던 메모에서 그대로 가져왔다. 특히 '나의 미래 모습'을 생생하게 그려 보는 게 큰 도움이 되었다. 나는 직업적으로 성공하여 사람들에게 긍정적인 영향을 주고, 가족 지인들과 파티를 즐기며 하루를 재미있게 살아가는 멋진 삶을 꿈꾸었다. 사람들과의 식사 자리에서 살찌지는 않을까 전전긍긍하고, 미래의 남편 또는 아이들 몰래 음식을 먹거나 토하는 모습은 내가 원하는 삶의 모습이 아니었다. 운동, 특히 요가를 수련하는 멋진 할머니는 되고 싶지만 늙어서까지 매일 공복 유산소에 시달리고, 눈바디를 확인해 가며 음식을 선택하는 모습으로 살고 싶지는 않았다. 그렇게 원하지 않는 삶의 모습을 지금의 나는 왜 당연하게 저지르고 있었던 걸까? 머리를 한 대 얻어맞은 듯했다. 그리고 무엇보다 내가 원하는 것들을 성취하는 데에 있어서 살, 체중, 몸매가 차지하는 비중은 크지 않다는 걸, 아니 어떠한 영향도 미치지 않는다는 걸 깨닫게 되었다.

이때부터 나는 더욱 적극적으로 다이어트에서 벗어나 진짜 원하는 삶을 살아갈 수 있었다. 내 욕구를 적극적으로 알아차리고 진짜 원하는 걸 들어주었기 때문에 절식 또는 폭식 자아가 비집고 들어올 틈이 없었다. 당장의 내 욕구가 음식을 먹는 것이라면 음식을 먹어 주었고, 그게 아니라 다른 걸 원하고 있다면 그 부분을 적극적으로 해소하기 위해 노력했다. 그러다 보니 위에서 그린 내가 원하는 삶, 바라는 모습과도 조금씩 가까워지기 시작했다. 다이어트를 그만둔 순간부터 내가 원하던 일들이 하나씩 이루어지기 시작한 것이다.

이처럼 내가 원하던 진짜 삶의 모습을 생생하게 그려야만 그 모습과 일관된 결정을 해 나갈 수 있다. 그러니 새로운 자아, 스스로가 바라는 삶의 모습을 생생하게 그려 보고 매 순간 그 자아의 시선으로 바라보자. 잘 모르겠다면 스스로에게 질문을 던지며 대화해라. "지금 이 순간, 이게 내게 진짜 필요한 걸까? 10년 후, 20년 후의 나라도 이런 판단을 내릴까? 그게 아니라면 지금 내가 해야 하는 것은 무엇이지?" 스스로와의 대화를 통해 자신의 진짜 욕구를 찾고 그것을 정확히 해소하도록 하자. 생각해 보면 '살'을 빼야만 해소되는 욕구는 거의 없다.

✔ **Check Point** 알아두면 좋은 매슬로우의 욕구 5단계

자신의 진짜 욕구. 그것을 알아차리는 데에 도움이 되는 게 하나 있다. 바로 매슬로우의 '인간 욕구 5단계 이론'이다. 미국의 심리학자 에이브러햄 매슬로우 Abraham Harold Maslow 가 정리한 이론으로, 인간의 본능적인 욕구와 이로 인한 동기(행동의 원인)를 이해할 수 있는 도구이다. 인간의 욕구는 아래와 같이 다섯 단계로 분류된다.

1. **생리적 욕구**: 식욕, 성욕, 수면욕과 같은 가장 기본적인 욕구. 인간의 생존과 직결됨

2. **안전 욕구**: 신체적, 정서/감정적, 재정적 위험으로부터 보호받고 싶어 하는 욕구. 안정감을 추구

3. **사회적 욕구**: 사랑과 소속의 욕구. 누군가를 사랑하며, 어느 한 곳에 소속되어 교제하고 싶은 안정적인 욕구. 가족 및 친구들과의 친밀한 관계 추구

4. **존중의 욕구**: 누군가에게 존경과 인정을 받고 싶다는 욕구. 명예욕과 권력욕이 포함되며 자존감을 충족시키는 도구

5. **자아실현의 욕구**: 인간 최고 수준의 욕구로서 개인의 성장과 성취에 대한 욕구. 취미와 관심사, 삶의 보람을 추구하는 단계

이 다섯 가지의 욕구는 각각 따로 존재하는 것이 아니라 위계를 가지고 있다는 점이 중요하다. 하위 단계의 욕구가 충족되지 못하면 상위 단계의 욕구 또한 충족시키기 어렵다. 이 욕구의 5단계를 과거의 폭식 상황과 접목함으로써, 나는 어렴풋이 알고 있었던 폭식의 원인을 명확하게 알게 되었다.

첫째로, 나는 가장 기본적인 생리적 욕구를 스스로 결핍시키고 있었던 거다. 폭식 욕구는 생존과 직결된 욕구를 충족시켜 주지 못한 것에 대한 당연한 반응이었다. 생존을 위해 몸에서 보내는 신호였으니 말이다. 둘째로, 육체적 배고픔이 아닌 상위 욕구에 대한 갈망을 식욕으로 착각하고 있었다. 가장 하위의 생존 욕구가 결핍되고 있으니, 당연히 상위의 욕구는 더욱 결핍될 수밖에 없다. 특히 당시 나는 낯선 곳(기숙사)에서의 생활로 안전 욕구가 흔들리고 있었고, 긴 취업 준비 기간으로 사회적·자아실현의 욕구 또한 불안정한 상태였다. 그럼에도 그런 욕구 자체를 인지하지 못했다. 인지하지 못한 욕구에 대한 불안감과 스트레스를 무의식중에 느끼고 있었던 게 분명하다. 그래서 가장 쉽고 빠르게 채울 수 있는 식욕으로 그 불안함을 해결하고자 폭식을 했던 거다. 즉, 내 몸은 생존을 위해 모든 욕구를 '식욕'으로 인지하며 그것을 채우는 데 급급했다.

기본적으로 다이어트 때문에
생리적 욕구가 불충족 되어있다면…

사회적 / 존중 / 자아실현 등의
상위 욕구에 집중할 수 없음
자존감, 자아실현 욕구 불충족

⇩

가장 원초적인 생리적 욕구로 충족
폭식

⇩

죄책감 / 분노 / 수치심
자아실현 욕구 불충족

⇩

상위 욕구들의 무한 부재

⇩

생리적 욕구로 대리 충족
폭식

무한 반복

많은 사람이 '저는 식욕이 너무 많아요.'라며 고민 상담을 시작하지만, 이야기를 나누다 보면 식욕은 표면적 문제인 경우가 많았다. 대부분 인간관계에서 문제를 겪고 있거나 불안한 미래, 가족 또는 연인과의 갈등, 개인적 성취 등에서 충족되지 않은 욕구를 음식으로 풀고 있었다. 자신이 느끼는 불안함, 좌절감, 스트레스의 근본적인 원인을 알지 못했으며, 알더라도 마주하기 힘들어했다. 그래서 지금의 상황을 그냥 '식욕'이라고 치부하고 '다이어트'에 성공하면 지금의 문제가 모두 해결될 거라고 믿고 있는 듯했다. 그러니 계속해서 식단을 제한하고 스스로 생리적 욕구를 박탈하는 안타까운 선택으로 이어지는 거다. 그럴수록 안전, 사회적, 자아실현 등의 상위 욕구는 스스로 인지조차 할 수 없는 상태가 되며, 그렇게 결핍된 욕구를 모두 '식욕'이라고 착각하게 된다. 스스로가 악순환을 자행해 온 건 줄도 모르고 말이다.

따라서 이 생리적 욕구, 생존 욕구를 채워 주는 것은 더 말할 필요도 없이 가장 기본적인 원칙이다. 쉽게 말해 밥을 꼬박꼬박 잘 먹어야 한다는 이야기이다. 앞에서 언급한 것과 같이 3끼니 2간식을 명심하고 회복 기간 동안은 규칙적이고도 자동적으로 그렇게 하길 바란다. 오랜 다이어트로 영양 결핍을 겪은 적이 있다면, 그 몸은 조금의 절식 신호조차도 곧 '생존 위험'으로 인지할 것이다. 생존 욕구가 채워지지 않으면 아무것도 이룰 수 없다. 사람과의 관계도, 신체적·정서적 안정도, 자기실현의 욕구도 충족할 수 없다. 우리 몸이 더는 생존의 위협을 느끼지 않도록 무한한 신뢰를 주길 바란다.

건강한 자아의 근력 기르기 매슬로우의 욕구 5단계 이론에서 설명한 것과 같이 생리적 욕구를 채워 주는 건 기본 중의 기본이다. '언제든 음식을 먹을 수 있다.'라는 신뢰 회복이 밑받침 되어야 한다. 시간을 갖고 식욕을 잘 채워 주고 신뢰를 회복했다면 이제 그다음 욕구에 집중할 차례이다. 나는 이 욕구를 장기, 중기, 단기적 관점에서 모두 활용하고 있다.

▮ 장기적 관점에서의 욕구: 새로운 자아와의 만남

먼저 장기적 관점에서 궁극적으로 이루고 싶은 욕구를 명확하게 그려야 한다. 장기적 관점에서의 욕구는 욕망이라고 표현할 수 있겠다. '나는 어떤 성취적 욕망을 갖고 있는지, 어떤 가치를 추구하며 살아갈 것인지'에 따라 자신의 욕망을 정의한다.

· 나는 시간적 가치가 아주 중요하다.
  시간에 얽매이지 않은 자유로운 일을 하고 싶다.

· 나는 친구들과 함께하는 시간에 큰 행복을 느낀다.

· 나는 가족들을 챙기고 자녀를 사랑으로 키우는 데에 힘을 쏟고 싶다.

· 나는 여행을 사랑한다.
  새로운 곳을 탐구하고 경험하는 일에 살아있음을 느낀다.

· 나는 업무적 성취가 중요한 사람이다.
  직장에서 존경받는 사람이 되고 싶다.

이와 같이 자신이 행복과 가치, 성취를 느끼는 부분을 명확하게 정리하고 장기적으로는 어떤 욕망을 이뤄 나가고 싶은지 적어 보아라. PART 2의 '정체성 확립' 부분을 활용하면 좋다. 다시 한번 내가 되고 싶은 이상적 모습을 그려 보자. '다이어트', '45kg', '복근'은 더 이상 당신의 진짜 목표가 아니다. 오히려 집중해야 할 곳에 에너지를 분산시켜 버리는 방해물일 뿐이다. 가치 있는 삶과 이를 위한 목표만을 생각하자. 그것에 집중하는 하루하루를 살아가는 것. 그게 진정으로 건강한 삶의 모습이다. 그리고 당신의 새로운 자아이다.

❷ 건강한 자아의 근력 기르기: 욕망 실현 루틴

새로운 자아는 당신의 욕망과 목표를 이루는 것에 집중하도록 도움을 준다. 세부적인 목표로 쪼개어 장기적 욕구를 이루는 데 도움이 될 루틴을 세워 보도록 하자. 지금까지 식단 계획을 세우고 살 빼기 위한 운동 루틴에만 관심이 있었다면, 이제 식단도 운동도 아닌 '진짜 삶', '생산적인 생활'을 위한 루틴을 꾸려 보았으면 좋겠다. 이번 주에 집중하여 수행할 일, 읽을 책, 건강한 관계를 위해 사람들과의 약속을 계획하고, 이에 따른 일과를 세우는 것이다. 나도 요즘 흔히 말하는 MBTI의 끝자리가 P로 끝나는, 계획성이 조금 부족한 성향의 사람이다. 그렇지만 하루의 계획을 세우고 루틴으로 지키는 것만큼은 반드시 하고자 노력한다. 나의 새로운 자아가 단단한 근육과 지구력을 가질 수 있는 유일한 길이기 때문이다. 단단한 근육을 얻게 된 내 자아는 건강한 욕구만을 좇아 결국 목표를 성취하게 될 테다. 이런 루틴 속에서 식사 시간이 되면 자연스럽게 식사하고, 하루 중 30분 정도의 시간을 내어 신체의 활력을 위한 운동만 하면 된다. 그것으로도 충분하다.

다시 한번 강조한다. 이제부터 당신은 '하루 3끼 클린식 먹기', '매일 1시간 운동하기'와 같이 단편적인 목표만을 가진 사람이 아니다. 자신이 이루고자 하는 목표와 욕망을 정확하게 알고, 그걸 이루기 위한 나날을 살아가는. 더욱 고차원적이고 생산적이며 건강한 욕심을 가진 사람이다. 아래는 내가 하루 루틴을 세우는 양식이니 참고해도 좋다.

하루 루틴 일지

나의 욕망: 사업과 투자를 열심히 하며 몸을 건강하게 가꾸는 사람

데일리 미션: ① 마케팅 서적 30P 읽기, ② 부동산 임장 준비하기

식사 플랜(선택): 아침 - 요거트 볼, 점심 - 회사 구내식당, 저녁 - 고등어 구이와 밥, 간식 - 베이글

운동 또는 행동 미션: 저녁 먹고 30분 정도 산책하기

· **나의 욕망:** 장기적 목표와 욕구

· **데일리 미션:** 위의 욕망을 이루는 데에 도움 되는 행동 1~2가지

- **식사 플랜**: 하루 식사에 대한 대략적인 계획 (식사의 혼란을 줄이기 위함, 지키지 않아도 됨)
- **운동 또는 행동 미션**: 신체적 건강을 위한 움직임 (극단적 운동보다 지키기 쉬운 활동을 추천)

❸ 단기적 욕구에 대처하는 방법

사실 위의 방법대로 루틴을 세우고 그것들에 진정으로 몰입을 할 수만 있다면, 폭식 욕구는 전혀 들지 않을 것이다. 하루하루 그것들을 쳐내기 위해 바쁘게 움직여야 하기 때문이다. 그럼에도 가끔 자신도 모르게 과식 또는 폭식의 충동이 들 때가 있을 수도 있다. 그럴 때는 아래 질문에 따라 자신의 욕구를 인지하며 그것에 집중해 보길 바란다.

- 그간 식사를 제대로 했나?
  가장 기본이 되는 생리적 욕구를 충족시켜 주지 않았다면,
  생리적 욕구를 채워 주는 것이 먼저!

- 지금 내가 느끼는 감정은 무엇일까?
- 지금 내게 해소되지 않은 욕구(감정)에는 어떤 것이 있을까?
- 그 욕구를 해소하려면 어떤 일을 해야 하는가?
- 지금 당장 할 수 있는 것은 무엇일까?

위 질문에 한 단어로 답할 수 있다면 가장 좋다. 한마디로 정의하기 어렵다고 하더라도 글을 쓰며 정리해 보도록 하자. 복잡했던 마음이 차분해지고, 자신이 원하는 바를 이루기 위해 어

떤 행동을 취해야 하는지 확실하게 결정할 수 있다. 그렇게 스스로가 바라던 이상적 자아, 건강한 자아에 한 걸음 더 가까워질 수 있을 것이다.

✓ **Check Point** 자아, 정체성, 욕구, 욕망... 이것들을 반복하여 강조하는 이유는 이 부분이 회복 속도를 결정짓는 열쇠이기 때문이다. 아니 회복의 전부라고 봐도 무방하다. 다이어트가 인생의 목표인 사람들은 머릿속에 식단, 운동, 몸무게 이 세 가지로만 가득 차있다. 그들의 하루 기분은 체중이 오르고 내림에 따라 결정된다. 식단과 운동(적게 잘 먹었는지, 칼로리를 많이 소모했는지)에 따라 하루의 성취도나 성공 여부 또한 결정되기도 한다. 삶 자체를 오로지 다이어트에만 초집중하는 것이다. 물리적 시간을 모두 투자하고 있지 않더라도, 먹는 음식과 운동(활동량)에 집중하다 보면 24시간 온 신경이 그곳에 쏠릴 수밖에 없다. 오직 식단과 운동에 내 모든 하루를 쏟아붓고, 삶의 주도권을 내어 줄 만큼 살과 몸매가 중요하다고 생각되면 그렇게 살아가도 괜찮다. 진심으로 즐겁고 할 만하다면 그게 당신의 천직이라 생각하고 관련 직업을 갖는 것도 좋은 방법이라고 생각한다.

그렇지만 대부분의 우리는 그렇지 않다. 다이어트 말고 집중해야 할 일들이 이미 잔뜩 쌓여 있다. 외모보다 더 중요하게 여기는 가치가 있으며, 체중 감량보다 더욱 간절하게 이루고 싶은 소망이 존재할 것이다. 식단과 운동, 체중 말고 우리의 능력과 관심을 필요로 하는 곳이 많다는 이야기다. 당신의 삶과 가치를 더욱 빛내 줄 것들을 알아차리고 그걸 실행하는 데 집중해 보자. 혼란스러웠던 마음이 정리될 것이다. 끝없는 음식 생각과 식단, 다이어트 강박으로부터 진정으로 자유로워짐을 느낄 수 있을 것이다. 진정으로 내가 원하는 삶의 모습과 방향으로 살아가도록 스스로를 더욱 발전시킬 수도 있다. 그 과정에서 모든 모습의 스스로를 인정하고 받아들일 힘이 생긴다. 외적 모습과 별개로 온전한 '나'를 사랑할 수 있게 된다. 활력과 생기가 발산되어, 실제로 외적 모습 또한 더욱 아름다워질 것이다. 살만 빠지고 속은 문드러져 가던 다이어터 때와는 달리, 내면과 외면의 모습이 모두 긍정적으로 변화하는 선순환이 이루어진다. 이것이 내가 살 말고 삶에 집중함으로써 누리게 된 일상의 모습이다.

뇌 구조 비교

다이어터	푸드 프리덤 라이프
식단 + 운동 + 체중 감량 (외모 조금)	가족 + 일 성취 + 커리어 + 자기 계발 + 독서 + 운동 + **식사** + 외모
⇨ **욕구불만, 악순환**	⇨ 모든 것이 마음에 듦, 선순환

푸드프리덤 라이프를 살아가는 이들은 식단이 아닌 식사를 한다.
이 식사는 몸과 마음을 풍요롭게 만들어 준다.

모두가 '다이어트'를 외칠 때, 그게 본질이 아님을 알고 있는 사람은 흔들리지 않는다. 그러나 자아가 약하고, 자신이 원하는 걸 잘 모르는 사람은 주변 환경과 말에 쉽게 흔들린다. 나 또한 다이어트를 그만두어야 이 모든 것이 끝남을 은연중에 알고 있으면서도 내가 바라는 삶의 모습, 진정으로 좇고 싶은 가치들을 탐구하지 않았을 때는 하루에도 수십 번씩 흔들렸다. 주변 친구의 말에, 유튜브 100만 조회수의 '건강한 다이어트' 영상에, TV에 나오는 몸짱 의사들의 말에 설득되어 '마지막' 다이어트에 돌입하곤 했다. 그러나 내게 그 마지막은 오지 않았다. 끝을 모를 욕심과 강박, 제한에 몸과 마음은 더욱 지쳐 갔고 그럴수록 뭔지 모를 불편한 감정을 폭식 습관으로 풀 뿐이었다. 그러니 앞서 이야기한 '건강한 자아의 근력 기르기' 부분은 두세 번씩 읽고 기억하며, 자신이 원하는 삶의 모습과 목표를 명확하게 그리길 바란다.

진짜 욕구와 목표를 이뤄 가는 과정에서 해야 할 일과 하지 말아야 할 일들이 생길 거고, 이로 인해 불안함이나 답답함 등의 불편한 감정 또한 느껴질 것이다. 그러나 이것들이야말로 건강한 스트레스라고 할 수 있을 테다. 자신이 추구하는 가치와 진정으로 이루고 싶은 목표를 위한 수련이기 때문이다. 남들이 찬양하는 목표를 맹목적으로 따라가는 행위와는 차원이 다르다. 스트레스를 감내할 만한 가치가 있는 목표. 그것은 본인이

직접 찾아야 한다. 매일매일 자신과 대화하며 스스로에 대해서 탐구해 보는 시간을 가졌으면 좋겠다. 어떤 유혹에도 흔들리지 않을 단단하고 강한 근육을 가진 건강한 자아를 찾자. 그 자아는 당신의 내면에서 무럭무럭 자랄 거다.

내가 찾는 건 사실 음식이 아니었다

앞의 과정들을 통해 자신만의 건강한 자아의 힘을 키우기로 마음먹었다면 무조건 회복 결말을 맞이할 수 있다. 당신을 괴롭히던 음식 생각과 끝없는 다이어트, 이 모든 것들로부터 자유를 맞이한다는 절대적 확신을 가져도 좋다. 그러나 갓난아기가 갑자기 성인이 되지는 않듯, 건강한 자아도 한 번에 성숙해지지는 않는다. 매일 해 오던 다이어트 생각이 무슨 약을 먹은 것처럼 빠르고 말끔하게 사라질 수는 없다. 폭식 습관은 하루아침에 마법처럼 없어지는 게 아니다. 이미 우리는 오랜 기간 동안 다이어트라는 틀에 맞추어 사유하고 생활해 왔기 때문이다. 뿐만 아니라 우리의 정신적 · 육체적 시스템이 이에 맞춰 고착화 되어있어, 악습관에서 벗어나고 싶으면서도 묘하게 익숙해져 있는 기분에 그것에서 벗어나는 게 더 어렵다고 느껴질 수도 있다.

앞서 말한 건강한 자아의 힘을 길러내는 것으로 정신적 시스템은 차차 정상화될 수 있다.그러나 이와 별개로 폭식 자체가 습관이 되어버린 경우, 즉 육체적 시스템이 고착화 된 부분은 조금 다르게 접근해야 한다. 폭식이 습관화되었다는 건 어떠한 상황에 놓였을 때, 음식이 필요한 것이 아님에도 폭식으로 반응하도록 몸이 시스템화되어 버렸다는 걸 의미한다. '매슬로우의 욕구 5단계 이론'에서 식욕을 잘 채워 주지 못하면 모든 욕구를 식욕으로 인지할 수밖에 없다고 이야기했다. 다르게 말하면 지금까지 당신이 식욕이라고 느껴 왔던 것들이 사실 식욕이 아니었을지도 모른다는 말이다. 다이어트 때문에 식욕을 제대로 충족해 주지 못했고, 이 때문에 모든 자극을 '식욕'으로만 인지하고 있었을 확률이 높다.

따라서 식욕을 충분히 만족시켜 주는 게 가장 먼저 할 일이고, 그다음은 폭식으로 습관화된 패턴을 변경해 주는 것이다. 이를 통해 알맞은 양으로 식욕을 만족시킬 수 있으며, 살면서 받게 될 여러 스트레스나 감정 등을 더 이상 음식으로 풀지 않게 된다. 습관화된 폭식을 끊어 내고, 몸에 새로운 시스템을 학습시키는 과정이다. 학습에는 충분한 훈련과 시간이 필요하다. 차근차근 따라 하며 식욕으로부터 완전한 자유를 얻길 바란다.

식욕을 만족시킨다는 것 이미 앞에서 '음식 주도권'을 찾는 방법에 대해서는 알아본 바가 있다. 자신이 먹는 음식을 객관적으로 관찰하고 잘못된 감정을 인지하며, 절식 자아의 굶주림을 보충해 주는 과정이었다. 특히 잦은 폭식으로 고장 난 포만감 감각을 회복하며 심리적 포만감을 만족시킬 수 있는 식사가 중요하다는 걸 알았다. 감각의 회복과 심리적 포만감을 높이는 방법으로는 '의식적 식사'를 이야기했지만, 나 또한 잘 와닿지 않던 적이 많았다. 이에 나는 몇 년에 걸쳐 습관적으로 지키게 된 식사 습관을 정리하여 유튜브 구독자와 수강생들에게 전달하였는데, 효과를 본 사람들이 굉장히 많았다. 그렇게 많은 양을 먹지 않고도 충분히 만족스러움을 느꼈고, 배부름을 인지하여 억지로 남은 음식을 다 먹어 치우지 않게 되었다는 공통된 의견이 있었다. 이 식사법은 '메뉴 구성'이나 '식단'이 아닌 '식사 행동 루틴'이다. 무질서하고 조급한 상태에서가 아니라 차분하고 편안하게 식사 할 수 있도록 도와주는 일련의 순서다. 이 방법을 통해 음식의 맛과 물리적·심리적 포만감에 집중하여 식사의 만족도를 극대화할 수 있다. 주의할 점은 당연히 충분한 영양소를 섭취할 때 유효하다는 점이다. 적은 양으로 배를 채워 절식을 유도하려는 일말의 기대를 하거나, 말도 안 되는 꼼수로 사용하지 않기를 바란다.

편안한 포만감이란? 편안한 포만감이란 식후 몸과 마음이 모두 '안정적인 상태'의 감각을 의미한다. 생물학적 포만감과 심리적 포만감이 모두 충족되어야 이런 상태에 놓일 수 있다. 생물학적 포만감이란, 충분한 양과 영양소를 섭취하여 우리의 '신체'가 더 이상 배고픔을 느끼지 않을 때 느껴진다. 음식의 양 또는 영양소와 별개로, 음식이 맛이 없거나, 자신의 기호가 반영되지 않거나, 감각적으로 느끼기에 양과 질이 만족스럽지 않다면 이는 심리적인 포만감을 채워 주지 못하는 식사이다. 반드시 고려해야 할 점은 포만감이 높을수록 무한대로 더 큰 만족을 느끼는 건 아니라는 점이다. 너무나 많은 양을 먹어서 배가 아픈 느낌, 물리적 고통이 느껴진다면 이는 몸의 편안함을 고려하지 못한 행위이다. 살을 빼기 위해 좋아하지도 않는 퍽퍽한 닭가슴살만 먹는 행동도 심리적 만족도가 낮은 식사에 해당한다. 동시에 영양소를 고려하지 않아 과하게 한쪽으로 치우친 식사(빵과 과자로만 식사를 한다든지, 매일매일 치킨 또는 샐러드만 먹는다든지)는 몸과 마음의 편안함을 모두 방해하는 식사라고 할 수 있다.

즉, 몸과 마음이 모두 '편안한' 상태의 포만감에 다다르면 식사를 멈추는 것이 핵심이다. 그러기 위해서는 차분한 상태에서 식사함으로써 시시각각 달라지는 몸의 감각과 마음의 소리에 집

중할 수 있어야 한다. 그걸 도와주는 게 지금부터 설명할 '웰빗[*]

식사법'이다. 흔히 말하는 '의식적' 식사와도 닮았지만, 행동을 조

금 더 세분화하여 루틴처럼 지킬 수 있도록 만들어 두었다. 앞으

로 식사를 하며 꼭 적용해 보기를 바란다.

웰빗 식사법

1 식사 전: 흥분 가라앉히기, 식사의 시작 신호 전달하기

식사 시작 직전, 자리에 앉아 물을 한 잔 마신다. 그 후 시각과 후
각을 활용하여 짧게 음식의 맛을 예상해 본다.

식사의 과정 중, 식사 직전이 가장 흥분된 상태이다. 실제로

배가 고픈 상태에서는 당연한 현상이며, 단순히 습관화된 반응

일 수도 있다. 밥 먹을 때마다 종을 쳤더니 종을 치면 침을 흘린

다는 파블로프의 개 실험이 있다. 우리도 이와 비슷하게 음식에

대한 무조건적인 반응으로, 밥을 먹을 때면 온 신경이 음식에 집

중되어 약간의 흥분 상태에 놓이게 된다. 따라서 이런 흥분 상태

를 잠시 소강 시켜줄 수 있는 물리적 장치를 마련해 두는 편이

도움이 된다. 자리에 차분하게 앉아 우리의 몸과 마음에 '이제부

터 식사가 시작될 것임'을 알려 주도록 하자. 가장 쉬운 방법은

물을 마시는 것이다. 물을 마시는 약 5초~10초의 시간 동안 음

---

* 웰빗(Well-bit): Well-being habit(현재에 잘 존재할 수 있는 습관)의 줄임말

식의 냄새를 맡아 보고 생김새도 관찰하면 잠시 흥분되었던 마음이 가라앉을 거다.

특히 일과가 바빠 마음이 급하거나, 회피하고 싶은 감정이 있을 때 우리는 음식을 '먹어 치워야 하는' 도구로서만 인식하게 된다. 그렇게 아무 생각 없이 음식을 먹어 치우다 과식 또는 폭식으로 이어지는 경우도 허다하다. 식사는 음식을 먹어 치워야 하는 과제나 퀘스트가 아니다. 우리의 몸과 마음에 영양분을 채워 주는 성스러운 시간이다. 그 시간이 시작되었음을 물 한 잔으로 우리 몸과 마음에 일깨워 줄 수 있다. 그러니 식사하기 직전, 자리에 앉아 차분히 물을 마시며 우리에게 식사 시작의 신호를 보내 주도록 하자.

2 식사 중: 차분함 유지

한입에 한 종류의 음식 넣기, 10회 이상 씹기, 음식물이 입이 있을 때는 수저 내려 두기

아무리 식사 전의 흥분된 마음을 가라앉혔다고 해도, 식사 중에 차분함을 유지하기란 쉽지 않다. 사람들이 식사하는 모습을 관찰하다 보면 음식을 허겁지겁 먹어 치우는 경우가 굉장히 많다. 누가 쫓아 오기라도 하는 듯, 음식을 빼앗기지 않으려는 듯, 음식이 입에 들어가는 순간 이성을 잃고 먹기 시작한다. 이런 사람들은 항상 마지막에 과한 배부름을 느끼며 '너무 많이

먹었나?' 하는 후회를 하기도 한다.

단순히 음식을 빨리 먹는 행위 자체가 문제라기보다는, 이로 인한 우리의 감정과 심리적 작용이 문제가 된다. 음식을 빨리 먹으면 먹는 것과 동시에 눈앞의 음식들이 순식간에 없어지고 있는 것처럼 보인다. 눈앞에서 빠른 속도로 없어지는 음식에 대한 아쉬움이 생기며, 심하면 내가 음식을 빼앗기고 있다는 박탈감까지 든다. 스스로 음식을 먹고 있으면서 음식에 박탈감을 느낀다는 게 아이러니하지만 실제로 그렇다. 이러한 박탈감 때문에 음식에 대한 갈망과 아쉬움의 감정이 생겨나고, 배부름이 느껴져도 '마지막 한입'을 외치며 계속해서 먹게 된다.

또한 여러 종류의 음식(반찬)을 한입에 넣고 먹으면 입안에서 맛이 섞여 음식 고유의 맛을 잘 느낄 수 없다. 맛을 잘 느끼지 못했기 때문에 음식을 먹으면서 그 맛에 대한 아쉬움과 미련이 커진다. 자꾸 한 입만 더 먹고 싶고, 진짜 마지막으로 한 입만 더 먹고 싶어지는 이유가 여기에 있기도 하다. 따라서 한 번 먹을 때 음식의 맛을 제대로 음미할 수 있도록, 한입에 한 가지 음식의 종류를 넣고 먹는 것을 권장한다. 쌈을 싸 먹거나 밥에 반찬을 올려 먹지 말라는 이야기가 아니다. 음식들을 의식 없이 한 번에 밀어 넣는 행위를 주의하라는 정도로만 이해하면 좋겠다.

이 차분한 식사를 도와주는 가장 강력한 습관은 '수저 내려 두기'이다. 밥을 먹다가 문득 의식해 보면 당신의 손은 항상 바삐 움직이고 있는 것을 발견할 수 있다. 입안에 음식을 넣고 우물우물 씹고 있는 와중에도, 수저를 들고 있는 손은 다음 먹을 음식을 준비하여 입 앞에다가 대령해 두고 있을 테다. 젓가락으로 다른 음식을 들고 있는 상태에서 입 속에 음식이 들어 있으면, 눈앞의 그것을 빨리 해치워야 한다는 생각이 든다. 때문에 자신도 모르게 먹는 속도가 굉장히 급해질 수밖에 없다. 입 안에 있는 음식을 대충 씹어 삼키고, 얼른 손에 있는 다음 음식을 해치워야 한다는 조급함이 생기는 것이다. 따라서, 입안에 음식을 넣고 씹을 때는 수저를 내려 두고 맛을 음미하는 데에 집중해 보자. 수저를 내려 두는 것만 잘하더라도 식사의 속도가 느려지고 차분해진다. 특히 밖에서 외식할 때면 복작복작한 분위기에 식사 또한 정신없이 하게 되는데, 이것 하나만 기억하고 실천해 봐도 큰 효과를 볼 수 있다.

수저를 내려놓았다면 음식을 10번 이상씩 씹어 삼킨다. 입에 있는 음식의 모든 맛과 모든 향을 느끼겠다는 마음으로 꼼꼼히 씹으며, 스스로 맛에 대한 평가를 해 봐도 좋다. 중간중간 앞에서 말한 '심리적 만족도'와 '포만감 지수'를 확인하며 자신이 편안하게 느끼는 지점을 체크해 보도록 하자.

⇨ 복잡하게 느껴진다면 '수저 내려놓기' 하나만 기억하면 된다. 나는 실제로 회복의 마지막 단계에서는 수저를 내려 두는 것만 인지하며 식사했다. 수저를 내려놓음으로써 마음이 차분해지고, 음식을 저절로 천천히 먹게 되었다. 음식을 천천히 먹으니 그 맛 또한 더욱 잘 느끼게 되었고, 이 덕분에 평소보다 적은 양을 먹고도 만족스러웠기에 식사의 양 또한 점차 줄어들게 됐다. 별거 아닌 습관 같지만, 생각보다 어색하게 느껴질 수도 있다. 매 끼니마다 적용하지 않아도 좋으니 여유 있는 날 충분한 시간을 두고 꼭 훈련해 보도록 하자.

❸ 식사 후: 식사 끝 의식

물 한 잔 마시며 포만감 체크, 휴지로 입 닦기, 장소 · 행동 전환

의식적인 식사를 하며 편안한 포만감에 다다르게 되었다면, 그 시점에서 식사를 끊어 내기만 하면 된다. 사실 당연한 말이면서도 굉장히 어려운 일이다. 식사 후에 드는 아쉬움이나 헛헛함 때문에 무언가를 더 먹고 싶다는 강렬한 욕구에 휩싸일 수 있다. 따라서 처음에는 자신을 과대평가하며 적은 양을 먹고 남길 생각은 버리길 바란다. 미리 충분한 양의 식사를 준비해 두고, 해당 식사의 양에 만족하며 먹는 행위를 끊어내는 것만으로도 충분하다.

적지 않은 양을 먹었음에도 불구하고 '뭔가 아쉽다, 더 먹고 싶다.'라는 생각이 자주 들 것이다. 이런 경우는 '심리적 관성'의 작용을 의심해 볼 필요가 있다. 물체가 움직일 때 그 움직임을 유지하려는 성질을 관성이라고 한다. 관성은 물리적 움직임뿐 아니라 사람의 심리에도 존재한다. 어떤 행동을 할 때, 그것이 아주 고통스럽게 느껴지는 것이 아니라면 그 일을 지속하고 싶어 하는 '심리적 관성'이 생긴다. '식사'라는 행위는 고통스럽지 않고 오히려 행복감을 주는 행위이기 때문에 그 행위 자체를 지속하고 싶어한다. 식사가 끝난 후 돌아가서 해야 하는 지루한 일, 공부 등은 식사에 대한 심리적 관성을 강화하는 요소이기도 하다. 음식이 필요한 게 아니라 상황을 회피하고 싶기 때문이다. 식사를 잘하고도 입이 심심해서 견과류로 헛헛함을 채우다가 과자, 초콜릿까지 조금씩 더 먹게 되는 경우도 여기에 해당한다. 배가 고프거나 음식이 모자라서가 아니라 먹는 행위 자체를 계속하고 싶다는 '심리적 관성'에 의한 작용일 확률이 높다. 따라서 식사의 심리적 관성을 끊어 낼 수만 있다면 아쉬움에 식사를 계속하게 되는 일을 방지할 수 있다.

그래서 나는 먹는 행위에서 벗어나 다른 행위로 빠르게 전환하여 심리적 관성을 끊어낼 몇 가지 물리적 장치를 만들어 두었다. 식사를 시작하기 직전에는 물을 마시며 우리 신체와 뇌에 식사를 시작한다는 신호를 보내 주었다면, 이번에는 식사가 끝났다는 신호를 보내는 거다. 이것을 '식사 끝 의식'이라고 표현한다. '식사 끝 의식'은 행동 전환과 장소 전환, 두 측면에서 행할 수 있다. 두 요소를 모두 지킬 수 있으면 가장 좋지만, 상황에 따라 그렇게 하지 못할 때는 한 가지만 지켜도 효과가 있다.

행동 전환 마지막 한입을 다 먹었다면, 젓가락을 내려 두며 '배부르다.', '잘 먹었다.'와 같은 단어를 일부러 소리 내서 말한다. 생각으로만 하는 것은 효과가 없고 입 밖으로 내뱉어야 우리 뇌가 실제로 그렇게 인지할 수 있다. 언어로써 인지했다면, 이제 행동으로 더욱 적극적인 신호를 보낼 차례다. 물 한 잔을 마시며 앞장에서 자세히 이야기한 포만감 지수가 어느 정도인지 생각해 본다. 포만감을 체크하면서, 지금은 충분히 먹었기에 이 이상 음식이 끌리는 것은 심리적 문제일 뿐이라는 것을 객관적으로 받아들일 수 있게 된다. 그러나 여기서 실제로 포만감 지수가 낮다고 생각하면 조금 더 먹는 것이 당연하다. 적당한 포만감이 든다고 판단된다면 휴지로 입을 닦고, 물티슈로 손과 식탁을 닦는다. 그 자리를 치우는 행동을 통해 우리 몸도 '이제 식사가 끝났다'는 걸 눈치챌 수 있다. 음식을 먹는 행위, 관성이 한 번 끊어지는 시점이다.

장소 전환 행동을 전환한 후, 장소까지 변경한다면 더욱 확실하게 심리적 관성을 끊어낼 수 있다. 위의 식사 끝 의식(행동 전환)을 행했다면, 생각할 시간을 갖지 말고 그 자리에서 바로 일어나면 된다. 딱 10발자국만 움직이겠다는 생각으로 일어나라. 그리고 일어난 김에 식사한 자리를 더 깨끗이 정리하고, 설거지를 하고, 주변 정리 정돈을 하자. 식사하던 자리에서 잠깐이라도 벗어나면 식사가 끝났음을 더욱 적극적으로 인지할 수 있다. 장소 전환의 의미로, 이왕 움직인 김에 10분 정도 산책까지 할 수 있다면 더욱 완벽하다. 실제로 식후 산책을 통해 높아진 혈당을 낮춰 줄 수 있으며, 광합성 작용으로 스트레스 호르몬 감소와 불면증 완화의 효과까지 볼 수 있다.

이처럼 준비된 식사를 마쳤다면 생각할 시간을 주지 말고 식사 끝 의식, 행동을 전환하고 장소를 옮겨 보길 바란다. 백날 식탁에 앉아서 '밥 그만 먹어야 해.' '더 먹으면 안 돼.' 생각해 봤자 우리 뇌는 그것을 알아차리지 못한다. 행동을 통해 식사가 끝났음을 확실하게 인지시켜 주고, 자리에서 벗어남으로써 이제 '먹는 모드'가 아닌 '걷는', '일하는', '공부하는' 모드로 전환할 것임을 적극적으로 알려 주도록 하자.

✓ **Check Point** 웰빗 식사법의 포인트는 식사의 시작과 끝, 맺고 끊음을 확실하게 하고 그 순간순간에 최선을 다해 집

중하는 것에 있다. 의식적 식사를 지향하며, 이를 더욱 쉽고 직관적으로 따라 할 수 있도록 만들어 낸 행동 루틴이다. 의식적 식사란, 먹는 경험에 주의를 기울이며, 먹는 그 순간에 온전히 존재하는 것을 의미한다. 맛을 포함한 모든 감각을 사용하여 알아차림으로써, 신체의 신호와 만족감에 귀를 기울일 수 있다. 당신의 식사에 적극적이고 의식적인 자세로 임하여, 식사 시간을 더욱 풍성하게 꾸려 나가기를 바란다.

내게 음식 말고 필요했던 것들

"그럼 음식을 먹고 싶을 때마다 먹으면 되는 건가요?"
"밤에도, 새벽에도 제한 없이 먹으면 되는 건가요?"

구독자와 코칭 수강생들에게 많이 받는 질문 중 하나다. 나에게도 가장 혼란스러웠던 부분이었다. 극단적인 다이어트를 그만두고 몇 달간은 시도 때도 없이 음식 생각이 나기도 했고, 틈만 나면 간식을 찾곤 했다. 음식을 무조건 허용하기로 하긴 했지만, 그렇게 무조건 먹다가는 실제로 건강이 악화될 것 같았다. 그때마다 나는 스스로에게 '내가 찾는 게 진짜 음식일까?'라는 질문을 던졌다. 그중 1/3은 실제로 음식이 필요한 경우가 맞았고, 나머지는 딱히 음식이 필요한 상황이 아니라고 판단할 수 있었다. 음식이 아닌 다른 문제가 내재돼 있었지만, 식욕이라는 욕구에 뒤덮여 있던 것이다. 모든 자극에 무조건적으로 음식을 찾게 되는 습관 '자극(트리거) → 음식'의 반응이 몸에 패턴화 되어있다고 보면 된다. 식욕을 제한해 왔던 기간이 길수록, 거의 모든 자극에 음식과 폭식으로 반응할 가능성이 크다. 이유 불문하고 내가 느끼는 모든 감정과 욕망을 식욕으로 풀려고 하다니… 이건 진정으로 '식욕의 노예'가 되는 길이다. 건강, 살의 문제를 떠나 삶의 통제권과 주체성을 빼앗기는 심각한 일이다. 그래서 나는 '먹는 것' 자체가 습관화된 문제를 정말 심각하게 인지하고 이 패턴을 끊기 위한 작업을 체계적으로 시작하게 되었다.

그러기 위해 음식이 실제로 필요할 때와 그렇지 않을 때를 구분하는 게 첫 번째 작업이다. 책에서 수백 번 이야기를 해 왔듯, 충분한 양의 영양소를 충족시켜 주는 건 기본이다. 생존에 직결된 식욕이 해소되지 않는다면 아무리 좋은 습관을 갖는다 한들 평생 지속할 수 없을 테다. 3끼니 2간식, 물리적/심리적 포만감, 웰빗 식사법 등을 통해 이러한 식욕을 만족시키는 방법에 대해서는 충분히 알아보았다. 이를 통해 '실제로 음식을 먹어야 하는 상황(배고픔 신호 확인)'이 맞는지 판단할 힘을 기를 수 있을 거라 생각한다. 음식이 필요한 상황이 맞다고 판단되면 그것은 먹어야 끝나는 일이다. 이제 스스로를 의심하지 말고, 살찔까 봐 미루지 말고, 음식을 먹음으로써 그 욕구(식욕)를 정확하게 해소하길 바란다.

폭식 욕구가 들 때 배고픔 Check-list

· 배고픔 지수를 고려했을 때, 실제로 배가 고픈 상태가 맞는가?

· 마지막 식사는 충분했는가? 충분한 양과 만족스러운 맛이었는가?

· 오늘 활동량이 많아 평소보다 많은 에너지가 필요하진 않았나?

· 음식을 먹어야 해소되는 일이 있는가?

⇨ 위 질문을 통해 음식이 필요한 상황이 맞는지 판단해 보고, 그렇다면 확실하게 먹어 주도록 하자. 이에 해당하지 않음에도 '음식을 먹고 싶다'는 욕구를 느끼는 경우가 많을 것이다. 아니, 회복의 과정에서는 대부분이 딱히 배고픈 상태가 아님에도 충동적인 섭취 욕구를 자주 마주하게 된다. 그렇다면 그 순간 느껴지는 감정과 상황을 딱 1분 동안 관찰하기를 바란다. 지금 무슨 일을 하고 있었지? 누군가가 나에게 부정적인 영향을 미쳤나? 나는 지금 어떤 생각을 하다가 음식 생각을 하게 된 걸까? 느껴지는 감정은 어디서 온 것일까? 이런 질문들을 던져 보고 자신의 감정을 들여다보면 진짜 욕구를 알아차릴 수 있다. 식욕은 표면적인 욕구라는 거다. 당신의 진짜 자아가 보내는 신호는

식욕이 아니라 외로움, 지루함, 불안함, 성취욕 등 무언가에 대한 결핍의 신호일지도 모른다.

폭식 욕구가 들 때 감정 Check-list

감정적으로 나를 힘들게 하는 상황에 처해 있는가?

⇨ 부정적인 감정, 과거의 트라우마 등 _____

불안함 또는 지루함을 느끼고 있지는 않은가?

⇨ 회피하고 싶은 일, 압도되는 업무, 불편한 감정 등 _____

주변에 단순히 감각을 자극하는 것이 있지는 않은가?

⇨ 음식 냄새, 먹방 등 _____

음식을 먹음으로써 해결될 일에 처해있는가?

⇨ _____

이 질문을 통해 자신이 느끼고 있는 욕구를 명확하게 인지하고, 이것을 해결하는 데에 집중해 보면 좋겠다. 그렇다고 무작정 음식을 먹으면 안 된다는 이야기는 아니다. 때로는 음식을 통해 상황을 해결하지 못하더라도, 감정이 나아지거나 위로를 받을 수 있다면 좋은 선택이 될 수도 있다. 알쏭달쏭하게 느껴질 이 부분은 조금 뒤에 더 자세하게 설명토록 하겠다.

식욕
폭식
다이어트

외로움
지루함
인정욕
수면욕
⋮

　체크 리스트의 사고 과정을 통해 자신의 진짜 욕망을 알아
차리는 거다. 그동안은 단순히 '식욕'이라고만 느껴 왔던 그 찝찝
하고 불편한 감정이 무엇인지 확실하게 알아낼 수 있을 테니 말
이다. 이제 그 감정을 받아들이거나, 해소하거나, 나아질 수 있
도록 해 주는 방법들을 찾아서 실천하면 된다. 내면의 모든 욕
망이 '식욕'으로 가려져 어떠한 자극에도 음식으로 반응했던 과
거와는 달리 온전히 자신의 힘으로 음식을 먹을지 말지에 대한
결정을 내릴 수 있다. 식욕에 대한 통제권을 얻었다는 신호이기
도 하다.

반응 패턴 바꾸기 앞서 '폭식 트리거'에 대하여 이야기한 바 있다. 절식과 폭식 자아가 강해지는 일관된 상황 및 사건을 폭식 트리거 trigger 라고 부르며, 관찰 일지 작성을 통해 이를 발견할 수 있었다.

1. 살찔 것 같은 음식을 먹거나 과식했을 때
   ⇨ '에라 모르겠다.'라는 심리

2. 식사 약속을 다녀와서
   ⇨ 배고픔(만족스럽지 않게 먹었을 때)
   또는 '에라 모르겠다.'라는 심리

3. 과제 또는 업무 등 하기 싫은 일을 해야만 할 때
   ⇨ 상황 회피 목적

4. 주말이 끝나고 기숙사로 돌아가야 할 때 ⇨ 외로움

5. 금요일 퇴근 후 ⇨ 보상 심리

6. 체중을 확인했을 때 ⇨ 스트레스와 압박감 또는 안도감

7. 식사가 성에 차지 않을 때 ⇨ 불만족

8. 술 마신 후 ⇨ 비이성적인 상태

이처럼 특정한 사건, 행동, 생각에 대한 반응으로 음식을 먹다 폭식으로 이어지는 상황이 반복되고 있었다. 이 행동을 통해 도파민이 분비되어 조금의 즐거움이라도 느꼈다면, 우리 뇌는 그 상황을 마주했을 때 같은 행동을 반복하라고 신호를 보

낸다. 그러나 뇌는 반복되는 행위에 무뎌져 같은 양으로도 이전 만큼의 즐거움을 느끼지 못하게 된다. 만족감을 위해 필요한 음식의 양이 점점 늘어나는 것이다. 그렇게 폭식의 행위가 강화된다. 이 패턴을 끊기 위해서는 자신만의 트리거를 찾는 게 중요하다. 위의 트리거는 내가 정리한 트리거이니, 꼭 당신만의 트리거를 찾아보았으면 좋겠다. (그러려면 관찰 일지를 성실히 작성하고 관찰하는 게 도움이 된다.)

그리고 그 트리거로 인한 폭식을 더 이상 즐거움이 아닌 '고통'과 연관시켜 보도록 하자. 폭식의 순간 그 자체는 짜릿할 수 있다. 잠시 현실에서 벗어나 음식에만 몰두해 있는 상태. 모든 것을 잊고 식욕이라는 쾌락에만 취해 있는 상태. 그 잠깐의 순간에는 폭식이 자신에게 긍정적인 기분을 가져다 준다고 생각할 수 있다. 그러나 그 쾌락의 순간이 아닌, 그 이후의 현실을 생생하게 그려 보고 마주했으면 좋겠다. 찢어질 것 같은 배, 음식이 넘어올 것 같은 메슥거림 등의 물리적 고통, 음식물로 더럽혀진 책상, 음식 쓰레기장 같은 주변 환경. 이뿐만 아니다. 음식을 통해 회피하고자 했던 그 문제(트리거)는 더욱 악화되어 있는 경우가 대다수일 것이다. 이처럼 쾌락적 폭식이 끝난 이후의 '고통스러운' 모습을 상기해 보도록 하자.

TIP 관찰 일지를 일주일 이상 작성한 후, 발견된 트리거와 부정적인 감정을 연관 지어 보자.

나만의 폭식 트리거	➡	고통스러운 상황과 감정
ex) 과제, 어려운 시험 준비할 때 폭식	⇨	공부 시간을 빼앗김, 배가 아파 아무것도 못함
	⇨	
	⇨	
	⇨	
	⇨	

보통 폭식의 순간이 끝나면 죄책감, 수치심 등의 감정 때문에 그 자리를 치우기에 급급하다. 누가 볼까 얼굴에 묻은 빵 부스러기를 얼른 닦고 과자 껍질, 빵 봉지같이 먹은 음식들의 흔적을 숨겨 버리곤 한다. 그러나 마주해야 한다. 죄책감과 수치심에 괴롭겠지만 이제 그 순간을 회피하지 않았으면 좋겠다. 지금 느껴지는 고통의 감정을 기억하고, 그 상황에서의 '음식'은 더 이상 당신에게 즐거움의 감정을 주지 않을 거라는 걸 적극적으로 알려줘야 한다. 나의 경우에는 폭식 직후 느껴지는 감정을 휴대폰 녹음기에 녹음해 두기도 했으며, 폭식 후 처참한 모습(쓰레기, 빵 기름이 묻은 책상, 얼굴에 묻은 모습 등)을 사진으

로 찍어 두기도 했다.

폭식은 더 이상 당신에게 일말의 즐거움을 주지 못하는 상황임을 명심하자. 아니, 아픔만을 남기는 일이다. 이제 당신의 뇌에서 폭식은 '고통'과 연관될 것이고, 그러니 고통스러운 폭식을 지속할 이유가 없다.

(과거) 트리거 ▷ 폭식 : 짜릿함, 해소의 감정
(현재) 트리거 ▷ 폭식: 고통, 상황을 악화

감정적 섭식의 알고리즘 이처럼 일상적인 폭식은 거창한 이유가 있어서가 아니고, 특정한 상황에 대한 반응 또는 습관으로 고착화된 경우가 많다. 흔히 '스트레스성 폭식'이라고 이야기하는 감정적 섭식의 영역이기도 하다. 감정적 섭식 또한 감정이라는 트리거에 '음식'으로 반응하고, '음식'에서 위로를 받으려 한다는 공통점이 있다. 그러나 감정은 이성적인 판단을 흐트러뜨리고, 상황을 왜곡해서 볼 수 있다는 점에서 조금 더 섬세하게 다뤄야 할 필요가 있다.

먼저, '감정적 섭식'이 무조건 잘못된 것은 아니다. 배는 고프지 않지만, 친구의 생일 파티에서 축하의 의미로 케이크를 먹었다면? 즐거움의 감정을 가져다 준 긍정적 섭식이다. 이미 저녁은 먹었지만, 늦게까지 일하다 퇴근하여 달콤한 초콜릿을 먹었다면? 추운 날 밖에 돌아다니다 뜨끈한 어묵 국물을 먹었다면? 이 둘 모두 위안, 안정감의 감정을 느끼게 해준 긍정적 섭식이다. 이처럼 음식은 실제로 우리의 상황과 감정을 모두 나은 방향으로 이끌어 주기도 한다.

이것과 반대로 부정적인 감정에서 회피하고자 음식을 이용하는 경우가 있는데, '입이 심심하다'고 표현하는 것과 관련이 있다. 실제로 할 일이 없어서, 심심해서 그러한 감정을 느끼는 경우도 있지만 대부분의 경우를 보면 무언가로부터 회피하고자 하는 감정을 느낄 때가 많다. 어려운 시험공부나 과제, 처리해야 하는 막중한 업무, 마주하고 싶지 않은 사람이나 사건 등 지루하거나 하기 싫은 일을 회피하고 싶을 때 '음식'을 택하는 경우가 그렇다. 물론 잠깐 지루한 사무실에서 벗어나 달콤한 아이스크림이나 과자를 먹는 정도는 괜찮다. 그 시간 자체가 긍정적일 것이고, 답답했던 기분이 한결 나아질 테니 말이다. 그러나 이것은 일시적인 회피 수단일 뿐이지, 감정에 대한 근본적인 해결책이 아니다. 또한 우리의 진짜 허기짐과 욕구를 교란시킬 수 있으며 심하면 폭식으로 번질 수 있기 때문에 주의가 필요하다. 이처럼 감정적 섭식은 '감각적 만족', '위안', '위로'와 같이 지극히 정상적인 행위가 될 수도 있지만, 한순간에 '징벌'과 같은 자기 파괴적인 행동으로 전환될 수 있다.

감정적 섭식의 범위

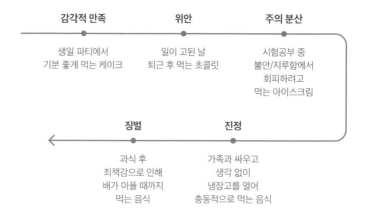

감각적 만족	위안	주의 분산
생일 파티에서 기분 좋게 먹는 케이크	일이 고된 날 퇴근 후 먹는 초콜릿	시험공부 중 불안/지루함에서 회피하려고 먹는 아이스크림

징벌	진정
과식 후 죄책감으로 인해 배가 아플 때까지 먹는 음식	가족과 싸우고 생각 없이 냉장고를 열어 충동적으로 먹는 음식

스트레스와 음식 섭취의 상관관계 스트레스를 받거나 불안한 상태에 놓일 때면 우리 뇌는 이런 감정으로부터 회피하고자 한다. 이것은 지금 당장의 내가 힘들기 때문에 스스로를 위협하는 것들로부터 빠르게 벗어나고 싶은 생존 본능일 뿐이다. 이런 상황에서 음식, 특히 당류는 이런 자극을 가장 빠르고 쉽게 만족시킬 수 있는 수단이다. 손으로 음식을 집어서 입에 넣기만 하면 되기 때문에 명상, 운동 등의 어느 스트레스 해소법보다 쉽고 빠르게 자극을 전환할 수 있다. 짜릿한 자극과 더욱 확실한 욕구 보상을 위해 자극적인 음식을 찾기도 한다. 평소 다이어트 때문에 제한해 온 음식의 종류가 많다면 더욱 악순환에 빠진다. 제한해 온 것들에 대한 반발 심리로 훨씬 많은 양을 섭

취하게 될 뿐만 아니라, 다이어트 규칙을 지키지 못했다는 마음에 징벌적인 감정이 생기기 때문이다. 그렇게 되면 앞서 말한 '징벌'의 감정적 섭식으로 이어진다.

스트레스와 음식 섭취의 상관관계

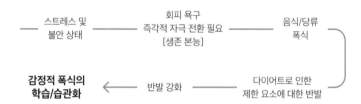

가끔은 스트레스를 음식으로 푸는 행위도 나쁜 것만은 아니라고 생각한다. 가장 경제적으로, 빠르고 쉽게 그 감정을 해소할 수 있기 때문이다. 지금의 나 또한 스트레스 받는 일이 있을 때 매운 닭발을 먹으며 회포를 풀기도 한다. 그러나 그 수단이 오직 '음식'뿐이라고 한다면, 이 또한 파괴적인 습관이라고밖에 할 수 없다. 매번 '스트레스를 받으면 → 먹는다'는 알고리즘이 학습, 습관화되기 때문이다. 결국 모든 스트레스를 '식욕'이라고 판단해 버리는 식욕의 노예가 되는 길이다.

✓ Check Point 가장 최근 감정적 이유 또는 스트레스로

인해 폭식했던 경험을 떠올려 보자. 폭식 후 당신의 부정적인 감정은 충분히 해소가 되었는가? 만약 '그렇다'고 생각한다면, 그 폭식이 부정적 감정의 '원인'까지 해소시켜 주었는가? 그렇지 않다면 그 당시 내게 실질적으로 필요한 행동은 무엇이었을까?

➪ 음식 그 자체는 스트레스의 실질적 해소 방법이 될 수 없다. 처음에는 만족감과 위안의 감정을 느낄 수 있지만, 과식과 폭식으로 이어지며 더 큰 자괴감과 부정적 감정을 낳을 뿐이다.

감정적 섭식의 알고리즘과 리부팅(Rebooting) 자신에게 학습된 감정적 섭식, 스트레스성 폭식의 알고리즘을 이해할 수 있다면 이를 벗어나기는 더욱 간단하다. 아래 5스텝에 따라 생각하고 행동한다면 자연스럽게 스트레스성 폭식에서 해방될 수 있다.

STEP 1 10초 사전 작업, 배고픔 확인

어떠한 감정이나 욕구에 휩싸여 충동적으로 음식을 먹으려고 할 때, 스스로에게 딱 10초의 여유를 주자. 10초간 잠시 멈춰 서서 자신에게 '나 지금 배고픈가?' 질문을 던져 본다. 이 질문에 바로 그렇다는 대답이 나온다면, 의심 없이 섭취하기를 바란다. 이건 음식을 먹어야지만 해결되는 문제이다. 살찔 걱정에, 다이어트 죄책감 때문에 미루면 나중에 더 많은 양을 먹을 수밖에 없다. 자신에게 순간순간 필요한 걸 채워 주도록 하자.

STEP ② 감정 인지, 마주하기

위의 단계에서 배고픔이 아니라고 생각되거나, 확실치 않다면 지금의 감정을 명확하게 단어로 써 보도록 한다. 한 단어로 적으면 가장 좋지만, 복잡 미묘한 감정이라면 상황과 느끼는 것들을 문장으로 적어도 좋다. 지금 내게 큰 스트레스가 있는 건가? 나도 모르게 불안하거나 걱정되는 일이 있나? 그냥 마음이 지친 걸까? 중압감이 느껴지는 어려운 일을 하고 있어서 그런가? 불안함, 외로움, 무력감, 지루함, 스트레스 등 내면의 솔직한 감정을 꺼내어 보길 바란다. 실제로 펜을 들고 작성하여 눈으로 그 감정을 확인해야 한다. 그래야 정확하게 그 감정을 인정하고 받아들일 수 있다.

STEP ③ 시간 갖기(5분~10분)

자신의 복잡미묘했던 상황, 감정을 캐치했다면 몸과 마음으로 그것을 인정하고 이해해 줄 시간이 필요하다. 잠시 5~10분의 시간을 갖고 감정의 원인과 양상을 생각해 보도록 한다. 그 원인이 스스로가 통제할 수 있는 요소인지, 통제 불가능한 것인지. 통제할 수 있는 요소라면 그것의 해결 방법을 계획하고 실천하기 위한 준비를 하면 된다. 통제할 수 없는 요소라면 음식을 먹는다고 해도 해결될 수 없으며, 음식은 상황을 더욱 악화시킬 뿐이라는 걸 적극적으로 인정하도록 하자.

나는 이 단계에서 차를 한잔 마시며 시간을 갖는 편이다. 입에 무언가를 넣고 싶다는 충동을 해소해 주어, 대부분 이 단계에서 폭식 욕구가 소멸하는 경우가 많다. 물을 끓이고, 차를 우리고, 뜨거운 차를 마시는 일련의 과정 동안 격앙되었던 감정이 가라앉기도 한다. 짧은 3~4분 동안의 행동으로 일단 감정의 악화, 부정적 생각으로 번지는 것을 한 번 끊어낼 수 있다. 감정과 그 원인을 인식하게 되며 인정하고, 가라앉힐 수 있어 차 마시는 것을 추천한다. '감정 → 음식'이라는 연결고리가 '감정 → 차 → 생각 전환(욕구 인정, 해소)' 과정으로 변화하게 될 것이다.

STEP 4 감정 리부팅

자신의 감정을 인정하고 마주하기로 했다면, 그것을 전환하는 시간은 꼭 필요하다. 그냥 묻어 두고 회피하는 건 좋은 방향이 아니다. 그 감정은 언젠가 다시 오기 마련이고, 제대로 다뤄주지 않는다면 분명히 어떤 방식으로든 해소하고자 강한 충동이 발현되기 때문이다. 지금까지 당신은 자신의 감정 자체를 알아차리기가 어려웠고, 알아차린다 해도 이것을 어떻게 다뤄야 하는지 몰랐던 것이다. 그래서 가장 쉽고 빠르게 그 감정에서 벗어날 수 있는 '음식'을 택했을 것이다.

따라서 이제 자신의 감정을 나아지게 만들어 줄 여러 대안을 마련해 두고, 감정적 허기짐을 마주할 때마다 그것들로 감정을 위로해 주기만 하면 된다. 나는 잠시 지루한 일과에서 벗어나 감정을 달래는 시간을 의도적으로 갖는다. 감정이 빠르게 회복되어 일상으로 평온하게 돌아갈 수 있어 이 순간을 '감정 리부팅'이라고 부른다. 음식 외에 기분을 조금이나마 환기할 수 있는 몇 가지 대안을 찾아 두길 바란다. 간단하고 빠르고 쉽게, 큰 노력 없이 할 수 있는 방식이 좋다. 스트레스 받을 때, 분노, 슬픔, 외로움, 불안함 등의 감정이 느껴질 때, 빠르게 1-2가지 행동을 통해 감정을 다스리고 오면 된다.

감정 리부팅 리스트

낮잠 자기, 노래 크게 틀어 두기, 엄마/친구랑 통화하기, 웹툰 보기, 유튜브/넷플릭스 보기, 강아지/고양이랑 놀기, 샤워하기, 청소하기, 향긋한 차 마시기, 소리 지르기, 명상하기, 숨차게 달리기, 손톱 정리하기, 향초 켜 두고 책 읽기, 컬러링 북 칠하기

이 감정 리부팅 리스트에 당신만의 방법을 추가하여, 하루 중 감정이 가장 요동치는 곳에 붙여 두면 좋다. 포스트잇에 옮겨 사무실 책상, 기숙사 침대, 식탁 등 부정적 감정을 자주 받는 공간에 붙여 두거나 핸드폰 메모장에 항상 저장해 두자. 그

리고 감정이 일렁일 때마다 바로 실천해 보길 바란다. 그냥 머릿속으로 생각하는 것과 실제로 실천하는 것은 천지 차이이다. 여태 생각만 하고 있었다면 지금 당장 펜과 포스트잇을 들어 적어 보자. 나는 음식 말고 어떤 행동을 했을 때 기분이 좋았지? 무엇을 통해 위안 받았지? 이것들은 앞으로 당신의 감정을 다스릴 수 있는 든든한 지원군이 될 것이다.

STEP **5** 감정 해소, 벗어나기

위 과정을 통해 감정까지 리부팅 하였다면, 툴툴 털고 그 감정에서 벗어나면 된다. 이때는 단호하게 행동해야 한다. 나는 할 만큼 했고, 더 이상 부정적인 감정을 느낄 필요가 없다는 것을 인지하자. 혹시나 이 과정에서까지도 음식 생각이 마구잡이로 든다면 그건 먹어야 끝나는 욕구이다. 특정 음식을 꼭 먹어야겠다는 갈망일 수도 있고, 당신이 미처 발견하지 못한 물리적 배고픔이 남아있을 수도 있다. 그때는 음식이 궁극적인 해결책일 테다. 그러나 이 새로운 감정적 섭식의 알고리즘을 따르면, 모든 상황에서 음식이 필요하지는 않음을 스스로가 느끼고 있을 거다.

✓ Check Point 감정적 섭식의 예시

① 하루 종일 일 때문에 너무 지치고 힘들어. 지금 딱히 배가 고픈 건 아닌데, 달달한 초콜릿이 너무 맛있어 보여.

따뜻한 커피를 마시면서 천천히 녹여 먹으면 내 마음도 녹을 것 같아.

⇨ 긍정적 감정의 섭식 **위로와 위안**

2 지금 나는 우울한 것도 맞고, 밥을 먹은 지 꽤 되어서 배가 고픈 것도 맞아.

⇨ **물리적 배고픔** 몸을 위해 음식이 필요한 상황이야. 다만 감정에 휩싸여 음식으로 풀지 않도록, 일단 차분하게 식사를 해야겠어.

⇨ **우울함의 감정 리부팅** 식사를 마친 후에, 따뜻한 물로 샤워하면서 우울함을 씻어 내면 좋을 것 같아.

3 그 일 때문에 너무 스트레스 받아! 스트레스 받는데 저 빵이나 먹어 버릴까?

⇨ **감정 인지** 흠… 지금 나한테 빵이 정말 필요한 걸까? 스트레스를 해소해 줄 무언가가 필요한 거겠지?

⇨ **감정 리부팅** 머리 식힐 겸 노래나 크게 들어야겠다.

이처럼 지금까지 당신이 느껴 왔던 식욕은 사실 식욕이 아니었을 가능성이 크다. 그동안 알아차리지 못했던 트리거 또는 감정에 반응하는 수단이 음식밖에 없어서, 해소할 방법을 몰라서 음식을 찾았던 것뿐이다. 알 수 없는 식욕에 굴복하여 음식으로 회피하려 했고, 그럴수록 상황은 악화된다. 회사 일로 스트레스를 받아 치킨을 먹었다 한들, 치킨은 내 회사 일을 처리해 줄 수 없고, 어려운 과제를 회피하고 싶은 마음에 과자를 왕창 먹었다고 한들, 과제가 해결되는 게 아니다. 오히려 배부름에 나른해져 더 좋지 않은 컨디션이 되어 버린다. 감정적 섭식의 결과는 대부분 실패감과 좌절감을 안겨 준다. 그래서 자기 자신과 대화하며 나의 마음을 알아차리는 일이 중요한 것이다. 그 순간 내게 결핍된 욕구와 감정은 무엇이며, 진짜 자아가 좋아할 만한 행동은 어떤 것일지. 결국 이 또한 자기 자신을 잘 알아가는 과정이다.

앞으로 음식이 떠오르는 순간. 잠시 깨끗한 책상에 앉아 펜을 들고 적어 보도록 하자. 지금의 당신을 괴롭게 하는 진짜 문제를 찾고 그에 맞는 해결책을 떠올려 보는 것이다. 더 이상 음식은 당신의 문제를 해결해 주는 수단이 아니다. 감정적 상태에서의 음식은 문제를 외면하게 만들고 악화시키는, 일시적인 마취제일 뿐이다.

식욕이 요동치는 환경 벗어나기 방금 설명한 것들이 어렵게 느껴진다면, 이 세 가지 조건만 기억하고 피하는 것만으로도 충분하다. 대부분의 폭식은 '본능', '충동', '무질서' 세 가지로 설명할 수 있다. 폭식은 '이성보다는 본능', '계획보다는 충동', '질서보다는 무질서'의 상태에서 이루어지며, 이 세 가지 조건을 만족하는 상황일수록 폭식 욕구가 자극받기 쉬워진다.

본능 우리는 이성적으로 폭식이 좋지 않다는, 자신에게 도움 되는 부분이 일절 없다는 것을 너무나도 잘 알고 있다. 그렇지만 앞서 말해 왔듯이, 극단적인 다이어트 때문에 이성적 판단이 마비되어 버리는 상황이 발생하여 식욕이라는 본능에 굶주린 폭식 자아가 나타났다. 인간도 동물이다. 아무리 이성적 판단이 가능하다고 해도 본능적 욕구가 충족되지 않으면 본능에 따르는 선택을 할 수밖에 없다. 극한의 본능이 활성화되지 않도록 식욕을 방치해 두면 안 된다. 이성을 마비시켜 폭식을 하게 만드는 환경을 조성하는 행위이다.

충동 그 누구도 계획적으로 폭식한 경험은 없을 것이다. (친구들과 함께하는 파티를 폭식이라 부르진 않겠다.) 계획이 아닌 충동적인 순간의 욕구로 폭식을 저질러 버리는 경우가 대다수이다. 충동적 생각이 들었을 때 실행까지 걸리는 시간은 아주 짧다. 그래서 이 짧은 시간 동안, 실행으로의 연결성을 끊어 줄 버튼을 갖는 게 중요하다. 강한 식욕이 밀려 온다면 잠시 멈추어 심호흡하거나 기지개를 켜는 정도의 쉬운 행동의 루틴으로도 충분하다. 바로 앞에서 설명한 '감정 리부팅'을 활용할 수도 있다. 일상에서 이런 충동적인 욕구는 누구에게나 들 수 있다. 그러나 이때 미리 마련해 둔 대안이 있고 없고는 큰 차이를 만들어 낸다. 충동적인 욕구가 들더라도 일상의 계획과 루틴이 있기 때문에 실행에 옮기지 않을 가능성이 커진다.

무질서 깔끔하게 정돈된 환경에서는 충동적 욕구를 느낄 확률이 상대적으로 낮다. 반대로 무질서한 환경은 우리의 본능이 발현되기 딱 알맞은 상태로, 잦은 폭식 충동을 느낄 수 있다. 지금까지 폭식했던 상황을 떠올려 보면, 주변이 깔끔하게 정돈되어 있기보다는 물건이 어지럽게 널브러져 있는 무질서한 상태가 더 많았을 것이다. 우리를 둘러싼 환경은 무의식과 행동에 큰 영향을 미치고, 동시에 우리 심리 상태가 주변 환경에 반영되기도 한다. 무질서한 환경은 당신의 머릿속을 혼란스럽게 만들어 '다 모르겠고, 폭식이나 하자.'와 같은 회피 욕구를 만들어 낸다.

이처럼 폭식은 '무질서'한 상태에서 '본능적'인 식욕을 느껴 '충동적'으로 실행되는 경우가 많다. 반대로 생각하면 '질서' 있는 환경에서 '이성적'이고 '계획적'인 상태를 유지한다면, 폭식을 저지르는 일을 확실하게 줄일 수 있다는 것이다. 이건 순간의 의지나 노력보다는 일상에서 기계적으로 지킬 수 있도록 습관화해 두는 것이 좋다.

그래서 내가 특히 강조하는 부분이 바로 '청소와 정리 정돈'이다. 방에 옷이 여기저기 널브러져 있고 책상이 어지럽혀져 있는 곳에서는 이성보다 본능, 계획보다 충동적인 성향이 활성화되어 무질서, 본능, 충동. 폭식의 세 가지 조건을 모두 갖추게 된다. 나 또한 폭식 자아의 힘이 컸을 때를 생각해 보면 방이 항상 혼란스러울 만큼 지저분하고 더러웠다. 절식, 폭식 자아의 싸움으로 어지러웠던 머릿속이 방의 모습에 고스란히 묻어났던 것도 같다. 지금의 나 또한 이유 없이 과식을 하거나 충동적인 식욕을 느낄 때가 있는데, 그럴 때면 주변 환경부터 돌아보게 된다. 10번 중 9번은 모두 설거지가 쌓여 있었고, 옷가지와 물건들이 여기저기 흐트러져 있어 집이 지저분한 상태였다. 나는 주변 상태를 인지 하자마자 청소, 빨래와 같은 집안일을 하거나 간단한 책상 정리라도 시작했다. 그 시간 동안 본능적 욕구는 다시 이성적 상태로 돌아오며, 충동적인 생각 또한 사라졌다. 그래서 아직까지도 나는 의식적으로 내 생활 반경만큼은 꼭 깔끔하게 청소하고 정리하고 있다.

아침의 비몽사몽인 상태 또한 의식적으로 주의해야 하는 시간 중 하나이다. 아침에 잠이 덜 깨 의식이 제대로 돌아오지 않은 시점은 말 그대로 '본능', '무의식' 그 자체이다. 보통 평일에는 출근이나 하루 일과 준비를 하며 자연스럽게 무의식이 의식으로 돌아오고, 본능적인 상태가 이성적인 상태로 전환된다. 그러나 딱히 바쁜 일이 없는 주말에는 그 전환이 잘 이루어지지 않는다. 주말 아침이나 점심에 폭식을 자주 한다는 고민이 많은

데, 바로 이 때문이다. 주말에 늘어지게 자다 일어나(본능적 상태), 할 일이 없어(무계획과 충동), 정리되지 않은 주방에서(무질서) 이것저것 먹었기 때문에 폭식으로 이어지는 거다. 폭식이 발생하기 딱 좋은 환경을 만들어 둔 셈이다. 아침에 이런 경험이 종종 있다면, 의식을 깨우기 위한 행동을 딱 한 가지만 해 보자. 나는 아침에 일어나 '이불 정리'하는 것을 가장 추천한다. '아침 이불 정리 습관'은 세계의 부자들이 공통적으로 갖고 있다는 성공 습관 중 하나로 유명하다. 이불 정리와 부자의 상관관계는 잘 모르겠지만, 이것 하나는 분명하다. 아침 의식을 깨우는 이 작은 행동 하나가 그 하루를 결정짓는다. 본능이 아닌 이성적인 상태를 만들어 주며 무질서함이 아닌 질서 정연함이 느껴지는 환경, 계획적인 삶에 대한 의지를 스스로 만들어 낼 수 있게끔 한다. 아침부터 소소한 성취감 또한 느낄 수 있는 쉬운 루틴이니 당장 내일 아침부터 기억하고 지켜보기를 적극 추천한다.

아침에는 본능적 상태를 깨워 이성적인 상태로 전환하는 데 집중해야 한다면, 저녁은 그 반대이다. 일과를 끝내고 돌아온 오후, 에너지가 완전히 고갈되었거나 기진맥진함을 느낀 적이 있을 테다. 이성적 상태에서 본능적 상태로의 전환이 진행되는 중인 것이다. 본능적 상태에서 마주하게 되는 무질서한 주변 환경은 충동적인 생각을 불러일으킨다. 그리고 이 충동적 욕구를 적당히 제어하거나 다스릴 수 있는 루틴 또는 도구가 없다면 폭식이 실행될 수밖에 없다. 그래서 하루를 시작하는 루틴만큼이나 잘 마무리하는 루틴도 중요하다. 이에 나는 외출 및 퇴근 후 본능적인 욕구에 휘둘리지 않기 위한 루틴을 만들어 두었다.

외출 후 루틴

귀가 하자마자 씻기 ⇨ 옷 갈아입기 ⇨ 누워서 잠시 휴식하기 ⇨ 쉽게 차려 먹을 수 있는 메뉴로 식사 ⇨ 차 마시기 · 팩 · 스트레칭 등 휴식 활동

고된 하루를 보내고 집에 도착하면 아무 생각도 없이 주방으로 들어가거나 거실 소파에 앉아 버리는 경우가 많다. 보통 그러다가 감정적 허기짐을 느끼고 먹기 쉬운 과자나 빵으로 시작하여 후회될 만큼 많은 음식을 먹어 버리기도 한다. 긴장감이 풀린 데다가 피곤함 때문에 본능적 욕구를 아무 생각 없이 받아들였기 때문이다. 그래서 이성 모드에서 본능 모드로 전환되는 그 순간, '귀가 하자마자' 위 루틴을 지키는 것이 중요하다. 따뜻한 물로 씻고 깨끗한 옷으로 갈아입으며 몸에 '이제 긴장을 풀어도 돼.'라는 신호를 보낸다. 정말 몸과 마음이 피곤하다면 잠시 누워서 휴식을 취하거나, 따뜻한 차를 마시면서 평온한 시간을 보내는 것도 좋다. 배고픔에 식사를 해야 한다면, 쉽게 차릴 수 있는 음식을 먹으면 된다. 평소에 미리, 빠르게 준비할 수 있으면서도 만족스러운 메뉴를 준비해 두는 게 좋다.

포인트는 '아무 생각도 하지 않고, 오자마자' 하는 것이다. 그렇게 해야 날뛰려는 본능을 잠시 진정시킬 수 있다. 그 작은 순간 하나가 이후의 상황을 다르게 만들어 준다. 감정이 차분해진 후에, 본능적 자아의 요구를 확실하게 들어주면 된다. 대부분 식사 또는 휴식일 확률이 높다. 웰빗 식사법에 따라 차분하게 식사하고, 감정 리부팅 리스트에 따라 휴식에 집중할 수 있는 행동을 해 보자. 나는 보통 차 마시기, 팩 하기, 폼롤러 스트레칭이 주된 휴식 수단이다. 당신도 당신만의 귀가 후 루틴을 만들어 둬라. 별거 아닌 행동 하나가 우리의 본능을 고요하게 만들어 주고, 그제야 비로소 당신에게 집은 폭식의 동굴이 아닌 온전한 휴식처가 되는 것이다.

✔ **Check Point** 지금까지 살펴 본 폭식 발생의 조건은 다음과 같이 정리할 수 있다.

본능적 상태: 이성보다는 본능적인 욕구 활성화
충동적 욕구: 계획보다는 충동적인 욕구에 의해 실행
무질서: 정돈된 상황보다는 주변이 어지럽게 흐트러져 있음
조급함: 차분함보다 조급하게 해치우고자 함
부정적 감정: 스트레스, 우울함, 불안감의 감정이 폭식을 유발함
자괴감: 후회, 자책감 등의 자기 파괴적인 감정이 듦

제대로 된 휴식을 취하지 못했을 때 (본능적인 욕구 불충족) ⇨ **음식**
에라 모르겠다 (충동) ⇨ **폭식**

지저분한 방에서 (무질서) ⇨ **폭식**

쫓기듯 빠른 속도로 식사하다가 (조급함) ⇨ **과식/폭식**

회사에서 스트레스 받을 때 (부정적 감정) ⇨ **감정적 섭식**

의도치 않게 과식했을 때 (자괴감) ⇨ **폭식**

지금껏 당신은 위와 같은 상황적 요소, 트리거를 마주할 때마다 음식으로 그 현상을 대처했을 테다. 습관화, 조건화가 된 것이다. 이런 트리거를 마주했을 때 무조건 '폭식하면 안 돼.', '음식을 먹으면 안 돼.'라는 생각을 가지라는 말이 아니다. 자신이 느껴 왔던 감정이 실제로는 식욕이 아니었음을 인지하고, 내면의 욕구를 찾아 그걸 해결해야 할 때다. 식욕은 당신의 수많은 욕구 중 하나였을 뿐이다.

공복감에 대한 이해 과거에는 무조건 '가짜 배고픔은 참아야 한다.'라고 이야기했던 전문가들조차도 이제는 '너무 참는 건 폭식을 일으킬 수 있으니 심한 공복은 피해라.'라는 방향성을 제시하고 있다. 올바른 변화라고 생각한다. 그러나 '공복감'에 대해 제대로 이해하지 못한다면 혼란이 가중될 수 있다. '살짝 배고픈데, 이런 공복 상태는 위험한 거 아니야? 이따가 폭식하게 되는 거 아니야?' 이런 식으로 공복에 대한 두려움까지 생길 수 있기 때문이다. 배고픔을 존중하여 충분한 음식을 먹어 주겠다는 다짐은 아주 긍정적인 회복의 신호가 맞다. 그렇지만 무작정 배고픔이 느껴질 때마다 음식을 먹기만 한다면, 이 또한 아무 분별력 없이 음식을 먹어 치우는 폭식과 다를 바 없다. 그래서 공복감을 정확히 이해하고 공복감에 익숙해지는 시간이 필요하다.

A라는 친구와 B라는 친구가 있다. A와 B 모두 과거에 다이어트로 살을 뺀 경험이 있으며, 현재는 이를 유지하는 중이다. A는 큰 노력을 들이지 않고 안정적으로 유지하고 있지만 B는 폭식 욕구 때문에 괴로우면서도 그 체중을 유지하기 위해 아등바등 노력하고 있다. 이 둘의 모습을 비교해 보자.

아침을 잘 챙겨 먹고 강의에 나온 A는 배고픔을 느낀다. 잠시 '뭘 먹어야 하나?' 생각은 했지만, 이동 시간도 빠듯하고 2시간 후면 점심시간이기에 이따가 먹기로 하고 배고프다는 생각을 잠시 미뤄 둔다. 강의에 다시 집중하고는 점심시간에 밥을 든든하게 먹었다.

B 또한 아침을 잘 챙겨 먹었다고 생각했지만, 곧 공복감에 집중이 흐트러지기 시작했다. '뭘 먹을까?' 생각과 동시에 '아침에 잘 챙겨 먹었으니까 간식까지 먹으면 살찔 것 같아. 그렇지만 이렇게 배고프면 점심에 과식하게 된다고 하던데… 칼로리 낮은 간식이라도 잠깐 먹는 게 낫지 않을까?' 꼬리에 꼬리를 무는 생각으로 고민만 하다가 강의 시간을 모두 흘려 보냈다. 배고픔을 겨우 참아 낸 B는 점심시간이 되어 밥을 먹으러 갔지만,

또다시 '그래도 지금 체중을 유지하려면 밥은 이 정도만 먹어야 해.'라는 생각과 '아까처럼 공복감이 느껴지면 어떡하지? 더 많이 먹어 둘까?'라는 양가적 감정으로 머릿속이 혼란스러워졌다. 결국 B는 밥을 반 공기만 먹었고 잠시 후 또다시 밀려 오는 배고픔과 싸우게 되었다. 어떤 때는 미래의 공복감에 지레 겁먹어 과식을 하기도 했다.

사실 이 이야기는 나의 경험담이다. A는 나의 대학교 동기이고, B는 저자 본인이다. 나는 폭식을 심하게 하던 시절, 친구 A와 며칠 내내 함께 지낸 적이 있었는데 위와 같은 차이를 발견할 수 있었다.

일반적인 사람들은 일상에서 느껴지는 공복감에 그렇게 민감하게 반응하지 않는다. 일하다가 출출함, 배고픔이 느껴질 때가 있지만 무조건 음식을 취하지도 않고 무작정 참지도 않는다. 여유가 있다면 간단한 간식을 먹으며 허기를 달래기도 하지만, 일이 바쁠 때는 '1~2시간 후면 밥 먹을 시간이니까.'라는 생각으로 음식 섭취를 '조금 이따가'로 미룬다. 배고픔을 참는 게 아니라 미뤄 두는 것이다. 이따가 공복감을 해소할 것이기 때문에 당장의 공복감에 호들갑 떨지 않는다. 그 순간 하고 있는 일을 더 중요하다고 여기며 넘어간다.

그러나 다이어트 때문에 오랫동안 굶주려 왔고, 폭식 습관까지 생겼다면 공복감에 민감함을 넘어 두려움까지 느낀다. '너무 배고픈데 이따 폭식하게 되는 거 아니야? 지금 칼로리 낮은 간식 하나만 먹고 참아 볼까?' 이런 생각에 머리가 복잡해진다. 공복감을 바로바로 해소해야만 한다거나, 무작정 참아야 한다는 극단적인 심리가 있기도 하다. 배고픔 그 자체에 너무 많은 의미를 부여하여 에너지와 시간을 낭비하고 있었을 것이다.

오늘날의 공복감 조금 더 명확하게 설명해 보자면 '생존 욕구의 보장'과 '우선순위'에 혼란이 생겼기 때문에 이런 상황이 발생하는 거다. 공복감은 원시시대부터 생존을 위해 우리의 신체가 보내는 아주 중요한 욕구이다. 이를 무시해 왔다면 우리 조상은 굶어 죽었을 테고 지금 우리 또한 이 세상에 존재하지 못할 것이다. 그만큼 공복감은 중요한 신체 신호이다. 하지만 그렇다고 당장에 해소해야 할 필요는 없다. 원시시대에서는 당장 그 욕구를 충족시켜 주느냐 마느냐에 따라 생존 여부가 결정 되었겠지만, 지금은 그렇지 않기 때문이다. 누군가에게 음식을 약탈당할 일도 없고 누군가에게 쫓기느라 즉시 음식을 먹어 둘 필요 또한 없다. 즉, 공복에 예민하게 반응하며 지금 당장 해소하지 못하면 큰일 날 것처럼 반응할 필요가 없다. 다만 이는 생존 욕구를 철저하게 보장해 줄 경우에만 유효하다.

앞의 예시처럼 배고픔이 느껴졌을 때 '이따 점심을 든든하게 먹어야지.'라는 친구 A의 생각은 당장의 공복감을 잊게 해줄 수 있었다. 지금은 아니더라도 잠시 후에 충분한 영양분을 공급 받을 것이라는 믿음이 있기 때문이다. 그러나 나는 친구 A와 똑같이 점심 먹을 계획을 세웠더라도, 마음속으로는 항상 '살찌니까 그래도 적당히 먹어야 해.'라는 생각을 갖고 있었다. 내 생존 욕구에 '반만 해소해 줄게.'라는 반쪽짜리 약속만을 했고, 그 때문에 몸은 계속해서 공복감을 제대로 해소해 달라는 생존 신호를 보내 왔던 것이다. 즉, 공복감을 그때그때 채워 줘야 할 필요는 없지만, 장기적으로는 충분한 양과 영양소를 공급받을 수 있다는 신뢰를 줘야 한다. 그래야 비로소 음식 생각으로부터 자유로워질 수 있다. 우리 사회도 기본적인 사회적 안전 보장 제도가 마련되었을 때 진정한 자유를 얻게 되었다. 이처럼 우리 몸 또한 충분한 영양분을 공급받을 수 있다는 전적인 믿음이 있을 때, 더 이상 식욕으로 스스로를 옭아매지 않을 수 있다.

우선순위 다이어트가 삶의 우선순위가 되는 순간 공복감에 예민하게 반응할 수밖에 없다는 점도 중요하다. 배가 고파도 '공복감을 견뎌 내야 살이 빠질 것'이라는 생각이 배고픔이라는 감각에 집착하게끔 만들기 때문이다. 반대로 우선순위에서 '살'이 뒤로 밀려난다면, 오히려 그 공복감은 별거 아닌 게 된다. 지금 당장 처리해야 할 일과 해 내야 하는 업무에 온 신경을 쏟게 될 테다. 공복감이 느껴진다고 해서 '배고프다, 밥 먹으려면 얼마나 남았지? 참으면 폭식하는 거 아니야?' 이런 생각을 할 겨를이 없다. 그러니 다이어트뿐만 아니라 폭식 습관・다이어트 강박에서 벗어나겠다는 노력에도 너무 많은 에너지를 쏟지 않았으면한다. 하루 뇌 용량 중 10% 정도면 충분하다. 그것들이 1순위가 되는 순간 당신에게 공복감은 공포의 대상이 될 것이고 스스로 각종 의미 부여와 분석으로 혼란이 가중될 수 있다. 다이어트, 살 말고 당신의 삶과 일상에서 당장 해내야 하는 일을 찾아거기에 집중해 보자. 그 일에 집중하다 보면 공복은 당신에게더 이상 큰 문제로 여겨지지 않을 것이다. 잘 찾지 못하겠다면, 앞부분에서 설명한 정체성의 파트를 다시 참고해 보자. 새로운정체성, 건강한 자아를 가진 사람으로서 매일매일 어떤 걸 하는게 어울릴지 생각해 보고 그것을 1순위로 여겼으면 좋겠다.

이 모든 걸 깨달았을 때 나의 회복 속도는 놀라울 만큼 빨라졌고 마음이 편안해졌다. 식욕으로부터 진정 자유로워진 것이다. 길게 풀어 이야기했지만 한마디로 공복감에 어느 정도 익숙해질 필요도 있다는 말이다. 공복감은 일상생활을 열심히 해내다 보면 자연스럽게 느껴지는 감각이며, 식사 시간에 충분히해소하면 된다. 아주 일상적이고 자연스러운 감각일 뿐이다.

공복감과 친해지기 - 데일리 루틴 처음엔 어느 정도의 공복감을 참아야 하는 거고, 언제 해소하는 게 맞는 건지 헷갈리기 쉽다. 그래서 사전에 시간마다 어떤 선택을 하는 게 좋을지 미리 계획하고 실천해 보는 것도 좋다. 나는 앞에서 설명한 '3끼니 2간식' 시간을 적용하여 그 시간에는 무조건 공복감을 해소해 주되, 이외의 시간에는 공복감을 참아 보는 훈련을 했다. 데일리 루틴을 만들어 아래와 같이 시간 단위로 행동 계획을 세웠는데, 공복에 대한 감을 찾는 데에 많은 도움이 되었다. 적어도 '조금 이따 또다시 공복감을 채워 줄 수 있다'는 믿음이 생겼기 때문에, 순간순간 음식을 먹고 싶다는 충동을 다스릴 수 있게 되었다. 당연히 이것을 100%, 아니 반도 지키지 않아도 된다. 어떤 행동에 집중할 것인지 결정하는 기준 정도로 활용하면 충분하다.

07:00	기상, 5분 명상	16:00	
08:00	아침 식사	17:00	퇴근
09:00	업무 시작	18:00	음악 듣기
10:00	간식 1	19:00	저녁 식사
11:00		20:00	강아지 산책
12:00	점심 식사	21:00	향초 피우며 강의 듣기
13:00		22:00	간식 3
14:00		23:00	
15:00	간식 2 (피어푸드* 추천)	24:00	취침

* 피어푸드: 먹고 싶지만 먹으면 살이 찌거나 폭식할까 걱정되어 제한하는 음식. 강박, 부정적 감정이 있음.

위의 데일리 루틴은 내가 직장인일 시절에 활용하던 주 중 루틴이다. 학생이라면 학교 일과에 맞게, 주부라면 자신의 생활 패턴에 맞는 루틴을 꾸리면 된다. 매일 일정이 달라지는 직업을 갖고 있다면, 근무 상황 별로 만들어 두는 방법도 좋다.

주의점과 TIP

1 이 루틴은 간헐적 단식과 같이 '먹는 시간'에 초점을 둔 것이 아니다. 그 시간에 필요한 게 음식 일지, 그게 아니면 어떤 일상을 보내면 좋을지 '행동'과 '일상생활'에 초점을 맞춰 놓았다. 정해둔 시간에 얽매여 다른 일을 못 한다거나, 음식 먹는 시간만을 기다리게 된다면 이 루틴이 아무 의미가 없다. 만약 그렇게 된다면, 시간은 지우고 행동(할 일)의 순서만 정하는 걸 추천한다.

오전: 기상 후 밥 먹고 집안일 하기 ⇨ **오후**: 점심 식사 후 일하기 ⇨ 3시간쯤 후에 간식 먹기 ⇨ 퇴근 후 공부 ⇨ 공부 끝나면 운동 하기 ⇨ **저녁**: 저녁 식사 후 반신욕과 독서하기

이런 식으로 정확한 시간이 아니라 행동의 순서를 시뮬레이션해 보는 정도도 좋다.

2 아직 살에 대한 두려움이 남아있다면 '그래도 밥, 간식은 적당히 먹어야지.'라고 생각할 수 있는데, 위험하다. '적당히'라

는 말은 미래의 공복감을 완전히 해소하지는 않을 거라는 반쪽 짜리 보증 수표가 될 것이며, 이 행동 루틴은 그냥 '다이어트 계획표'로 전락할 뿐이다. 지금 당신에게 필요한 건 음식을 '적당히'가 아니라 '충분히' 먹음으로써 무의식에 남아 있을 절식 조장 위원회를 무장 해제 시키는 데에 있다. 식사 시간에는 확실하게 공복감을 해소해 주고, 일과 시간에는 확실하게 일과에 집중하면서 적당한 공복감은 무시해 보는 것. 이것이 행동 루틴을 세우는 가장 큰 목적이다.

③ 정해둔 시간 외 공복감이 심하게 몰려온다면 위 루틴과 상관 없이 먹어도 된다. 죄책감 없이. 나 또한 때때로 3끼니 2간 식이 아닌 3~4간식을 할 때도 있고, 일이 바쁜 날에는 1끼니 3 간식의 형태로 음식을 섭취하기도 한다. 우리 생활은 예측대로 흘러가지 않는다. 매일 활동량도 다르고, 사용되는 뇌 에너지의 소모량도 다르기 때문에 늘 같은 열량의 음식으로 동일한 만족감을 얻을 수 없다. '오늘은 더 먹어야 할 것 같은데?'라는 생각이 든다면 잘하고 있는 것이다. 나의 몸과 마음의 소리에 귀를 잘 기울이고 있다는 신호니까.

④ 하루 중 꼭 한 번은 '감정 리부팅' 시간을 가져 보는 게 좋다. 평소 하루를 돌이켜 봤을 때 스트레스가 가장 심했던 시간,

또는 충동적 섭식을 하게 되는 특정 시간이 있을 테다. 그때 감정을 해소할 수 있는 간단한 행동을 루틴처럼 추가해 보자. 일하다 지치기 쉬운 오후 3시가 그런 시간이라면, 헤드셋을 끼고 헤비메탈 음악을 듣거나 혼자만의 산책 시간을 가지는 것도 좋다. 퇴근 후, 집에 오자마자 저녁을 먹으며 스트레스를 푸는 게 습관이 되었다면 저녁 먹기 전 잠시 차를 마시거나 반신욕을 하면서 피로를 풀어 보자.

지금까지 당신은 공복감에 대해 과도한 의미를 부여하며 방치하다가 결국 두려움까지 갖게 되었을 것이다. 공복감은 일상적이고 평범한 감각이지만, 생존과 밀접해 있는 중요한 감각이기도 하다. 위 행동 루틴은 이런 공복감에 적절히 대응하며 일상을 되찾는 훌륭한 도구가 되어 줄 것이다.

Chapter 4

누가 뭐래도 내 삶을 지키는 방법

지금까지의 내용들을 이해했고 실천할 의지까지 생겼다면, 이제 회복의 마지막 단계까지 왔다고 볼 수 있다. '건강한 자아'의 힘이 확실하게 길러졌다면 그것만으로 충분하다고 말하고 싶지만, 실상은 그렇지 않다. 우리 사회는 꽤 오래전부터 미의 기준을 특정한 체형과 몸매로 규정지어 왔고, 산업이 발전함에 따라 다이어트는 '꽤 쏠쏠한', '돈 되는' 시장으로 여겨지고 있다. '건강'을 위해 체중 감량은 필수라는 의사·약사부터, 식단과 운동으로 '건강한' 몸을 만들어야 한다는 헬스 트레이너·피트니스 센터까지… 각자의 이해관계에 따라 입맛에 맞게 다이어트를 교묘히 활용하고 있다. 결코 건강하지 않은, 강박적인 다이어트를 '건강'이라는 단어로 포장하며 우리의 지갑을 노리고 있는 사람들이 대다수이다. 이렇게 다이어트를 추앙하며 조장하는 사회에서 건강한 자아를 지킨다는 것은 꽤 도전적인 일이다.

과거의 나는 다이어트 산업에 정말 많이 휘둘렸다. 줏대도 없었고 호불호도 강한 편이 아니었기에 모든 정보를 여과 없이 받아들였다. 누군가가 지나가는 말로 살쪘다고 이야기하면 그 날부터 다이어트를 시작했고, 누군가로부터 '나는 이렇게 살을 뺐다. 요즘은 이게 유행이더라.'라는 말을 들으면 몇 주간은 해당 다이어트를 지속하기도 했다. SNS가 발달하면서부터는 더욱 그랬다. 인스타그램의 날씬한 언니가, 똑똑해 보이는 의사들이 '살 빼기 위해 꼭 해야 하는 것', '다이어트 중 절대 하면 안 되는 것'이라며 전하는 정보들을 절대적으로 믿고 따랐다.

내 키에 ○○kg은 되어야 날씬한 편인 거구나

내가 그래서 살이 안 빠졌지,

저 언니 정도 몸이 되려면 저렇게까지 해야 하는구나…

저 언니도 저렇게 노력하는데…

역시 내 식욕이, 내 의지가 문제야.

저 언니가 추천하는 제품을 먹어 볼까?

이런 식으로 그들이 전하는 근본 없는 다이어트 정보들을 기준 삼아 내 생활을 검열하기도 했다. 그렇게 모든 정보에 휘둘리며 이것저것 다 따르려고 하다 보니, 결국엔 혼란스러움만 가중되었다. 다이어트와 관련된 수만 가지 정보가 뒤죽박죽 섞여 버렸고, 그럴수록 반발 심리로 폭식 욕구는 더욱 커져만 갔다. 폭식증도 다이어트도, 그 어느 것 하나 제대로 해결하지 못하는 상태로 몇 년을 허비해 왔다.

이런 경험이 있기 때문에 나는 아직도 외부 자극으로부터 흔들리지 않기 위해 노력하고 있다. 요즘 같은 시대에서는 SNS를 비롯한 각종 미디어가 워낙 발달했기 때문에 다이어트 관련 정보(마케팅)들을 완전히 차단할 수는 없다. 대신 비판적인 시각으로 그 속에 들어 있는 속내를 파악함으로써 그들에게 조종당하지 않을 수는 있다. 즉, 다이어트 산업으로부터 스스로를 지키는 힘을 기른다면, 그들에게 끌려다니던 노예 생활을 완전히 청산할 수 있을 것이다.

당신이 다이어트 마케팅에 끌려다닐 수밖에 없는 이유 건강한 생활을 위해 식이 요법과 적절한 신체 활동이 꼭 필요하다는 건 그 누구도 부정할 수 없다. 그러나 다이어트 산업의 검은 손은 이를 활용하여 '돈'을 벌기 위해 다이어트를 만병통치약처럼 팔아 재끼고 있다. 다이어트가 필요하지 않은 건강한 신체를 가진 사람에게도 '더 날씬해지면 더 행복해질 거다.'라는 암시를 걸어 더 마른 몸을 쫓게 만들고야 만다.

조금 더 쉽게 설명하기 위해 마케팅의 기본 원리에 대해 이야기해 보고자 한다. 기업은 상품 기획 시 '타깃'이라고 하는 주요 소비층을 정하는 것을 아주 중요하게 여긴다. '아름다운 바다라

인을 갖고 싶어 하는 20대 여성', '멋진 근육을 만들고 싶어 하는 30대 남성'과 같이 특정한 소비층과 그들의 니즈 needs 를 명확히 해야만 상품의 어떤 부분을 소구할 것인지 결정할 수 있기 때문이다. 이런 소비자의 규모에 따라 매출 규모도 결정되는데 '다이어트 효과'가 붙는 순간 이 타깃층은 무한대로 확장된다.

인간의 고민은 돈, 건강, 관계(사랑), 꿈 중 하나로 귀결되며, 이를 자극하는 마케팅은 구매로 이어질 수밖에 없다고 한다. 다이어트 마케팅은 이 모든 것과 연관 지을 수 있다. 특히 다이어트 마케팅은 성별, 나이를 불문하고 가장 강력한 동기인 건강과 관계(사랑)와 연관 짓기 쉽다.

살을 빼야 건강해집니다. 우리 제품을 먹으며 살 빼세요.

살 빼서 개강 여신 됐어요.

소개팅 전날 -3kg 빼 주는 ○○제품!

이런 식으로 살만 빼면 건강, 관계, 사랑, 돈, 꿈의 욕망이 모두 이루어진다는 듯이 홍보한다. 다이어트가 인생의 치트키인 것마냥 예찬하며 '다이어트 만능론'을 주입하고 있었다. 인간으로서 건강, 관계, 꿈을 추구하는 것은 당연하지만, 다이어트가 그 모든 걸 실현해 주지는 않는다. 따라서 다이어트 자체가 본인의 문제를 실질적으로 해결해 줄 수 있는 게 맞는지 생각해 보는 과정이 필요하다. 이것을 인지하지 못한다면 체중 감량에 성공하더라도 진짜 욕망을 해결할 수 없음에 답답함을 느낄 수 있다. 최악으로는 그 어느 부분도 해결하지 못하고 다이어트에 시간과 돈만 날리는 상황이 반복되는 거다.

다이어트 만능론을 조장하는 과정 다이어트 산업은 사람들의 신체 이미지에 대한 약간의 불만, 그리고 이와 관련한 욕망을 자극하며 다이어트를 지속하게 만든다. 물론 사람들에게 진정으로 건강하고 지속 가능한 서비스와 제품을 제공하는 업체들도 존재한다. 하지만 자신들의 '제품만' 이용하게 만들기 위해 악의적이고 비약적인 광고로 소비자를 현혹하는 회사 또한 수없이 많다. 특히 돈, 건강, 관계(사랑), 꿈과 같은 인간의 욕망은 무궁무진하기 때문에 소비자들을 더욱 쉽게 조종할 수 있으며, 욕망의 크기만큼 가격 또한 무한대로 책정할 수 있다. 이들이 우리의 욕망을 어떻게 자극하는지 하나씩 살펴보도록 하자.

돈 많은 다이어트 회사들은 자신들의 제품이 비용적으로 경제적임을 강조한다. 그러나 가격 구조를 자세히 뜯어 보면 그다지 저렴한 편이 아닌 경우가 훨씬 많다. 사실 사지 않는 게 가장 돈을 아끼는 길이기도 하다. 소비자는 결국 건강에 별 도움이 되지 않을 보충제, 식사 대용품 및 기타 제품에 많은 돈을 지불한다. 또한, 다이어트 특성상 '일주일 패키지', '한 달 패키지'와 같이 대량 구매를 유도하기가 수월하다. '주말 치팅 데이 잘 보내셨나요? 내일부터 일주일 동안 스무디로 해독하세요! 한 끼 3천 원의 합리적 가격!'이라는 문구에 넘어가 10만 원 이상의 소중한 돈을 빼앗기지 않도록 주의하자.

건강 체중 감량 자체를 '건강함'이라고 1차원적으로 생각하는 건 위험한 일이다. 오히려 건강의 적신호일 수도 있다. 그러나 다이어트 업체들은 체중 감량을 '건강'의 필수적 요소로 포장하고 있으며, 더 나아가 자신들의 제품에 대해 터무니없는 건강상 이점을 주장하기도 한다. '신진대사를 원활하게 하여 살도 빠지고 기력도 생기는 ○○○○제품! 면역력을 높이고, 노화까지 예방하는 우리 제품!'이라고 주장하는 다이어트 제품을 많이 보았을 테다. 스스로도 말이 안 된다는 걸 잘 알고 있지 않나 싶다. 대부분 제품은 과학적 증거가 명확하게 뒷받침되지 않는 경우가 많으며, 근거가 있다 하더라도 그런 효능이 '있을 수도 있다.' 정도일 뿐이다. 건강은 돈으로 살 수 없다. 근본적으로 좋은 식습관과 체력, 스트레스 관리가 필요한 영역이며 체중 감량은 부수적인 효과일 뿐임을 명심하자.

관계(사랑) '관계' 문제는 다이어트 산업이 흔하게 악용하는 요소 중 하나이다. 다이어트에만 성공하면 당신이 다른 사람들에게 더욱 매력적으로 보이며, 나아가 연애, 사랑, 인간관계, 사회생활까지도 향상될 것이라는 환상을 갖게 한다. 이러한 환상은 정신 건강과 자존감에 큰 해가 된다. 자신의 가치가 외모와 관련이 있다고 믿고 '다이어트 만능주의'에 빠질 수 있기 때문이다. 특히 친구, 이성 관계에 관심이 많은 청소년일수록 이런 마케팅에 쉽게 흔들릴 수밖에 없다. 이는 자기 몸에 대한 끊임없는 불만족을 야기하여 신체 이미지 왜곡, 섭식 장애로까지 이어질 수 있기에 각별한 주의가 필요하다.

꿈 체중 감량을 꿈과 연관 짓는 행위는 '다이어트 만능주의'의 정점을 찍는다. 더욱 완벽한 신체, 더 행복하고 만족스러운 삶, 자신이 꿈꾸는 미래, 진로에 있어서 '체중 감량'이 도움된다는 상상을 불러일으키는 것이다. '면접 보기 전 급찐급빠 ○○○템' 이런 제품이 꿈에 대한 당신의 간절한 열망을 교묘하게 자극하고 있는 카피 라이팅이다. 면접을 앞둔 취준생에게 필요한 건 자기소개 연습과 깔끔한 정장이지, 10일 동안 급찐급빠를 도와줄 효소나 붓기 제거 차가 아니다. 체중 감량은 상황에 따라 개인 삶의 일부분을 개선해 줄 정도일 뿐이지, 삶의 모든 문제에 대한 마법의 해결책이 아니다.

요즘은 스쳐 지나가는 짧은 광고가 주를 이루다 보니 마케터들은 소비자들의 눈길을 끌기 위해 애쓰고 있다. 짧은 시간 동안 소비자의 내적인 욕망을 강력하게 자극해야 하기 때문에 '다이어트를 하면 당신의 욕망이 실현된다.'라는 논리적인 비약이 생길 수 있다. 소비자로서 이런 전략을 이해하고 비판적으로 바라보는 태도가 필요하다고 생각한다. 욕망 실현을 위해 다이어트, 체중 감량만이 필요한 경우는 그렇게 많지 않을 것이니 말이다.

다이어트의 산업의 근현대사 '변화하는 미의 기준'에 대해서 한 번쯤은 이야기를 들어 보았을 것이다. 시대적으로 '아름답다.'의 기준은 문화, 사회적 지위 등의 영향을 받아 변화해 왔다고 한다. 고대 시대에는 '다산'이 아름다움의 기준이었기 때문에 풍만한 몸매가 여성들의 워너비였다는 건 이미 유명한 사례이다. 이후 다양한 문화 · 역사적 영향을 받아 날씬한 체형을 추구하는 시기로 접어들었고, 이에 따라 수많은 식이 요법이 탄생하게 되었다. 최근이 되어서야 체형, 외모의 다양성을 존중한다고는 하지만, 아직까지도 과체중보다는 저체중, 통통함보다는 날씬함을 훨씬 선호하는 문화가 팽배하다.

특히 미디어와 SNS가 발달하면서 아름다움에 대한 열망을 적극적으로 표현하고 과시하는 이들 또한 많아졌다. 단순히 미디어 매체로부터 일방적으로 영향을 받던 과거와 달리, 더욱 적극적으로 정보를 공유하고 재생산하기 시작했다. 과거에는 '30kg 감량 일반인'이라면 TV 아침 프로그램에까지 나올 정도로 특별하게 여겨졌다. 하지만 현재는 인스타그램, 유튜브만 보더라도 일반인 다이어트 후기를 수두룩하게 찾아볼 수 있다. 이렇게 SNS의 발달로 다이어트 문화는 더욱 활발히 형성되었고, 동시에 시기별로 미세하게 변화하며 유행이 만들어지기도 했다. 다이어트 문화가 활개치기 시작한 2000년대 초반부터 살펴 보면 비판적 시각을 갖는데 더욱 도움이 된다. 아래는 내가 체감한 다이어트 문화의 시기별 특징을 정리해 놓은 것이다.

❶ 극단적 다이어트 찬양 문화

2000년대 초반, 인터넷 커뮤니티가 활성화되며 '여자 연예인 다이어트', '아이돌 몸매' 등이 키워드로 떠오르기 시작했다. 지금 돌이켜 보면 말도 안 되는 극단적인 식단으로 체중 감량에 성공한 연예인들에게 '자기 관리가 철저하다.', '프로페셔널 하다.', '독하다.'라는 말로 치켜세우는 분위기였다. 어떤 연예인들은 프로그램에 나와 거의 굶는 수준의 식단을 다이어트 팁이라며 추천하기도 했다. 하루에 사과, 고구마, 두유만 먹는 다이어트부터 1,000kcal 미만으로만 먹는 다이어트까지. 거의 절식 수준에 가까운 식단이 주목받기도 했다. 해당 연예인 중 몇몇은

10년이 지난 이후 폭식증을 겪었다고 털어놓기도 했다. 물론 폭식증의 원인이 극단적 식단 때문만은 아니겠지만, 여러 요인 중 하나로 작용하기는 했을 테다.

또, '키에 따른 미용 몸무게'라는 자료가 돌아다니기도 했는데, 정상 체중을 가진 여성들이 자신의 몸을 통통한 편이라고 느끼는 데에 큰 영향을 미쳤다고 본다. 극단적인 다이어트를 자기 관리라고 칭찬하며 마른 몸을 우상화하는 문화가 본격적으로 시작되었을 때다. 이후의 다이어트 문화는 조금씩 변화하고 있으면서도, 당시의 '다이어트 찬양' 문화가 기본 전제로 남아있는 듯하다.

❷ 건강한, 지속 가능한 다이어트 문화

극단적인 다이어트를 경험한 이들이 많아지자 극단적 식단의 위험성과 부작용이 알려지기 시작했고, 이에 따라 '지속 가능한 다이어트'가 키워드로 떠오르며 '굶지 않고 건강하게 다이어트하자'라는 분위기가 형성되기 시작했다. 그러나 마르고 날씬한 몸에 대한 동경은 더욱 과열되었고, '낮은 칼로리', '섭취량 제한'에 초점을 둔 다이어트 제품 및 식단이 유행하였다. 이 시기부터 '곤약 떡볶이', '곤약 젤리'와 같은 참신한 다이어트 제품이 나오기 시작했다. 본격적인 다이어트 산업의 춘추 전국 시대가 열렸던 것으로 기억한다.

다이어트 제품, 상품뿐만 아니라 다이어트 방법론 또한 우후죽순 소개되기 시작했다. 가장 굵직한 것만 꼽자면 비건(채식) 식단부터, 저탄고지, 키토제닉, 간헐적 단식, 팔레오, 지중해 식단, 탄단지 매크로 식단까지 정말 많은 다이어트 방법론이 유행했고 실제로 많은 사람이 따라 하기도 했다. 사실 이 중 몇몇은 체중 감량의 목적이 아닌 체질(건강) 개선, 뚜렷한 신념 등을 반영하기 위해 고안된 식단이지만, 한국에서는 결국 다이어트 효과에 초점을 맞춰 유행했다.

이렇게 다양한 다이어트 간식, 제품, 이전보다는 느슨한 듯한 다이어트 식단이 유행하며 '지속 가능하다.'라고 표현되기도 하였다.

과거: 지방은 최대의 적! 간식은 금물! 최대한 적게 먹어야 살 빠져요.

⇨ **다이어트 간식:** 다이어트 중 떡볶이! 참지 말고 곤약으로 건강하게 대체해서 드세요.

⇨ **키토제닉:** 사실은 지방이 아니라 탄수화물이 최대의 적이랍니다! 몸의 에너지를 위해 지방을 충분하게 드세요. 단, 목초를 먹인 소의 우유로 만든 버터와 코코넛 오일 100%의 MCT 오일을… (더욱 엄격한 키토제닉 규칙)

⇨ **간헐적 단식:** 18시간 공복 시간만 확보하면 됩니다. 6시간 동안은 마음껏 드세요!

⇨ **매크로 식단:** 중요한 건 음식 종류가 아닙니다. 칼로리, 탄단지 비율만 계산하며 마음껏 드세요!

언뜻 보면 이 정도면 할 만한데? 라는 생각이 든다. 하지만 이들 주장의 본질은 모두 비슷하다. 결국에는 '섭취량', '칼로리'를 줄이기 위해 그럴싸한 규칙을 만들어 둔 것뿐이다. 본질은 비슷하면서 '이것만큼은 마음껏'이라는 단어를 내세워 다이어트에 지친 사람들을 혹하게 만든다. 그리고 어떤 부분에 있어서는 엄격한 규칙을 갖고 있기 때문에, 시간이 지날수록 욕구가 쌓여 한 번에 터져 버린다는 문제점도 있다.

내게 코칭을 받으러 온 수강생 중 가장 많았던 유형 또한 차례대로 '키토제닉', '간헐적 단식', '비건 다이어트' 이후 폭식 습관이 생긴 케이스였다. 이들 모두 처음에는 10kg 이상씩을 감량했다고 하지만, 곧 강박과 폭식 욕구의 고통을 호소했다. 개인적인 신념 때문에 끝끝내 비건 식단을 유지 해야겠다던 한 수강생은 폭식을 할 때면 동물성 기름과 유지방이 한껏 들어간 빵, 과자, 아이스크림을 잔뜩 먹기도 했다. 아이러니한 일이다.

즉, 아무리 지속 가능한, 건강한 식단이라고 하더라도 오로지 '다이어트 효과'만 기대하며 따라 하는 식단은 결국 파국에 이를 수밖에 없다. 자신의 진짜 신념과 생활 패턴, 선호를 고려하지 않았기 때문에 지속할 수도 없고, 욕구만 억누르는 일이 된다.

❸ 웨이트 기반 바디 프로필 문화

각종 다이어트 방법이 범람함과 동시에 SNS 열풍을 타고

'바디 프로필' 문화가 급속도로 유행하기 시작했다. 개인적으로는 인스타그램, 틱톡, 유튜브와 같은 소셜 미디어 플랫폼이 바디 프로필을 유행시킨 원인의 전부라고 생각한다. 과거에는 연예인, 모델들만 찍을 법한 속옷 차림의 사진을 일반 사람들까지도 개인 SNS에 올리며 유행이 더욱 가속화되었다. SNS의 특성상 비교, 과시, 경쟁 문화로까지 이어지며, 'SNS에 바디 프로필 하나쯤은 걸어 두어야 열심히 사는 것 같다.'라는 이야기를 할 정도였다.

겉으로 보기에는 '건강한 식단과 운동으로 만들어 낸 멋있는 결과물'로 보이며 긍정적인 문화로 비쳤지만, 실상은 그렇지 않다. 유행을 틈타 각종 헬스장, 스튜디오 등에서는 '바디 프로필 속성 과정, 3개월 PT' 등을 만들어 냈고, 빠른 결과 획득을 위해 극단적인 식단을 강요하기도 했다. 이 시점에서 '닭고야(닭가슴살, 고구마, 야채)'라는 SNS 용어가 생겼으며, 바디 프로필을 준비하는 이들의 정석 식단으로 여겨졌다. 당연히 이런 식단은 평생 지속할 수 없기에, 바디 프로필이라는 이벤트를 끝낸 이후에 더 큰 문제를 야기했다.

대다수는 곧 주체할 수 없는 식욕을 호소하며 폭식증, 운동 강박, 부정적인 신체 이미지와 같은 섭식 장애 증상을 겪게 되었다. 보통 프로필 사진을 찍으면 1~2개월 후에 보정본을 받게 되는데, 이 기간 동안 엄청난 폭식을 하는 사람들이 많이 관찰

되었다. 보정본을 받고 자신의 SNS에 바디 프로필 사진을 올리면서 '지금은 돼지가 되었지만…' 이라고 글을 쓰는 대부분의 다이어터들은 이런 후폭풍을 겪고 있었던 걸지도 모른다.

물론 바디 프로필 유행 덕분에 건강한 운동 문화가 형성된 점은 사실이며, 그 부분은 바람직한 흐름이라고 생각한다. 그러나 자신의 의지든 타인의 영향이든, 빠른 결과만을 지향하며 저지른 일은 부작용을 일으킬 수밖에 없다. 그리고 일상으로 회복하는 데에 꽤 많은 시간과 정신적 고통이 수반됨을 명심해야 한다.

４ 안티 다이어트 문화

바디 프로필 유행이 한차례 휩쓸고 지나간 후, 극단적인 다이어트의 위험성이 더욱 부각되었다. 이전에는 쉬쉬하던 폭식증 문제에 대해 많은 유튜버와 연예인들이 언급하며 자신들의 경험을 연이어 고백하기도 했다. 절식, 운동 강박, 과도한 다이어트 조장 문화 등이 여성들의 정신 건강을 피폐하게 만들고 있음을 지적하며 '안티 anti 다이어트', '탈脫 다이어트'라는 단어도 만들어졌다. 이러한 관심을 기반으로, 외국의 '직관적 식사'와 '마인드풀 이팅 mindful eating' 등의 개념이 들어오며 다이어트 문화에 새로운 물결이 시작된 듯했다.

그러나, 이것들마저 곧 이전의 다이어트들과 별반 다를 것 없이 또 하나의 다이어트 방법으로 변질되어 버리고 말았음이 분명하다. 특히 '의외성'으로 소비자의 이목을 끌어야 하는 SNS에서는 하나같이 '다이어트를 그만두었더니 살이 빠졌다', '닭고야 대신 일반식 먹고 일주일 만에 3kg 감량!', '떡볶이 먹으며 마른 몸 유지하는 법' 등을 외치고 있었다.

해당 인플루언서, 다이어트 업체들의 말이 거짓말이라는 건 아닐 것이다. 왜냐하면 이들 주장의 본질을 살펴보면 과거의 '양 조절, 칼로리 제한 다이어트'와 유사하기 때문이다. 결국 말장난일 뿐이다. 먹고 싶은 음식을 적당히 먹으며 욕구를 충족시킨다는 취지에는 공감하지만, 결국 '마른 몸', '날씬한 몸', '체중 감량'에만 매몰될 수 있기에 유의가 필요하다.

교묘하게 변화한 다이어트 마케팅 이처럼 다이어트 문화는 SNS의 흐름과 소비자들의 성향에 따라 변화하고 있으며, 이와 관련한 마케팅 전략 또한 교묘하게 바뀌고 있다. 아니, 그 반대일 수도 있다. 이들은 소비자들이 자신들의 상품을 지속적으로 구매하도록 해야 하기 때문에, 끊임없이 새로운 다이어트 방법, 생활 양식, 제품 등을 개발하며 소비를 부추기고 있는 것이다. 다이어트 문화가 커질수록 이들의 시장 사이즈 또한 거대해지기 때문에 다이어트 문화 자체의 파이를 더욱 부풀린다.

극단적인 다이어트를 '자기 관리'라고 포장했던 2000년대 초반에는 '셰이크 먹고 빡세게 관리하자.'라는 식의 광고 카피 라이팅이 주를 이루었다. 실제로 해당 시기에는 하루 세 끼를 셰이크만 먹으며 버티는 셰이크 패키지가 높은 가격에도 불구하고 불티나게 판매되었다.

이후 지속 가능한, 건강한 다이어트가 키워드로 대두되면서는 각종 '대체품'이 우후죽순으로 판매되었다. 앞서 예시로 든 것과 같이 곤약이나 해초 면과 같은 대체 식품부터 비건 간식, 키토제닉 및 덴마크/지중해 식단 등 식단 패키지가 유행하기도 했다.

뒤를 이어 바디 프로필이 유행할 때에는 전국 헬스장에서 너도나도 백만 원이 훌쩍 넘는 '바디 프로필 챌린지', '바디 프로필 전용 PT' 등의 상품을 만들었다. 실제로 바디 프로필 스튜디오 또한 급격하게 늘어났으며, 웨이트의 상징인 닭가슴살을 비롯해 각종 프로틴 간식이 끊임없이 출시됐다. 짜장, 마라맛 닭가슴살부터 프로틴 쿠키, 프로틴 치즈볼, 초코볼 등등 '다이어트하기 딱 좋은 대한민국'이라는 말이 절로 나오기도 했다.

이후 일반인들의 폭식증 고백 현상과 극단적 다이어트의 문제점이 제기된 시점부터는 광고들도 미세하게 변화하였다. '굶지 말고 건강하게 대체해서 먹자.'라며 곤약 간식, 프로틴 비건 빵을 판매하거나, '폭식해도 소화를 도와 살로 가지 않게 해준다.'며 다이어트 보조제, 효소를 판매하고 있다. 같은 셰이크를 가지고도 과거에는 '셰이크로 빡세게 관리하자.'였다면 지금은 '극단적 다이어트는 NO! 포만감 좋은 우리 셰이크로 건강하게 관리하세요.' 이런 뉘앙스로 바뀐 것이다.

다시 한 번 말하지만 관련된 기업들이 잘못되었다는 말이 아니다. 다만 유행에 따라 교묘하게 바뀌는 광고, 상품에 허튼 기대를 하지 말자는 이야기를 하고 싶다. 이 책을 읽고 있는 독자라면 다이어트에 몸과 마음이 지친 상태일 것이다. 여기서 해방되기 위한 방법은 하나, 다이어트에서 벗어나는 것뿐이다. 매번 '이번엔 다르지 않을까?', '이 제품이라면 다를 것 같아.'라는 생각으로 다이어트 제품에 돈을 퍼붓고 있다면 그만두길 바란다. 돈도 잃고 몸과 마음의 에너지도 점점 고갈되어 간다. 당신에게는 셰이크, 식단, 곤약 떡볶이, 단백질 빵이 필요한 게 아니다. 친구들과 진짜 떡볶이를 먹으며 즐거운 시간을 보내고, 주말엔 달콤한 진짜 빵을 먹으며 여유를 가지는 시간이 더 가치 있다는 사실을 기억해라.

어떤 광고, 콘텐츠에도 흔들리지 않는 강력한 무기 사실 내가 다이어트 산업, 마케팅에 휘둘리지 않게 된 가장 큰 계기는 유튜브를 시작한 것이다. 유튜브 채널을 운영하다 보면 조회수에 신경을 쓰게 되고, 자연스럽게 사람들이 관심 가질 만한 주제와 섬네일 thumbnail 등에 관심을 갖게 된다. 정보를 찾다 보니 유튜브도 결국 마케팅, 카피 라이팅과 일맥상통한 분야였고, 이 덕분에 관련 지식을 습득할 수 있게 되었다. 관련한 지식을 쌓은 후의 시각으로 잘 팔리고 있는 다이어트 아이템, 다이어트 유튜버 및 인플루언서의 콘텐츠를 살펴보니 하나같이 이 5가지 요소들을 따르고 있었다. 예전 같으면 다이어트 관련 광고나 콘텐츠들을 보고 '이건 정말 다를까?'라는 생각을 했겠지만, 이제는 '또 같은 패턴의 광고구나.' 하며 재미있게 보고 넘기고 있다. 외부의 자극과 유혹에도 덤덤해진 것이다. SNS 세상이 우리의 지갑을 어떤 방식으로 노리는지 알고 있으면 이들의 유혹에도 쉽게 흔들리지 않을 수 있다. 그래서 내가 나름 터득한 다이어트 마케팅의 흔하지만 강력한 비법을 알려 주려고 한다. 앞으로 해당 시각으로 광고들을 보다 보면 다이어트뿐만 아니라 다른 분야의 콘텐츠 또한 비판적인 시각으로 바라보고, 현명하게 소비할 수 있을 것이다.

❶ 시각적 효과와 수치

다이어트 콘텐츠에서 가장 잘 먹히는 방법은 당연하게도 '비포-애프터'이다. '3개월 동안 10kg 감량'이라는 문구보다, 배가 잔뜩 나온 '다이어트 전' 사진과 배가 쏙 들어간 '다이어트 후' 사진을 나란히 배치해 두는 게 더욱 시선을 끌 수 있다. 사람은 논리적인 사고보다 감각, 직관에 더 많은 영향을 받는다고 한다. 10개의 문장보다 1개의 확실한 시각적 자극에 더 크게 반응하는 것이다. 그래서 인기 운동 영상들을 보면 대부분 신체 부위별 비포-애프터 사진을 걸어 둔 경우가 많다. 그게 진짜 그 사람의 변화인지는 중요하지 않다. 실제 사진이 아니라, 그림으로 표현한 비포-애프터 또한 변화에 대한 상상을 일으켜 시각적 효과가 크다고 한다. 그 운동, 그 제품을 통해서 '내 팔뚝도 저렇게 되지 않을까?' 하는 상상력을 자극하기 때문이다. 이런 점을 활용하기 위해 요즘 다이어트 업체들은 일반인들의 다이어트 전후 사진을 돈 주고 구매하기도 한다. 더불어 '3개월 만에'

또는 '10kg' 등의 '수치'를 함께 작성해 준다면 구체성까지 더해져 소비자들에게 강력한

인상을 줄 수 있다. 비포-애프터 변화에 대한 시각적 효과에 구체적인 숫자까지 합쳐진 위와 같은 광고라면 누구라도 한 번씩 눈길을 줄 만하다.

② 손실과 공포심

변화에 대한 기대만큼이나 강력한 효과를 가지는 건 '손실 회피 성향'과 '공포심' 자극이다. 인간은 이익으로 얻는 기쁨보다 손실로 갖는 괴로움을 더욱 크게 느낀다고 한다. 이 손실 회피

성향을 활용한다면 지금 당장 효율 좋은 광고 소재를 무수하게 만들어 낼 수 있다.

> 다이어트 중 ○○ 안 하면 무조건 손해!
> 다이어트를 망치는 음식 ○○!

이 같은 문장들을 보면 호기심이 생길 수밖에 없다. 오랜 다이어트로 체중은 더 이상 안 빠지고, 극도로 예민해져 있는 상태라면 '내가 지금 식단, 운동 측면에서 이것 때문에 손해 보고 있는 건 아닐까?'라는 생각으로 광고에 설득될 가능성이 더욱 커진다.

특히 다이어트를 '건강'과 연관 짓는다면 손실 회피를 넘어 공포심을 조장할 수 있는데, 이는 인간의 본능적인 부분을 자극하기 때문에 더욱 강력한 효과를 지닌다. 큰 지병이 없는 사람, 체중 감량이 필요 없는 사람에게도 '심혈관 질환', '당뇨' 등의 문제를 언급하면 체중 감량, 다이어트의 필요성을 설득하기 쉽다. 종종 다이어트 제품, 보조제를 교묘하게 건강 관리 기능 식품인 것처럼 홍보하는 업체들을 볼 수 있다. 이는 체중 감량 자체를 무조건 건강하다고 인식을 심어줄 가능성이 있기 때문에 지양해야 하며, 소비자로서도 적당히 걸러 들을 필요가 있다.

3 단순화

이것만 먹었더니
딱 이 동작 하나로
밥 먹기 전에 이것만 했을 뿐인데

이런 뉘앙스로 시작하는 광고 문구를 무수하게 보았을 것이
다. 힘들고 어려울 것 같은 다이어트를 '단순화'시켜, 제품 및 서
비스에 더욱 쉽게 접근할 수 있도록 해 주는 장치이다. 특히 광
고계에서 단순화를 중요하게 여기는 이유는, 무수하게 쏟아지
고 있는 정보들 사이에서는 단순하고 명료한 콘텐츠가 기억에
더 오래 남기 때문이다. '하루에 한 알만 먹으면 지방이 사르르
녹아 없어져요.' 이런 광고를 보면 소비자 입장에서는 '정말 쉬운
데? 그리고 효과까지 명확하잖아?'라는 생각을 하게 된다.

뉴스 기사 제목이나 유튜브 섬네일에서 '살찌는 음식 vs 살
빠지는 음식', '나쁜 음식 vs 좋은 음식'과 같은 단어를 사용하
는 이유도 같은 맥락이다. 복잡한 용어나 '이럴 수도 있고 저럴
수도 있다'는 식의 애매한 표현보다(사실은 이게 맞지만) 명확하
고 직설적인 메시지를 전하기 위함이다. 그래야 사람들에게 더
욱 잘 기억되며, 공유를 일으켜 자신들의 콘텐츠가 널리 퍼질
테니 말이다. 하지만 이런 광고들은 보통 논리적 비약과 과장이

심한 경우가 많다. 특히 다이어트는 어느 한 가지 요소에 의해 좌지우지 되지 않는다. 특정한 음식을 먹었다고 해서 갑자기 살이 찌거나 건강이 단숨에 악화되지 않는다. 식단부터 운동, 호르몬과 대사 과정, 수면, 스트레스 등 신체의 전반적인 기능이 복합적으로 작용하기에 다이어트 효과는 모두 다르게 나타난다. 그래서 해당 제품 덕에 살이 빠진 건지, 다른 요소의 영향을 받진 않았는지 추적하기도 애매하다. 그럼에도 '우리 제품을 먹어서', '우리 제품이 지방 분해를 도와주었기 때문에' 살이 빠졌다고 주장하는 건 이 '단순화'의 원칙에 따른 마케팅 문구일 뿐이다.

4 공식화

단순화보다 한 수 더 높은 고단수 전략은 '공식화'이다. 이 공식화의 특징은 작용 원리나 방법을 오히려 더욱 복잡하게 설명한다는 거다. 각종 연구 결과, 논문 등 어려운 용어들을 써가며 전문성을 토대로 신뢰는 얻지만, 일반인이 이해하거나 실천하기에는 귀찮게 만드는 것 또한 큰 특징이다. 소비자들이 '잘 모르겠고, 효과는 좋아 보이네.'라는 생각을 갖게 되는 순간이 포인트이다.

어렵게 설명한 걸 이해하기 쉽게 '공식'처럼 정리해 주고, 더 나아가 '따라 하기만 하면 된다'는 제품, 패키지를 홍보한다. 이

전략이 잘 먹히는 이유는 단순히 제품만 제시하는 게 아니라 정보를 함께 제공하기 때문에 소비자들의 신뢰를 얻기 쉽다는 데에 있다. 다이어트의 특성상 단기간이라고 해도 3~4주 이상은 지속해야 하므로 대량 구매를 유도하기 쉽다는 장점도 있다.

개인적으로는 키토제닉 분야가 이 마케팅 기법을 잘 활용하고 있다고 생각한다. 키토제닉 다이어트는 단순히 지방만을 많이 섭취하는 것이 아니다. 이는 단순화를 활용한 일차원적인 마케팅 때문에 생긴 오해이다. 조금 더 자세하게 들여다 보자. 키토제닉 다이어트는 신체가 지방을 우선적으로 대사하는 케토시스 상태를 유지하는 걸 의미하는데, 말만 들어도 어려워 보인다. 이를 위해 탄단지 섭취 비율, 피해야 하는 음식, 먹어야 하는 음식, 양질의 지방 등 일반적인 식사보다 훨씬 손이 많이 가고 고려해야 할 부분도 많다. 그래서 일반적인 사람들은 직접 실천하는 데 한계가 있기 때문에 나온 게 '키토제닉 식단', '키토제닉 도시락'이다. 공식화는 이처럼 복잡한 지식을 전달하며 신뢰를 구축한 후, 자신들의 제품을 통해 그 복잡한 것을 간편하게 해결할 수 있다고 제안하는, 고도화된 마케팅 기법이라고 볼 수 있다.

5 권위

마지막으로, 다이어트 콘텐츠에서 중요한 요소로 손꼽히는 부분은 바로 '권위'이다. 보통 권위라고 하면 전문가, 교수, 박사 등을 생각하겠지만, 다이어트 분야에서는 '날씬한 몸' 그 자체가 권위이다. 다이어트 중인 사람에게는 살집이 있는 의사가 나와 다이어트에 대해 이야기하는 영상보다 날씬한 몸의 여성이 나와 다이어트 정보를 알려주는 영상이 더 큰 신뢰를 얻을 수 있을 테다. SNS에서 다이어트 제품을 판매하는 이들이 제품을 홍보할 때, 제품 사진이 아닌 레깅스를 입고 배를 드러낸 자신의 모습을 뽐내는 이유가 이런 '권위'적 요소 때문이다. 특히 다이어트 분야는 다른 분야보다 시각적 자극으로부터 오는 권위가 강력하기 때문에 사진, 동영상이 강점인 SNS에서 특히 잘 먹힌다. 상대적으로 권위를 쌓을 수 있는 진입 장벽도 낮기 때문에 관련 인플루언서들도 무수히 많고, 상품도 우후죽순으로 출시되고 있는 게 현실이다.

위 5가지 요소 중 3가지 요소가 자연스럽게 결합된다면 다이어트 생각이 없던 사람조차도 설득당할 수밖에 없는, 아주 좋은 광고 소재가 된다. 앞으로 이 관점에서 관련 콘텐츠나 광고를 마주한다면 조금 다른 생각이 들 것이다. 새로운 관점은, 무수하게 쏟아지는 자극적인 콘텐츠를 덤덤히 받아들이게 도와주며, 당신의 지갑을 노리는 광고들로부터 소중한 돈을 아낄 수 있는 강력한 무기가 되어 줄 테니까.

1 소식좌 문화

얼마 전까지만 해도 다이어트와 음식 관련 콘텐츠는 양극으로 나뉘었다. 한쪽에서는 '한 달에 10kg 빼는 법'과 같은 극단적 다이어트 콘텐츠가 주를 이루었고, 그 반대편에서는 엄청난 양의 음식을 먹어 치우는 '먹방', '폭식 브이로그' 등이 유행하였다. 다이어트 콘텐츠를 보며 쫄쫄 굶는 구독자들이, 동시에 대리 만족으로 먹방을 소비하는 기이한 현상도 나타났다. 근 10년 동안은 이러한 극단적 양상의 콘텐츠가 생산되다가 어느 순간부터는 '소식 小食' 열풍이 불기 시작했다. 22년도쯤부터 적게 먹는 연예인들이 주목받기 시작하면서 '소식좌*'라는 신조어까지 생겨났다.

재미있는 먹잇감을 발견한 다이어트 판은 이를 놓치지 않고 포착하여 또 다른 흐름을 만들어 냈다. '먹고 싶은 음식의 종류는 제한하지 않되, 적게만 먹으면 살이 찌지 않는다.'는 식의 주장을 펼치는 것이다. '후천적 소식좌'라는 용어까지 창조하며 소식 문화를 부추기기도 했다. 극단적 다이어트로 인한 폭식증이 주목받던 시기와 절묘하게 맞아떨어져, 폭식증 극복 방법으로

---

* 소식좌: 적게 먹는다는 의미의 '소식'에 높여 부르는 의미의 '-좌'를 붙여 적게 먹는 사람을 장난스럽게 추켜세우는 말

'소식좌 되기'와 같이 말도 안 되는 해결책을 제시하기까지 했다. 소식이 잘못되었다는 말은 아니다. 자연스러운 소식이 건강에 도움을 준다는 건 당연한 사실이다. 하지만 일부 콘텐츠들은 극단적인 절식을 소식이라고 포장하며 적게 먹기를 부추긴다. 전부 말장난일 뿐이다. 도넛을 한입 깨물고는 배부르다, 과자 3조각을 먹고는 배불러서 못 먹겠다고 내려 두는 모습. 남들 앞에서 절식 자아로 살아가던 과거 내 모습과 별 다를 바가 없어 보였다. 실제로 비정상적인 소식이 자연스러운 그런 사람들이 있을 수도 있지만, 정상적인 소화 기관을 갖고 있지 않은 극히 일부 사람들일 테다.

특히 요즘은 'What I eat in a day(하루 동안 먹은 음식)'이라는 형태의 콘텐츠가 유행하고 있다. 자신이 마른 몸매를 유지하기 위해 얼마나 적게 먹는지 하루 동안 먹는 음식과 양을 뽐내는 내용의 영상이다. 이런 콘텐츠의 문제점은 결국 마른 몸, 날씬한 몸을 추구하는 신체 이미지에 대한 강박을 재생산한다는 데에 있다. 이렇게 스스로가 소식좌라고 주장하는 사람들은 대체로 '마른 사람들은 모두 소식을 한다.' 또는 '폭식증을 극복하고 소식좌가 되어 살이 빠졌다.'고 주장하는데, 그 근거로 자신의 빼빼 마른 몸을 과시해 두곤 한다. (위에서 말한 권위 형성의 목적이 있다고도 생각한다.) 자신이 하루 동안 먹는 음식을 공유하겠다며 바디 체크 body check, 몸매 사진 로 영상을 시작하기도 한다. 몸에 대한 집착, 강박을 끊임없이 부추기는 행위다. 동시에, 생존을 위해 영양소를 섭취하고, 기분 좋은 포만감을 주는 등의 음식을 먹는 것의 순기능은 무시한 채, 음식을 먹는 것은 곧 살이 찌는 것이라고 둘 사이에 극단적인 연관 관계를 만들어 스스로와 음식과의 관계를 악화시킨다. 때로는 스스로의 섭취량과 비교하게 만들어 죄책감을 느끼게끔 만들기도 한다.

해당 콘텐츠를 만들어 내는 크리에이터 중 몇몇은 섭식 관련 문제를 겪고 있을 수도 있음을 인지하자. 실제 내 수강생 중에도 이런 형태의 콘텐츠로 많은 팬을 보유하고 있는 인플루언서가 있었다. 이 수강생은 자신이 '소식좌'가 아닌 '절식좌'이자 영상을 찍지 않을 때는 '폭식좌'임을 인정하자 회복 속도에 탄력이 붙기 시작했다.

❷ 혈당 다이어트

이제 다이어터들은 그간의 다이어트 실패 경험을 통해 '저칼로리'가 답이 아니라는 것을 인지하게 되었고, 그 대신 '혈당'이 새로운 다이어트의 키워드로 급부상하였다. 너무 높거나 낮은 혈당은 다양한 합병증을 유발하기 때문에 건강을 위해 혈당도 적절하게 관리가 필요한 건 사실이다.

이런 혈당의 건강 기능적 측면이 무색할 만큼, 요즘은 혈당을 단순히 '다이어트' 수단으로 전락시키고 있는 게 너무 안타깝다. "마음껏 먹어도 혈당 지수만 잘 관리하면 살이 빠집니다. 살이 찌지 않는 체질이 되려면 혈당을 관리해야 합니다. 혈당 지수만 높이지 않는다면 마음껏 먹고 운동하지 않아도 살을 뺄 수 있습니다. 그러니, 저희 혈당 측정 서비스를 통해 혈당 지수만 체크하세요!" 실제로 이런 혈당 관련 서비스가 많이 생겨나는 중이고, 이와 같은 방식으로 광고를 하는 모습이 현실이다. 이전에 설명한 수치(혈당 지수), 단순화(혈당 수치만 낮게 만들면), 권위(보통 의사가 개발에 참여했다는 내용을 내세움)의 3요소를 모두 갖춘 마케팅 수법이다.

혈당 수치를 체크한다고 한들, 관리법은 기존의 다이어트와 별 다를 바가 없다. 혈당이 오르는 음식은 먹지 않거나 양 조절을 해야 하고, 혈당이 치솟는 걸 방지하기 위해 식후 운동은 필수라고 말한다. 심지어는 특정 제품(식초)을 먹어서 혈당을 낮출 수 있다고 이야기하며, 또 다른 제품을 팔기 위한 발판으로 활용하기도 한다. 식단, 운동에 지친 사람들을 교묘하게 선동하여 헛된 희망을 주는 것이다. 칼로리를 대신하여 또 다른 숫자놀이에 빠질 뿐이다.

실제로 혈당 관리가 필요한 환자라면, 목숨을 걸고서라도 철저하게 관리를 해야 하는 게 맞다. 그러나 대부분의 사람은 매일 손가락을 찔러 피를 내 확인한 숫자에 벌벌 떨면서 살아갈 필요가 전혀 없다. 숫자 놀이보다는 내면의 감각과 감정에 집중하도록 하자. 밥을 먹고 더부룩한 감각이 느껴진다면 가볍게 산책하면서 기분 좋은 감정으로 환기하면 된다. 감각에 집중하며 식사를 하다 보면 혈당에 위험하다는 단 음식도 자연히 적게 먹을 테다. 이렇게 스스로가 판단하고 결정할 수 있는 게 진정한 건강함이라고 생각한다.

이 다이어트를 위해, 값비싼 혈당 측정기, 채혈기 등의 의료기구를 사는 사람들도 있다. 혈당 관리를 건강적인 측면에서 접근하는 것은 전혀 문제가 없다고 생각한다. 혈당 관리를 통해 자신의 신체 기능과 소화 작용에 대해 공부해 볼 수 있기 때문에 오히려 좋은 관리 방법이라고도 생각한다. 그러나 혈당 수치를 단순히 '살찌는', '살 빠지는' 숫자로 활용할 생각이라면 하지 않는 걸 추천한다. 이전과 별반 다를 것 없는, 비싼 다이어트 제품으로만 남게 될 테니 말이다.

✓ **Check Point 2 내 영혼을 망친 다이어트 제품들 다시 보기**

앞서 말했듯 과거의 나는 다이어트 산업과 마케팅에 줏대 없이 휘둘렸고, 정말 많은 제품과 시술 등에 돈을 쏟아부었다. 그 금액만을 계산해 보면 중고로 준중형 세단 한 대는 무리 없이 뽑았을 것이다. (우스갯소리가 아니라 진짜다.) 그렇게 경험해 본 많은 상품 중 가장 후회되는 제품을 지금의 시각에서 분석해 보고자 한다. 돈이 아까운 것을 넘어 내 일상이 피폐해지고, 영혼까지 망가졌다고 해도 과언이 아니다.

1 셰이크

극단적 다이어트의 끝판왕이다. 2010년대 초반, 내 주변 살을 뺐다는 사람들이 모두 셰이크 다이어트를 했다고 하여 그들을 따라 구매했었다. 아무것도 먹지 않고 밥 대신 셰이크만 먹는 다이어트이기 때문에, 살이 쭉쭉 빠지는 건 당연했다. 그때부터 내게 '밥은 살찌는 음식'이라는 잘못된 인식이 심어졌고, 이는 곧 거식증으로 발전되었던 듯싶다. 식사에 있어서 저작 운동(음식을 씹는 행위)은 굉장히 중요한 요소다. 음식을 씹는 행위 자체가 스트레스 해소에 도움을 주어 심리적 만족도를 높이는데, 셰이크 형태의 유동식은 이를 해소해 주지 못한다. 그뿐만 아니라 영양분이 빠르게 소화 흡수되기에 금방 허기짐을 느끼게 하며, 대사 능력을 떨어뜨려 장기적으로는 더욱 살이 잘 찌는 체질로 만든다.

셰이크는 특히 앞서 설명한 '단순화'를 하기 쉬운 상품이다. '7일 동안 우리 제품만 먹으면 3kg은 무조건 감량!' 이런 카피라이팅으로 7일 치의 제품을 패키지로 묶어 높은 가격에 판매하기 수월하다. 아직도 흔하게 쓰이고 있는 마케팅 수법이다.

② 시리얼

셰이크 다이어트 후 '저작 작용'의 중요성을 자연스럽게 알게 되었다. 폭식 욕구 때문에 더 이상 셰이크 다이어트는 지속할 수 없을 때쯤에 체중 조절용 시리얼이 유행하기 시작했다. 셰이크보다 씹는 맛도 있고 실제로 맛있으니 지속할 수 있겠다 싶었지만 그렇지 않았다. 1회 제공량이 말도 안 되게 적었기 때문이다. 당연히 살은 빠졌지만, 제대로 된 영양소 섭취를 할 수 없어, 폭식 욕구가 쌓였고 폭식을 할 때면 시리얼을 주먹으로 퍼먹는 습관까지 생겼다. 살 빼겠다고 시리얼을 구매하고, 폭식할 때도 시리얼을 먹는 바보 같은 짓을 반복하게 되었다.

셰이크와 마찬가지로 시리얼 또한 '하루 한 끼만 우리 시리얼을 드세요!'라는 단순화 마케팅이 잘 먹힌다. 특히 해당 시리얼은 여름마다 비키니를 입은 날씬한 연예인을 TV 광고 모델로 내세워 '권위'적 요소 또한 잘 활용했다고 생각한다.

③ 다이어트 보조제

억눌렸던 식욕을 봉인 해제하여 폭식증을 악화시킨 주범은 다이어트 보조제, 특히 탄수화물 컷팅제이다. '컷팅제를 먹었으니 한 입만 더 먹어 볼까?' 로 시작하여 죄책감에 약 한 알을 더 먹고 또 폭식해 버리는 악순환의 반복이었다. 애초에 기나긴 다이어트로 인해 폭식 습관이 생긴 거라면, 다이어트 보조제는 별

의미가 없다. 말 그대로 폭식 유발템이 될 뿐이다. 보조제 가격과 더불어 폭식하는 데 드는 추가 비용까지, 돈을 2배로 낭비하게 되는 거다. 지금의 나는 다이어트 보조제에 쓸 돈으로 종합비타민, 유산균 등 검증된 영양제를 사는 데에 지출하고 있다.

④ 곤약밥

한창 '흰 음식은 모두 살로 간다'는 괴담과 더불어 GI 지수 등이 유행하며 쌀밥을 죄악으로 여기는 문화가 형성되었다. 그리고 때 맞춰 곤약으로 만든 즉석밥이 유행했다. 내게 흰 쌀밥은 마지막까지도 가장 두려운 음식이었다. 식당에서 나오는 공깃밥은 절대 먹지 않았고 도시락으로 곤약밥을 챙겨 다니곤 했다. 친구들과 캠핑을 할 때도 남들 몰래 혼자 곤약밥을 챙겨가기도 할 정도였다. 그러나 항상 헛헛함을 느꼈고, 결국 더한 음식들로 폭식하곤 했다. 곤약밥도, 현미밥도 아닌 흰 쌀밥을 제일 즐기게 된 지금에서야 알게 되었다. 그때 내게 필요했던 건 밥의 대체 식품이 아니라 있는 그대로의 진짜 밥이었다는 것을.

⑤ 지방 흡입과 시술

여름이 되면 여기저기서 지방 흡입 주사, 시술 등 의료 광고들을 접하게 된다. 평소 고민이었던 부분을 기가 막히게 캐치하여 드라마틱한 비포-애프터 사진으로 다이어터를 유혹한다. 고민되는 부위를 주사 한 방으로 해결해 주겠다는 광고에 혹해 상담받으러 가면 반드시 식이 조절과 운동을 병행해야 효과를 볼 수 있다며 말을 바꾸는데, 계란 하나에 두유 한 팩과 같이 말도 안 되게 적은 식단을 추천하곤 한다. 그런 식단을 지킨다면 굳이 주사가 아니더라도 살이 빠질 거라는 건 누구나 알면서도, 병원 상담 실장의 말솜씨, 의사 가운, 그럴듯한 임상 결과 같은 '권위'에 설득되어 큰돈을 지출해 버리는 것이 다반사이다. 나도 그렇게 지방 흡입 수술부터 상대적으로 간단한 주사, 기계로 관리하는 시술까지 정말 많은 돈을 써 봤다. 그러나 내 상태는 더욱 악화될 뿐이었다. 당연히 광고처럼 드라마틱한 효과는 없었으며 극단적인 식단을 지켜야 한다는 강박이 더욱 심해져 폭식증이 심해졌다. 그래서 지출 측면에서 가장 후회되는 건 다이어트 관련 시술이다.

앞으로 나는 위 카테고리에는 단 1원도 내어 줄 의향이 없다. 그 돈을 모아 분위기 좋은 식당에서 가족들과 시간을 보내거나 여행을 하며 새로운 경험을 쌓는 게 훨씬 더 현명한 지출이라고 생각한다.

특히 다이어트 산업은 업체 간 경쟁이 치열하기 때문에 새로운 제품, 트렌드 및 마케팅 메시지가 끊임없이 증식되고 있다. 각종 정보가 얽히고설켜 더욱 혼란스럽기도 하다. 이러한 혼란스러운 환경에서 올바른 선택을 하기 위해서는 정보를 비판적으로 식별해 낼 수 있는 시각이 꼭 필요하다. 지금의 시각을 갖게 된 이후부터는 참신한 마케팅 수법들을 보는 재미를 느끼기도 한다. 이 장에서 설명한 기본적인 지식을 바탕으로 자신이 지금껏 어떻게 설득되어 왔는지 생각해 보는 것도 의미가 있을 거라고 생각한다. 그리고 앞으로 광고 및 콘텐츠를 접하게 될 때는 조금 다른 생각이 들 테다.

더 이상 다이어트 마케팅에 휘둘려 괜한 시간과 돈, 에너지를 낭비하지 않았으면 좋겠다. 이제 그 시간을 소중한 사람들과 보내는 데에 쏟고, 더 나은 경험과 가치 있는 것들에 투자하며, 자신의 꿈과 목표에 에너지를 발산한다면 우리는 1~2년 후에 훨씬 더 성장한 모습으로 자유롭게 살아갈 수 있을 거라 생각한다.

PART 4

푸드 프리덤 — 진짜 삶의 시작

　지금까지 나의 다이어트 일대기와 시행착오, 이로부터 자유를 얻어 진짜 삶을 살아갈 수 있었던 방법에 대해 알아보았다. 지금껏 스스로를 혹사하면서도 다이어트를 놓지 못하던 이유를 찾아 마주하는 일부터 시작하면 된다. 그리고 음식으로부터 자유로워질 수 있다는 무한한 믿음을 토대로 그동안 굶주려 온 자아를 달래 주고 건강한 자아의 힘을 키우며 회복이 시작된다. 다이어트로부터 해방, 푸드 프리덤 라이프가 시작되는 거다. 그 과정 사이사이 느껴질 욕구와 감정, 감각 등을 알아차리고 해소해 줄 수 있다면 비로소 '자유로워짐'을 느낄 수 있을 테다. 한 번에 모든 걸 시도하려고 하지 않았으면 좋겠다. 앞으로 나아가는 듯하다가도 어느 날은 후퇴하는 기분이 들 때가 있을 것이다. 회복은 한순간에 이루어지지 않으니까. 진심으로 극복하겠다는 결심이 1%라도 있다면 긍정적인 변화가 생길 테니, 건강한 자아의 힘을 믿고 푸드 프리덤을 향한 여정으로 나아가기 바란다.

PART 4에서는 그 여정에서 혼란스러울 수 있는 부분, 어렵게 느껴질 수 있는 감정 등에 대해 이야기해 보려고 한다. SNS로 많이 받았던 질문에 대한 답변도 포함되어 있으니, FAQ* 처럼 생각하고 궁금한 게 있을 때마다 참고해 보면 좋을 듯하다. 만약 이 외의 질문이 있다면 '푸드 프리덤' 카페에 들어와 질문을 남겨도 좋다.

---

* FAQ: Frequently Asked Questions의 약자로, 자주 묻는 질문이라는 뜻

그래도 저는 자기 관리가 중요해요

여기까지 읽어 온 끈기 있는 독자라면, 이제 다이어트에서 벗어나야만 이 모든 생활이 끝난다는 것쯤은 충분히 납득했을 것이다. 그럼에도 쉽게 도전하지 못하는 이유는 당연히 외모. 조금 더 있어 보이게 말하면 '자기 관리' 때문이라 생각한다. 그러나 다이어트를 그만두는 건 자기 관리를 관둔다는 의미가 아니다. 오히려 '살 빼기'에만 집중되어 있던 자기 관리의 범위를 넓힌다는 개념으로 생각할 수 있다. 진정한 자기 관리라면 외모가 아닌 자신의 능력, 정신 건강, 올바른 자세, 태도, 인성 등에 더 많은 시간을 쏟아야 한다. 다른 부분을 차치하고 맹목적으로 마른 몸이나 체중 감량만 좇는 건 자기 관리가 아니라 중독이다. 성형 중독자들은 여러 부작용에도 불구하고 자기 얼굴에 만족하지 못한다. 그건 계속해서 성형 해 나가는 모습과 다를 바 없다는 걸 명심하자. 지금껏 다이어트에 쓰던 에너지를 쪼개어 다른 곳에 투자하는 것뿐이다. 한 단계 더 나아간 자기 관리이다. 절대로 자기 관리를 하지 말라는 말이 아니다.

체중 변화가 무서워요

체중 변화에 대한 두려움. 회복을 주저하는 가장 큰 원인이라고 생각한다. 자주 묻는 질문 중 하나도 '회복과 다이어트를 함께 이뤄 낼 수 있을까요?'라는 질문이다. 답은 NO. 그런 의도를 갖는 한 절대 불가능하다 이야기하고 싶다. 앞 장에서 수백 번 이야기한 것처럼, '체중 감량', '다이어트'라는 목표를 세우는 순간, 음식에 대한 박탈감은 생겨날 수밖에 없다. '이렇게 하면 살이 빠지겠지?'라는 생각으로 자신도 모르게 꼼수를 부리게 된다. 이는 본인의 진짜 욕구, 몸과 마음의 신호를 알아채는 것을 방해하여 결국 폭식 욕구를 키워 낸다.

체중 변화 결론부터 말하면 체중은 일시적으로 찌는 게 일반적이다. 그동안 제한적인 식사를 이어 왔고, 회복의 시작으로 일반식을 섭취하면서 먹는 양 자체가 늘기도 할 것이다. 그러니 살이 찌는 건 당연하다. 특히 초반에는 금지해 왔던 음식의 섭취가 잦아서 더욱 그렇게 느낄 수도 있다. 그래도 언제든 먹을 수 있다는 확신이 들면 점차 식욕이 안정될 것이다. 살이 찌는 건 한때일 뿐이라고 생각한다. 어느 순간 체중이 불어났다고 해서, 계속 늘기만 하는 것은 아니다. 식욕이 안정되면 폭식 횟수가 줄어들고, 이에 맞춰 신진대사가 활성화되어 적정 체중을 찾아간다. 실제 '세트 포인트 이론 Set Point Theory' 에 의하면 우리 신체는 유전적으로 미리 결정된 적정 체중의 범위를 갖고 있으며, 자연스럽게 이 범위를 유지하는 능력이 있다. 여기서 주목해야 할 점은 바로 '범위'이다. (50kg, 55kg과 같이 특정한 체중에 멈춰 있지 않다는 의미이다.) 체중이 감소하거나 증가하면 우리 몸 스스로가 신진대사와 식욕 등을 조절하여 원래의 체중 범위로 돌아오려는 작용을 한다. 체중이 자연스럽게 오르내리는 것을 받아들이지 못하고 의미 부여를 하는 순간, 괴로운 다이어트와 요요가 반복된다.

✓ **Check Point** 체중에 대한 집착 버리는 방법

1 과거 '마른 나'에 대한 집착 버리기

"딱 45kg이던 그때로 돌아가고 싶어요. 그때가 가장 예쁜 몸이었어요."라며 과거를 그리워하는 경우가 있다. 우리 몸은 특정 체중에만 머물러 있을 수 없다. 생활 패턴과 환경, 스트레스, 감정, 식습관에 따라 살이 찔 때도, 빠질 때도, 자연스레 유지할

때도 있다. 특정 몸무게에 대한 집착이 당신을 끝없는 다이어트 강박으로 몰아갈 것이다. 과거의 나는 과거일 뿐이다. 잘 묻어 두고 현재의 '나'에게만 집중하자.

② 편안한 옷 입기

작은 사이즈에 집착하지 않았으면 한다. 지금의 몸에 가장 편안하고 알맞은 옷을 입어라. 작은 사이즈에 몸을 억지로 끼워 넣고 불편해서 가만있는 것보다 차라리 편한 옷을 입고 활기찬 생활을 하는 게 다이어트에도 더 도움이 된다.

③ 체중계 버리기

체중을 재는 순간 숫자 싸움에 놀아난다. 체중이 빠지면 빠지는 대로, 찌면 찌는 대로. 체중은 폭식의 트리거밖에 되지 않는다. 궁극적으로는 체중 자체에 무덤덤해 질 정도로 회복될 테지만, 불안정한 상태에서는 빌미를 만들지 않는 게 좋다.

무엇보다 체중이 아닌 더 가치 있는 목표를 세우고 나아가기 바란다.

자신이 추구하는 게 '마른 몸'뿐이라면 관련된 능력을 함께 길러 모델·피트니스 선수 등 해당 분야의 전문가가 되어보는 것 또한 좋다고 생각한다. 그러나 모든 사람이 모델이 될 수는 없다. 자신이 가진 고유의 매력과 재능은 다르고 몸과 더불어 마음 상태가 편안한 지점에서 그 매력이 제일 크게 발산된다. 내세울 거라고는 마른 몸밖에 없는, 영혼 없는 사람이 되고 싶은가? 나는 보통 몸에 밝은 표정과 생기있는 에너지, 그리고 멋진 능력을 가진 여성이 더욱 아름답다고 생각한다.

회복 훈련 중 폭식을 해버렸어요

수많은 다이어트 관련 영상에 빠지지 않고 등장하는 주제는 '폭식 후 대처 방법'이다. 폭식을 없던 일로 되돌릴 골든 타임이 있다며 '폭식 후 15시간 이상 단식하기', '고강도 운동하기', '저탄수화물 위주 클린식 먹기'를 공통적으로 이야기한다. 극단적 다이어트 자체가 폭식의 원인인데 또다시 극단적인 식단과 운동으로 돌아가라니. 아이러니한 일이다. 이제 우리는 저런 엉성한 대처 방법에 놀아나지 않아야 한다. 그건 임시방편일 뿐이다. 다음은 내가 추천하는 폭식 후의 대처 방법이다.

❶ 다이어트 생각 지우기

'내일은 절식하거나 굶으면 되겠지.'라는 생각은 지금의 폭식을 합리화하는 것밖에 되지 않는다. 내일의 절식을 생각하며 '오늘 폭식한 김에 더 먹어 버릴까.' 하는 생각까지 하게 만든다. 이는 결국 '폭식-절식'의 루틴을 강화할 뿐이다.

2 전환하고 원인 마주하기

스스로가 폭식했음을 인지하는 순간, 그 자리에서 일어나 폭식하던 공간에서 벗어나 보자. 방금 폭식을 했던 주방, 책상, 침대에서 딱 10발자국 만이라도 이동하면 된다. 평소에 안정감, 안전함, 평온함을 느끼던 장소가 있다면 그곳이 가장 좋다. (나에게는 거실 창가의 의자가 그런 공간이다.) 폭식하던 장소의 공기, 무드, 분위기에서 벗어남으로써 본능적이고 충동적인 상태를 한 번 소강 시켜준다.

그렇게 잠시 자신의 무드를 전환했다면 다시 돌아와 그 상황을 마주하길 바란다. '폭식 되돌리는 방법', '살 안 찌는 방법'은 그저 상황 회피이자 책임감 없는 행동일 뿐이다. 지금 내가 뭘 먹은 건지, 어떤 생각과 감정으로 먹었는지. 그 정황을 파악하고 마주해 보자. 그게 자신의 행동에 대한 책임이자 감정에 대한 존중이다.

'잘했다', '망했다'와 같은 주관적 판단 없이 상황 자체만을 바라보고 그 장면을 통해서 배울 수 있는 걸 분석해 보자. 폭식의 트리거, 원인을 파악할 수 있다.

❸ 현실 마주하기

원인 분석을 하며 폭식 후의 불안정한 상태를 잘 다스렸다면 다시 현실을 마주해야 한다. 우선 폭식했던 자리를 깔끔하게 청소해라. 버려야 하는 쓰레기가 있다면 잘 모아서 버리고, 설거지를 해야 한다면 설거지를 하면서 자신이 저지른 일에 대한 책임을 다하는 것이다. 이 과정 동안 잠시 충동적이었던 욕구와 두려움이 줄어들 수 있다. 주변을 다시 깨끗하게 만들고 이성적인 상태를 되찾았다면 현재의 감정과 생각을 솔직하게 적어 보도록 하자. 폭식을 왜 했는지가 명확해졌다면 그 원인을 다시 적어 봐도 좋고, '개운하다', '후회된다', '무섭다' 등의 감정을 적는 것도 좋다. 해결되지 않은 감정이 있다면 그걸 종이에 써 보고 눈으로 확인하는 게 도움이 된다. 그리고 그러한 감정과 상황을 다음번에 똑같이 겪는다면 어떻게 대처할 수 있을지, 오늘 나에게 음식 말고 진짜 필요했던 건 무엇이었을지 대안을 마련해 보면 좋겠다. 그러면 이후 비슷한 상황이나 기제를 마주했을 때는 조금 다른 방식으로 대처할 수 있을 거다.

❹ 일상으로 돌아오기

그러고는 평소의 루틴으로 다시 돌아오면 된다. 식사 시간이 되면 원래 하던 대로 밥을 먹고, 할 일이 남았다면 그 일을 하러 가면 된다. 당신이 해야 하는 건 폭식했다고 자책하며 내

일부터 다시 완벽한 '클린식'으로 돌아가는 일이 아니다. 지금까지 해 왔던 것처럼 평소의 일상으로 돌아가는 거다. 이게 진짜 폭식을 없던 일로 만드는 패턴이다.

회복의 과정 중, 폭식을 해 버린 당신이 꼭 해야만 하는 건 아무것도 없다. 정확히 말해서는 '뭘 어떻게 해야겠다'가 아니라, 평소와 똑같이 보내겠다고 다짐하는 게 전부다. 회복을 결심했다고 해서 하루아침에 폭식 욕구가 사라지지는 않는다. 분명 과거처럼 폭식 후 죄책감을 느끼는 날이 자주 있을 수 있다. 이 한 번의 사건에 지레 겁먹어 또다시 다이어트로 되돌아가려는 실수를 범하지 않길 바란다.

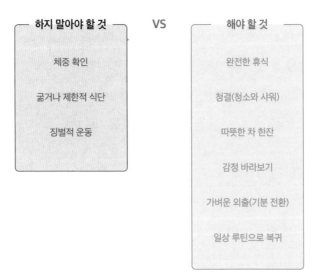

외식, 식사 약속이 두려워요

자신이 통제할 수 있는 개인적 식사와 달리 외식은 그렇지 않다. 때문에 두려움을 갖는 이들 또한 많다. 기본적으로는 자신이 먹어 오던 음식의 종류와 다르고, 먹는 시간이나 주변 사람 등 환경이 달라지기에 식사 약속 자체에 불안과 스트레스를 느낀다. 무엇보다 약속 후 집으로 돌아와 '어차피 많이 먹은 거…'라고 자포자기하며 폭식을 행하는 경우도 많을 거라 생각된다.

■ 식사 약속 전: 잔잔한 마음가짐과 시뮬레이션

마음가짐 식사 약속이 있는 날, 하루 섭취량을 제한하기 위해 아침이나 점심 칼로리를 줄여야 한다는 생각을 해 본 적이 있을 거다. 특히 저녁 약속이 있다면 그날은 일부러 끼니를 거르거나 지나치게 적은 양을 먹기도 한다. 그러나 회복 기간 동안 그런 건 중요하지 않다. 모든 끼니를 편안하게 대해 잔잔한 마음을 유지하는 것이 우선이다. 그러기 위해서는 우리 스스로 외식은 특별한 일이 아니라고 인지해야 한다. 아침부터 걱정된다고 굶거나 공복 유산소를 하며 특별하게 보내지 말고 보통의 날처럼 똑같이 맞이하자. '오늘은 아주 특별한 날이야. 이따가 있을 식사 약속을 위해 지금은 굶고, 미리 운동도 해야 해.'라는 생각을 하는 순간 우리 뇌는 실제로 그 식사를 아주 특별히 여기게 된다. 그러고는 그 준비에 보상이라도 받을 기세로 남다르고도 파괴적인 파티를 열게 된다.

시뮬레이션 외식 자체가 무서운 사람이라면 식사 약속 직전에 머리로 시뮬레이션해 보는 걸 추천한다. 그 자리에서의 '이상적인 내 모습'을 상상하는 거다.

'약속 장소에 도착하면 친구랑 먼저 인사를 하겠지? 진짜 맛있어 보이는 음식을 몇 가지 주문할 거야. 음식이 나오기 전에는 물 두 컵 정도 마시면서 친구랑 근황 토크를 짧게 하고… 아, 거기 분위기도 좋던데 사진도 많이 찍어야지. 음식이 나오면 음식 사진도 찍으면서 흥분을 좀 가라앉히고, 차분하게 음식을 맛봐야겠다. 어떤 맛일까? 친구랑 본격적인 근황 토크도 나누고 음식도 맛있게 즐기면 정말 행복할 것 같아. 내 근황은

어떻게 전할까? 좋은 소식도 있다던데 축하해 줘야겠다!'

이런 식으로 말이다. 식사할 장소에서의 모습을 생생하게 그리며 음식뿐만 아니라 상황, 감정, 분위기 등에 집중하는 게 시뮬레이션의 목적이다. '밥은 반 공기만 먹고 국물이 아니라 건더기 위주로…' 이런 음식 조절 계획을 세우라는 게 아니다. 뭘 먹을지가 아니라 '어떻게 보낼지'에 초점을 맞춰 식사 자리에 대한 긍정적인 기대를 만들어 보자.

❷ 식사 약속 중: 수단으로서의 음식, 음식 쪼개 보기

식사 약속을 두려워하는 건 우리의 초점이 오로지 '음식'에만 맞춰져 있기 때문이다. 맛있는 음식을 즐기는 것은 당연한 일이지만, 그렇다고 음식을 먹기 위해서만 그 자리를 갖는 게 아니다.

푸드 프리덤

파스타를 먹고 요즘 핫한 카페에 가서 크로플을 먹자고 해야지!
전 남자친구한테 연락 온 이야기랑 팀장님한테 혼난 이야기도 좀 하면서 위로도 받고 싶어.
밥 먹고서는 사진 찍고 백화점 구경도 하자고 그래야지!

극단적 다이어터

파스타에 크로플까지 먹으면… 너무 고칼로리인데.
샐러드 하나 시켜서 나는 샐러드만 먹을까?
그냥 카페 말고 공원이나 걷자고 할까?

이렇게 푸드 프리덤에서의 외식은 '누굴 만나서 어떤 이야기를 하고 어떤 감정을 기대하는지'에 더 의미를 두고 있다. 반면 극단적인 다이어터는 오직 음식과 칼로리, 살에만 신경 쓰느라 그 자리가 전혀 즐겁게 느껴지지 않는다. '식사', '음식' 자체는 목적이 아닌 수단이다. 지인과 즐거운 자리를 만드는 데에 행복을 더해 주는 긍정적 도구 말이다. 두려움을 가질 필요도, 스트레스를 받을 필요도 없다. 그 자리를 더욱 재미있고 돈독하게 이끌어 주는 소품 정도다. 맛있게 즐기고 상대방과 내 이야기에 집중하며 상황에 충실히 임하면 된다.

음식 쪼개 보기 음식 자체가 두렵다면 음식을 하나하나 쪼개어 보도록 하자. 쪼개고 쪼개다 보면 당신이 두려움을 느끼는 그 음식도 결국 에너지원이고, 본질적으로는 어떠한 영양소일 것이다. 음식은 음식일 뿐이다. 파스타도, 케이크도, 마카롱도 고구마와 같은 탄수화물일 뿐이다. 삼겹살도, 치킨도, 닭가슴살도 똑같이 씹어 넘기면 영양소로 분해되어 소화될 그냥 음식일 뿐이다. 음식에 대한 큰 환상, 두려움을 갖지 않아도 된다.

❸ 식사 약속 후: 5초 루틴

PART 3에서 식욕이 요동치는 환경에 대해 알아본 바가 있다. 외식, 식사 약속을 마치고 돌아온 후에는 하루를 마쳤다는 생각에 긴장이 풀려 본능과 충동적인 요소가 활성화될 가능성이 크다. 여기에 더해 설거지거리나 벗어둔 옷, 어질러진 살림살이 등 무질서한 환경까지 마주한다면 폭식 트리거가 발동되기 딱 좋다. 이를 대비하기 위해 간단하게 정리정돈을 미리 해 두는 것도 도움된다.

더불어 집에 오자마자 할 수 있는 간단한 루틴을 마련해 두는 방안도 좋다. 이 역시 PART 3에서 설명한 '심리적 관성'을 끊기 위함이다. 오자마자 바로 옷 벗어 버리고 샤워하기, 오자마자 입을 옷가지 준비해 두기, 팩하기, 가볍게 스트레칭 하기 등이 있다. 집에 도착해서는 아무 생각 없이 '5초' 안에 실행하도록 한다. 아주 쉽고 빠른 행동 하나로 먹는 행위 자체에 대한 관성을 끊어 낼 수 있다.

우리는 사회적 동물이고 보통의 사회 활동은 음식을 즐기는 자리에서 이루어진다. 이런 사회적 활동을 할 때마다 살에 대한 두려움에 의해 망설이고 고민하며 스트레스를 받는다면 삶의 질이 떨어질 뿐만 아니라, 점차 사회적 능력도 퇴화하고 말 것이다. 다이어트에 매몰되어 소중한 사람들과의 시간을 놓치지 않았으면 좋겠다. 진정한 건강함이란 식단 조절과 운동이 아닌 건강한 사회적 능력과 역량, 편안한 대인 관계, 활기차게 움직이는 행동에서 비롯된다.

술만 마시면 폭식을 해요

술, 음주에 대한 부분도 단골 질문 중 하나다. 확실히 폭식 횟수가 줄었고, 식욕도 안정된 상태라고 생각했는데 술만 마시면 기억이 나지 않을 정도로 폭식을 한다는 거다. 이들 대부분은 평소 제한하고 있던 음식이 많았을 테고, 간신히 이성으로 절제해 왔을 것이다. 그러다 알코올이 판단력과 이성을 마비시키면 그동안 제한해 왔던 욕구를 방출하게 되는데, 그때 폭식이 시작된다. 알코올은 실제로 식욕을 증가시키는 호르몬(그렐린)의 방출을 자극하면서도 뇌 시상 하부에 영향을 줘서 포만감을 느끼지 못하게 만든다. 또한 뇌의 보상 체계와 대사 과정에 영향을 미쳐 탄수화물을 갈망하게 한다. 실제로 알코올 자체가 과식과 폭식을 유발한다.

평소에 식단을 제한하지 않는 이들, 예를 들어 우리의 아버지를 빗대어 보면 더욱 쉽다. 정상적인 식습관을 가지고 있는 아버지도 술을 마시고 귀가하면 라면을 끓이거나 아이스크림을 드시는 모습을 관찰할 수 있다. 음주 후의 과식, 특히 탄수화물에 대한 갈망은 자연스러운 일이라는 거다. 그렇다고 음주 후의 폭식을 당연하게 생각하고 합리화하라는 말이 아니다.

음주 후 폭식 그 자체보다 이후 모습에 집중해 보자. 술 마신 다음 날, 아버지가 '술 마시고 라면까지 끓여 먹었군. 폭식해서 살이 찌면 어떡하지? 큰일났네. 오늘 운동을 빡세게 하고 점심은 굶거나 무조건 샐러드를 먹어야겠어.'라고 생각하지 않는다. 속이 안 좋으면 해장을 하고서 일상으로 깔끔하게 돌아갈 뿐이다. 그러니 음식을 먹는다는 행위에 큰 의미를 부여하거나 '폭식'이라고 규정지으며 스스로를 자책하지 않았으면 좋겠다.

폭식의 확률을 줄이고자 한다면, 무엇보다 평소 음식에 특정한 규칙을 두지 않는 게 중요하다. 먹으면 안 된다는 금기 사항이 많으면 많을수록 취기를 빌려 그 금기를 깨고자 하는 충동이 강하게 든다. 평소에 '살찌는 음식'이라고 과자, 빵 등을 기피해 오다가, 알코올의 영향으로 탄수화물에 대한 갈망이 높아진 상태에서 술김에 '에라 모르겠다.' 하며 편의점의 모든 음식을 쓸어 담아 기억에도 없는 폭식을 하는 것이다. 빈속으로 음주를 하는 행동 또한 위험하다. 술을 마시기 전에는 꼭 탄수화물을 포함한 식사를 해서 허기를 달래주는 게 좋다. 다만, 술은 다이어트를 떠나 건강에 백해무익한 존재이니 알코올 섭취의 빈도수는 줄여 보기를 추천한다.

일하고 와서 피곤할 때 폭식 욕구가 들어요

특히 3교대 근무가 일상인 간호사, 퇴근이 늦거나 활동량이 많은 업무를 하는 사람들은 퇴근 후의 폭식 욕구가 가장 최고치라 이야기한다. 물리적인 활동량이 많아 실제로 배고픔이 느껴지는 건 당연한 일이지만, 식사를 하는 것과 폭식 욕구에 휩싸여 음식을 먹어 치우는 행위에는 차이가 있다.

이 경우에는 '집에 돌아왔으니 → 보상(음식)받아야 해'로의 연결 반응이 생겨버린 케이스다. 물리적 허기짐과 기진맥진함(본능적 상태), 퇴근 후의 보상 심리가 합쳐져 음식 섭취 자체가 폭식으로 이어질 확률이 높다. 따라서 '귀가 → 음식'의 연결 반응을 일차적으로 끊고 잠시 마음을 안정시키는 게 우선이다. '귀가 → 짧은 행동(옷 갈아입기, 멍 때리기·잠시 누워있기, 차 마시기) → 식사'와 같이 귀가와 음식 사이에 '짧은 행동'을 하나 추가해서 본능적이고 충동적인 섭식 욕구를 한차례 누그러뜨릴 수 있다.

또한 귀찮은 마음에 자극적인 배달 음식을 시켜 먹거나, 대충 차려 두서없이 먹고서는 심리적 만족감이 낮아 폭식으로 이어지는 경우도 많다. 간편하게 차릴 수 있는 음식을 생각해 두고 미리 준비해 놓는 것도 좋은 방법이다. 이런 상황에서 활용할 만한 간단한 식사 후보를 정해 두고, 깔끔하게 차려 차분하게 먹도록 하자.

밥 먹고 나서 매번 디저트, 후식이 당겨요

식사 후, '뭔가 아쉬운' 느낌에 냉장고 문을 열었다 닫았다 해 본 경험이 누구나 있지 않을까 싶다. 흔한 다이어트 도서라면 여기서 혈당의 문제를 이야기하겠지만, 이 책에서 그런 이야기는 최대한 배제하려고 한다. 건강상의 이유로 혈당을 유의해야 할 정도라면 책을 읽기보다는 가까운 병원에 가 보는 걸 추천한다. 식후 매번 후식이 당긴다면 가장 먼저 영양소 부족을 체크해 봐야 한다. 가슴에 손을 얹고 살에 대한 걱정으로 밥을 덜어내지는 않았는지, 샐러드 같은 걸로 배를 채우지는 않았는지 등 영양소가 부족했던 환경이었는가를 살펴보자. 이 부분이 충족되지 않으면 절대 해결할 수 없다. 확실하게 영양소를 잘 채워 주었음에도 아쉬운 마음이 든다면, 이는 식사에 대한 만족감이 낮았거나 단순한 심리적 관성에 의한 습관일 뿐이다.

① 확실한 맛을 가진 후식 섭취

식사를 통해 모든 오감을 만족시키기는 어려운 게 사실이다. 식사가 끝나고도 특정한 맛이나 느낌에 대한 갈망이 있다면 오히려 그걸 확실히 충족시켜 줄 수 있는 후식을 먹어 주는 편이 낫다. 단맛일 수도 있고, 신맛이나 상큼한 맛일 수도 있고, 청량감일 수도 있다. 먹고 싶은 맛을 강하게 채워줄 간식을 먹어 식사에 대한 만족감을 높여 보자. 나의 경우에는 단 게 당길 때는 초콜릿 한두 조각이나 사탕 한 개, 상큼한 게 당길 때는 젤리 작은 봉지나 귤 하나를 먹고, 깔끔한 뒷맛을 원할 때는 구수한 차를 즐겨 마신다. 이는 심리적 만족감을 높일 뿐만 아니라 우리 뇌에 '식사가 진짜 마무리되었다.'는 신호를 주는 역할을 하기도 한다.

② 식사 끝 의식

후식이 단순 심리적 관성에 의해 습관화된 경우 활용하면 좋다. 앞서 설명한 웰빗 식사법 중 식사 끝 의식을 적극적으로 훈련해 보도록 하자. 준비된 식사를 다 먹었다면 '잘 먹었다.' 소리를 내며 입 밖으로 식사가 끝났음을 알린다. 휴지로 입을 닦고 물 한 잔을 마시며 행동을 전환한 후에, 일어나 먹은 자리를 정리해 장소까지 전환한다. 이 루틴을 식사가 끝나고 5초 내에 실행하면 먹는 행위 자체를 한 번 끊어 내는 역할을 해 준다.

❸ 다음 간식 확보 해두기

실제로 식후 디저트를 자주 먹어 왔던 사람이라면 '디저트 먹으면 안 되는데.'라는 두려움을 가지는 경우가 있었을 테다. 미래에 있을 음식 박탈감 때문에 '어차피 나중에 못 먹는 거, 밥 먹은 김에 먹어 버릴까?' 하는 충동이 들 거다. 오히려 디저트를 언제든 먹을 수 있다는 확신이 들면 지금 당장 먹어야만 한다는 생각은 없어진다. 그러니 식사를 마치고 2~3시간 뒤에 간식 섭취 시간을 따로 마련해 두자. 그것만으로도 마음의 평화가 찾아온다. 해당 시간이 되어서 먹고 싶다면 먹으면 되고, 안 먹어도 될 듯하다면 먹지 않아도 좋다. 우리 몸에 '언제든 먹을 수 있다.'는 확신을 주는 게 포인트이다.

심심해서 자꾸 먹는 것 같아요

지루함에 대하여

할 게 없어서, 심심해서 자꾸 음식을 찾게 된다는 케이스도 정말 많았다. 지루한 시간, 공허함에 대한 감정을 음식으로 채우려고 하는 감정적 섭식의 일종이다. 이 '지루함'이라는 감정에 대해서는 다른 감정들과는 조금 다르게 접근할 필요가 있다. 부정적인 감정들은 특정한 트리거를 통해 인지되는 경우가 많지만 지루함은 그렇지 않다. 공부를 하다가, 버스를 기다리다가, 주말에 쉬고 있다가도 느낄 수 있는 일상적인 감정이다. 그 감정을 우리는 매번 '지루하다', '따분하다' 라고 생각하며 일단 무언가로 채우려고 한다. 어떤 이들에게는 무언가가 음식이었을 테고, 또 다른 이들에게는 게임, 웹툰, SNS 등 생각 없이 시간을 보낼 수 있는 활동이었을 테다.

폭식 습관에서 벗어난 이후, 나는 이제 지루함을 음식으로 풀지 않게 되었다. 그러나 어느 순간부터 하루 중 지루함이 느껴질 때면 2~3시간씩 SNS를 보며 시간을 낭비하고 있다는 걸 인지하게 됐다. 과거에는 지루함을 음식으로 풀었다면 지금은 그 대상이 SNS로 옮겨간 것뿐이었다. 지루함이라는 감정을 잘못 대처하고 있다는 생각이 들어, 레온 빈트샤이트의 〈감정이라는 세계〉라는 책을 읽게 되었고, 거기서 실마리를 찾았다. 해당 책에서 작가는 지루함을 '만족스러운 활동에 대한 충족되지 않은 열망'이자 '변화가 필요함을 알려 주는 신호'라고 표현했다. 결국 지루함 또한 어떤 부분이 채워지지 않았기에 거기서부터 오는 또 다른 감정의 산물이었던 것이다. 스스로 성취하고 싶은 목표, 하고 싶은 일, 이루고 싶은 열망을 무시하고 있는 건 아닌지 살펴보자. 그걸 마주하고 해결해 나가고자 하는 마음으로 행동하면 일상은 지루할 틈 없이 바쁘게 지나갈 것이다.

당연히 순간순간에 느껴지는 지루함은 일상적이고 정상적인 감정이다. 중요한 건 이 지루함을 회피하지 않아야 한다는 것이다. 음식을 먹는 건 지루함을 회피하려는 행동일 뿐이다. 자연스럽게 받아들이고 혼자만의 사색 시간으로 활용하면 좋겠다. 실제로 지루함이라는 감정은 인간의 창의력을 자극한다고 한다. 지루하다고 느껴지는 그 시간 동안의 생각이 우리 내면의 묵은 걱정과 문제를 풀어 줄 실마리가 될 수도 있다. 고통스러울 수도 있지만 기쁜 마음으로 맞이해 보도록 하자.

건강상 다이어트가 필요한 것 같아요

정말 건강상의 문제로 체중 감량이 필요할 수도 있고, 더 나은 컨디션을 위해 다이어트를 해야 할 수도 있다. 그 부분에 대해서는 당연히 인정하고 적극 찬성한다. 다만 그에 대한 판단은 타인이 아닌 '나' 스스로가 결정해야 한다. '과체중', '비만'과 같은 체중의 범위 또한 남들이 지어낸 기준에 불과하다. (실제로 BMI 지수는 의학계에서 만든 수치가 아니라 보험사에서 고안해 냈다.) 미디어에서 생산해 내는 이미지에도 휘둘리지 않았으면 좋겠다. 그들은 자신들의 콘텐츠를 소비하게 하려고 끊임없이 비정상적인 신체 이미지를 내세워 아무 문제 없는 당신을 다이어트의 노예로 전락하게 할 것이다.

남들이 정해둔 기준이 아닌 감정, 몸과 마음의 상태, 움직임을 통한 활력에 집중해 보기를 바란다. 늘 기름진 치킨, 피자, 케이크만 먹으며 집에 누워 있는 건 사실 당신에게도 기분 좋은 일은 아닐 것이다. 당신의 배는 항상 더부룩해 불편하다는 신호를 보내고, 소화가 잘 안 되니 활력도 떨어지며 우울한 감정까지 들게 만든다. 이것을 알아차리지 못하고 본능에만 이끌려 음식을 먹는 건 자유가 아닌 방치이다. 그러니 자신의 몸과 마음이 보내는 신호에 집중하자. 어렵다면 '포만감 신호 회복하기'를 통해 물리적 신호를 알아채는 데에 집중하길 바란다.

이런 신호를 캐치했을 때 스스로 신선한 야채도 먹고, 걷기 운동도 해 볼 의지가 생긴다. 이렇게 나의 몸과 마음의 소리에 따르다 보면 당신의 신체는 자연스럽게 건강과 편안함을 되찾을 수 있다. 다이어트만을 위해 억지로 야채를 먹고 운동을 하던 날과는 천지 차이이다. 몸과 마음의 신호에 따라 음식을 자유자재로 활용할 수 있는 상태가 진정한 푸드 프리덤이다.

푸드 프리덤 라이프의 모습
과거와 현재

명절과 연휴 설날, 추석 등 가족과 시간을 많이 보내는 긴 연휴는 항상 나에게 공포였다. 누구도 그렇게 생각하는 사람은 없었겠지만, 오랜만에 만나는 가족과 친구들에게 살이 빠졌는지 아니면 쪘는지를 평가받는 날이라고 생각했기 때문이다. 그래서 항상 연휴를 기준으로 D-day를 세워 다이어트를 하기도 했다. 고칼로리의 명절 음식을 스스로 제어할 수 있을지, 기껏 빼 놓은 살이 도로 쪄 버리지는 않을지 두려움까지 들기도 했다. 당연히 당시에는 절식 자아에 잠식당해 있었기에, 명절은 항상 폭식 자아의 무대가 되곤 했다. 한창 음식과 다이어트에 몰입했던 시기, 명절은 내게 매번 실패와 좌절을 안겨 주었다. 하지만 지금 나에게 명절은 '사랑하는 사람들과 좋은 시간을 보냈다'고 생각하게 하는 감사와 행복이 넘치는 날이 되었다.

과거보다 음식을 절제해서 먹기 때문이 아니다. 내게 명절은 다이어트를 망치는 날 아닌 가족, 친구와의 만남, 편안한 휴식이 되었기 때문이다. 덕분에 연휴 동안 음식을 많이 먹었다고, 살이 쪘다고 해서 부정적인 감정을 느끼지 않게 되었다. 연휴 이후의 삶도 훨씬 생산적으로 보낼 수 있게 되었다. 과거에는 명절 동안 먹었던 음식을 만회하기 위해 단기간 다이어트에 돌입했다. 하지만 현재는 긴 연휴 이후, 일상으로 돌아오기 위한 준비를 할 뿐이다. 미리 다음 날 할 일들의 우선순위를 정하고, 집 안 청소를 하고, 숙면을 취할 준비를 한다. 과업, 생활 습관, 컨디션 회복 등에 힘을 쏟게 되었다.

이처럼 '무엇에 몰입할 것인가'에 따라 결과는 완전히 달라진다. 명절을 '다이어트 D-day' 또는 '음식 많이 먹는 날'이라고 생각하면 거기에 몰입할 수밖에 없다. 결국 괴로운 다이어트와 폭식으로 얼룩진 명절을 보내는 일이 발생하고 만다. 여기서 벗어나 가족과의 시간, 휴식에 집중한다면 그저 맛있는 음식을 먹은 즐거운 날, 편안한 날로 여겨질 것이다.

여행 과거 여행을 계획할 때면 역시나 다이어트 D-day를 세웠다. 사진에 통통하게 나오는 내 모습은 죽기보다 싫었고, 수영장이 있는 호텔이라도 간다면 수영복 핏을 위해 더욱 극한으로 살을 빼고는 했다. 어떤 때는 며칠 굶다가 폭식을 해 버리고는 우울한 마음에 약속을 파투 내 버린 적도 있다. 친구들과 좋은 여행지에서 맛있는 걸 먹을 시간에 나는 다이어트로 인해 어두컴컴한 방안에서 쫄쫄 굶거나 맛도 느껴지지 않는 빵을 먹어 치우는 우울한 시간을 보냈다.

하지만 내가 맞이한 푸드 프리덤 라이프에서는 절대 이런 결정을 내리지 않는다. 여행을 가기로 했으면 다이어트 계획이 아니라 업무 처리 계획을 세운다. 보다 편한 마음으로 여행을 즐기기 위해 여행 전날까지 일을 잘 마무리하는 데에 몰입한다. 그렇게 열심히 일한 후에 즐기는 여행은 만족도가 더욱 높다는 장점도 있다. 살이 쪄 수영복이 부담스럽다면 적당한 래쉬 가드나 반팔 반바지를 입어도 괜찮다. 아무도 뭐라고 하지 않는다.

이렇듯 계획이 모두 '다이어트'에 맞추어져 있으면 어리석은 의사 결정을 하기 마련이다. 더 이상 당신의 계획에 다이어트를 우선으로 두지 않았으면 한다. 다이어트보다 중요한 일은 분명 잔뜩 쌓여 있다. 그 일에 집중해 에너지를 쏟는 게 더욱 합리적인 의사 결정이라는 걸 이제 당신도 알게 되었을 거라 믿는다.

극단주의 식단 과거에는 빵 하나라도 먹으면 하루를 다 망쳤다고 느꼈다. 빵 한 조각 먹었을 뿐인데 하루를 망쳤다고 생각하다니. 그러면서 내일부터는 제대로 다시 시작하자는 핑계로 그동안 참아 왔던 음식을 하루 동안 모두 먹어 치웠던 거다. 당시에는 클린식 데이(식단) vs 치팅 데이(폭식)처럼 식사 양상이 양극을 달렸다. 그러나 푸드 프리덤에서는 클린식 데이라고 클린식만을 먹을 필요도, 치팅 데이라고 고칼로리의 음식만을 먹을 필요도 없다. 점심은 샐러드를 먹다가도 저녁에 기분 좋게 삼겹살을 먹는… 아주 자연스럽게 모든 음식을 즐길 수 있는 것이다.

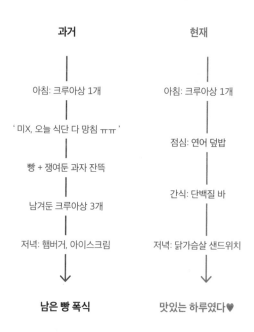

극단주의 폭식 사고방식

과거	현재
아침: 크루아상 1개	아침: 크루아상 1개
'미X, 오늘 식단 다 망침 ㅠㅠ'	점심: 연어 덮밥
빵 + 쟁여둔 과자 잔뜩	간식: 단백질 바
남겨둔 크루아상 3개	
저녁: 햄버거, 아이스크림	저녁: 닭가슴살 샌드위치
남은 빵 폭식	**맛있는 하루였다♥**

Food Freedom. 음식으로부터 자유. 종종 이를 듣고는 '음식을 마음껏, 자유롭게 먹기만 하면 되는 건가?' 라며 오해하는 이들이 있다. 이런 오해를 풀기 위해 '자유'에 대한 정의를 마지막으로 다시 내리고 싶다. 진정한 자유란 자신의 의지에 따라 선택하고 행동하며, 이에 따른 책임을 다하는 것. 결과를 인정하고 수용하는 것이라고 생각한다. 단순히 '음식을 마음껏 먹는' 건 진정한 자유라고 볼 수 없으며, 빠르게 살을 빼고 싶다는 욕심은 자신의 행동에 대한 책임을 다하지 않는 태도이다. 위와 같은 질문을 하는 이들은 음식만 탐닉하는 자신의 모습이 사실 마음에 들지 않을 테고, 그 이후의 결과에 대해서도 회피하고 부정하고 싶다는 생각을 할 수도 있다. 그래서 진정한 자유를 위해서는 때로 적절한 자기 통제가 필요하다.

그러기 위해서 자신이 원하는 삶의 방향성과 추구하는 가치를 명확하게 알아내는 게 자유를 향한 첫 단계다. 그 부분만 명확히 할 수 있다면, 이를 위한 통제는 괴로운 상황이 아닌 자유를 위한 당연한 선택이 된다. 그때그때의 선택과 의사 결정이 수월해지고, 그 결과에 대해 스스로 책임을 질 수 있는 성숙한 마음이 생길 것이다. 그래서 거의 대부분이 실수하는 지점 또한 여기에 있다. '여자는 말라야 예뻐.', '일자 다리 연예인', '몸매가 가장 예뻐 보이는 체지방 ○○%', '식단 추천', '운동 추천'… 이는 모두 남들이 정해둔 기준이며 타인의 삶을 따라 하고 동경하는 일밖에 되지 않는다. 자신이 느끼기에 편안한 몸무게, 활력이 느껴지는 컨디션, 충분히 만족감 드는 식사 구성(식단), 신체와 정신에 활력을 주는 운동의 수준은 나만이 알 수 있다. 직접 경험하며 스스로 찾아야 한다.

그래서 내가 이야기하는 푸드 프리덤은 다이어트와 음식에만 국한되어 있지 않다. 다이어트보다 삶을 더욱 주체적으로 사는 방법에 가깝기도 하다. 음식과 다이어트를 떠나 내가 진심으로 이루고자 하는 꿈, 실현하고자 하는 열망, 생활 수준과 모습, 풍기고 싶은 분위기, 추구하는 가치를 명확하게 그려 보길 바란다. 그 과정을 즐기며 에너지를 다한다면 살은 더 이상 당신에게 중요한 요소가 아니게 될 것이다. 다이어트와 음식에만 맞춰

져 있던 초점을 옮겨 자신이 진정으로 원하는 꿈과 삶의 모습을 이루어 가는 과정, 그리고 그 결과에 대한 책임을 지고 온전히 받아들이는 자세. 이것이 음식을 넘어 삶에서 자유를 찾을 수 있는 본질적인 방법이다.

행복해지려고 시작했던 다이어트가 오히려 삶의 행복을 앗아가고 있지는 않은가? 그렇다면 그것은 당신은 한낱 다이어트만을 위한 삶이 아닌 더 고차원적인 삶을 추구하는 발전적인 사람이라는 반증이다. 자, 이제 다이어트 때문에 애써 외면해 왔던 것들을 마주할 시간이다. 이 책을 통해 자아실현, 관계, 커리어 등 더욱 높은 단계의 자유를 위해 몰입하는 시간이 되었으면 좋겠다. 지금부터 당신만의 즐거운 푸드 프리덤 여정을 꾸려 나가길 바란다!

살을 빼자고 행복을 뺄 수는 없잖아

1판 1쇄 인쇄 2023년 07월 18일
1판 1쇄 발행 2023년 07월 25일

지 은 이 요망(이주원)

발 행 인 정영욱
디 자 인 차유진
편   집 박소정
편집총괄 정해나

펴낸곳 (주)부크럼
전   화 070-5138-9971~3 (도서기획제작팀)
홈페이지 www.bookrum.co.kr
이메일 editor@bookrum.co.kr
인스타그램 @bookrum.official
블로그 blog.naver.com/s2mfairy
포스트 post.naver.com/s2mfairy

ⓒ 요망(이주원), 2023
ISBN 979-11-6214-450-3 (03800)